愛吻文創

殿下讓我還他清譽

卷四

三千大夢敘平生 著
蓮花落 繪

目錄

【第一章】如今這朝堂砸了也罷

雪霽天明，京城仍靜得不同往常。

汴梁城繁華，今日除夕，本該有送災祈福的儺儀回返，滿街新酒香，千家爆竹聲。百姓夾道縱情歡呼，大相國寺的晨鐘會響到最偏僻的城郭。

到了此時，雞鳴過三次，城中卻只見遍地焦骸、舉目血色。

金水門緊閉，城樓之下，沉默著圍滿了數不清的黑鐵騎。

「城牆還要加固，各家有水缸的，一律抬上城，越大越好。」連勝巡城一夜，到天亮仍未解甲，逐個督守城上防衛，「盡數裝滿火油，以蠟紙封口，再用麻布交疊著覆上三層……」

他話說到一半，看見不遠處來人，目光一亮，「殿下！」

蕭朔深夜才趕過來，此時竟已醒了，甲冑披掛妥當，帶了些人走過來。

都虞候在一旁，沒看見雲琅，心頭隱憂，「少將軍……」

「無礙。」蕭朔道：「只是累了，多歇一刻。」

兩人這才放下心，對視一眼，鬆了口氣。

交戰只管拚殺，守城要兼顧各方，更耗精力心神。連勝懸了一夜的心，聽見雲琅不要緊，心頭驟然一鬆，不由坐在了城邊滾木上。

蕭朔看了看連勝熬得泛青的眼底，接過親兵手中酒囊，朝他遞過去。

連勝愣了愣，低頭一樂，雙手接過來，極珍惜地喝了一小口。

「殿下連這個都記得。」都虞候看見了，不由笑道：「當初在軍中，連將軍就老是因為喝酒挨先王的訓……可到了要打硬仗的時候，好酒都是先王給的。」

都虞候太久沒這麼痛痛快快打過仗，雖在昨日的拚殺裡受了幾處傷，卻比平日更精神，「能再這麼過幾天日子，簡直暢快，倒像是在北疆了。」

「哪來這麼多話？」連勝叫他揭了底，面上一赧，抬腿便踹，「當初在北疆，酒你們少喝了？還不是算起帳來，將我一個推出去，硬說我海量飲了一缸！」

都虞候護著腿上的傷，吸著冷氣，一瘸一拐地躲。

身後殿前司校尉立時上來，盡力攔著連將軍，好聲好氣不住賠禮。一旁搬砂石滾木的兵士插不上手，只能興致勃勃攛掇，偶爾看到熱鬧處，還有人笑著叫一聲好。

駐守周邊的禁軍不常入宮，認不得蕭朔身後那些生面孔。只知道琰王與雲將軍一個鐵腕鎮亂，平定了內城叛軍，一個扭轉乾坤，帶著大家起死回生。

但凡有兩人在，便有了主心骨。

生死經過一趟，都早沒了生疏忌諱，不論殿前司侍衛司，當著琰王殿下鬧成了一團。

蕭朔身後，換了便服出來的樞密使忍不住皺了皺眉，低聲道：「成何體統……」

「大人的兵成體統。」參知政事在一旁冷然道：「險些衝破了右承天門，一把火燒了文德殿，好生勇猛。」

樞密使叫他一刺，臉色瞬間難看，「你……」

「是諸位大人一早尋來，說輾轉難眠，硬要本王帶著各處看看。」蕭朔淡聲道：「若來是為了吵架，還請回宮吵。大敵當前，免得亂了士氣。」

樞密使話未出口，叫他結結實實堵了回去，咬了牙關臉色愈沉。

參知政事不以為意，看了蕭朔一眼，登上城樓。

金水門不是修建來禦敵的城樓，氣派恢弘，光華奪目，卻遠不如北疆邊境條石沾著米漿壘成的要塞堅固。

昨夜一場激戰，城上已有諸多破損豁口，此時兵士忙忙碌碌搬著砂石，正設法修補填塞。

城下黑鐵騎層疊包圍，平坦官道與門前空場，一直碾到坊市民居。在城樓上向下看，竟黑壓壓一眼望不到頭。

「大人。」隨行的政事堂官員看得心驚膽戰，低聲勸道：「若叛軍異動，此處只怕凶險……」

「怕什麼凶險？」一旁軍士聞言，插話道：「昨晚都嚇破膽了，借他們十個膽子，量他們也不敢打過來。」

官員出宮，都換了便服出行，此時看著只是尋常布衣士子。

軍士無所忌諱，將手中沉重沙袋重重撂下，「有少將軍在，城就丟不了。就算打過來，大不了便是一命換一命，還怕他們不成？」

樞密使不知昨夜情形，聽見「少將軍」幾個字，心頭便是一緊，「昨夜誰領的兵？可奉聖旨？可有兵符將令……」

參知政事出言打斷：「大人。」

樞密使這段時日處處碰壁，幾乎已灰頭土臉，心中瞬間警惕，「幹什麼？」

參知政事下了城樓，視線落在樞密使身上，「你我雖不相為謀……有句話，本相該勸諫你。」

樞密使皺緊了眉盯著他，提防道：「勸什麼……你幾時有這般好心？」

「若你只是庸常廢物，他日到不可知時，無非給個閒缺，頤養天年。」參知政事望著他，慢慢道：「若仍不知死活，到了此時，還妄圖掙扎騰挪……便離本相遠些。」

參知政事一片好心，「本相擔心，受你牽連。」

樞密使愣愣聽到最後，一時怒氣攻心，幾乎便要發作，掃見蕭朔身影，又死死嚥回去。

朝臣畏懼蕭朔，不只是因為皇上縱容，更因為琰王行事的確有悖逆無度、無法無天的意思，若將其惹惱了，只怕當真什麼都做得出。

嚇破了膽。

昨夜宮門平叛，除了幾個敢出去隨琰王死戰的，眾人盡皆龜縮在文德殿內，聽著喊殺聲，幾乎椅上跌下來。

蕭朔一身血色，盡斬叛軍回宮覆命時，凜冽殺意血氣幾乎將幾個日日指點朝政的閣老沖得從座椅上跌下來。

樞密使未曾打過仗，此時在琰王身側，只怕琰王脾氣上來真敢砍人，氣得臉色一陣青一陣白，將沒頂怒火硬嚥下去，氣沖沖拂袖下了城。

一同跟來的朝臣叫眼前近在咫尺的戰局懾得心底發慌，一時不知該走該留，束了手，懸心吊膽立在原地。

「下去吧。」參知政事緩聲道：「本相有些話，同琰王說了便走。」

眾人如逢大赦，一窩蜂與蕭朔告退，匆匆下了城。

蕭朔還要巡視城頭防務，並不相送，只稍作回禮，示意兵士讓開條通路。

參知政事直走到蕭朔身前，「琰王殿下。」

蕭朔將手放下，「大人有事？」

參知政事蹙了蹙眉，「聽了方才的話，琰王沒有話要問老夫嗎？」

「大人如何想，是大人的事。」蕭朔看了一眼平靜道：「戰局要緊，待本王守下汴梁，再來聽大人教誨。」

參知政事怔在原地，看見蕭朔竟當真半點不見猶疑，轉身便要帶人巡城，匆匆追上去，呼喊：「慢著！」

蕭朔並不理會，安排了幾處兵力調動，接過親兵手中披風。

參知政事追了數步，神色沉了沉，終歸橫下心，「琰王殿下！雲將軍的玉麒麟，老夫知道在什麼地方。」

蕭朔腳步微頓，停在原地。

參知政事走到他面前，嚴肅問道：「你可知樞密院為何到這一步，寧可垂死掙扎，也要同雲將軍不死不休？」

蕭朔眼底薄光劃過，破開沉沉暗色，落在參知政事身上。

朝中情形，樞密院與政事堂分管兵政，勢同水火。本朝相位空懸，參知政事名為副相，其實已是百官之首。

此人左右逢源、城府極深，除開同樞密使不死不休，在官場中八面見光，頗受皇上倚重。

今日前來，難保是否為了試探套話。

「此物輾轉，現為證物，收在政事堂。」參知政事攔在蕭朔身前，「你若肯聽，老夫便將此物還給你。」

蕭朔倏而抬眸，眼中綻出凜冽冷色，抬手示意親兵退開，守住四周。

參知政事啞然：「蔡補之果然說得不錯。」

蕭朔沉默相讓，慢慢走到背風處。

參知政事看著他，有些驚訝，「老夫與蔡太傅是舊相識，琰王竟也不意外嗎？」

「誰與誰相識，都不意外。」蕭朔道：「世事顛沛，人各有志。原本相識的被迫分道，原本至交的成了陌路，也不意外。」

參知政事步伐微頓，看了他一陣，眼底複雜良久，輕嘆一聲。

蕭朔道：「大人不必言謝。」

參知政事話未出口，不由怔住，「你如何知道，老夫是來道謝的？」

蕭朔並無耐性同他打機鋒，蹙了蹙眉，不再開口。

參知政事看他半晌，終歸半分看不透，勉強一笑，「罷了……你受不受，是你的事。」

參知政事拱手，「老夫那個不肖的學生……有勞琰王，仗義搭救。」

蕭朔側身，避了他這一禮。

參知政事看他眼中幾乎鎮不住的無謂不耐，一陣啞然，不再繞圈子：「樞密院謀兵，從先帝朝到如今，最大的阻力都不曾變過。一則端王府，二則雲將軍。」

「端王在時，朔方軍水潑不進風吹不透。三年一輪換，領了軍功戍邊歸鄉，便補充進禁軍，直入殿前司。樞密院空有掌兵職權，卻派不上半分用處。」參知政事道：「端王歿後，雲將軍又死守朔方軍一年，將士們悲愴抱團，更成鐵板一塊。」

參知政事：「要破這一塊鐵板，便要從王爺與雲將軍下手。」

蕭朔眸底一片冷凝，「如何下手的？」

「那枚玉麒麟，是先皇后賜給雲將軍的鎮命之物，宮中皆知。」參知政事緩緩道：「搜查鎮遠侯府時，大理寺報，在鎮遠侯府藏有巫蠱之物。政事堂依例派人監察，挖出了裝有玉麒麟的偶人魘陣。」參知政事看了看蕭朔，「那時琰王府閉門謝客，不見外人……此事王爺大概並不知曉。」

蕭朔靜聽著，眼底沉得不見波瀾。

參知政事道：「事涉朝臣宗室，政事堂不敢輕斷，報到文德殿，最先來的卻是雲將軍。」

「此案原本極凶險。」參知政事：「尋跡而查，是琰王府的一個下人去同雲將軍要了玉麒麟。魘陣之內，有王爺親筆手書，有雲錦布片。若再有玉麒麟佐證，幾乎再難翻案，況且那時情形……王爺心中該當有數。先帝有心無力，能左右的已很少了。」

蕭朔問：「他做了什麼？」

「那時鎮遠侯府尚未定罪，雲將軍品級仍在，入了政事堂，一言不發，奪了那證物便走。」「那一案的主辦官員上前攔阻，雲將軍卻堅稱魘陣內藏的玉麒麟是假造冒充，琰王無辜受冤，有歹人別有用心。」

參知政事：「爭執之下，雲將軍將那證物奪了，拋進了金水河。」

蕭朔胸口一滯，慢慢闔了眼，盡數斂去神色。

「苦主不查，證物毀損，此案不了了之。」參知政事道：「主辦官員心中疑慮，與開封府合力，暗中追查數年，竟一路摸出條大理寺與樞密院的暗線。」

「琰王府的下人，是樞密院派人收買。那封手書，是在端王與王爺的數十封往來書信中截取單字，以水轉印描拓，拼湊成了一張天衣無縫的罪證。」

參知政事道：「那些信……盡皆是樞密院藉職務之便，以盤查為名，從京中與朔方的往來書信中暗截下來的。」

參知政事慢慢道：「不止造假過這一封，朔方軍幾個叫得出名的將領被遠調貶謫，都用了這個辦法，若非那主辦官員設法查獲，只怕仍貽害無窮……」

參知政事頓了下，迎上蕭朔視線，「怎麼，你不信老夫說的？」

蕭朔搖了搖頭，「只是大人身為百官之首，日理萬機，對此案未免所知太過詳細了些。」

參知政事怔了下，竟苦笑起來，蒼老身形頹了一瞬，回身慢慢走到城牆邊。

黑鐵騎兵佇立在城下，看不清面目，分不清厚重盔甲下掩著的都是些什麼人。

「日理萬機。」參知政事冷哼一聲緩緩道：「老夫只恨，為何到他被判罪流放，竟才想起去弄清此案詳情。」

蕭朔心念微動，蹙了下眉。

參知政事轉回身，從袖中取出了個錦囊，遞給他，「此物逐水流，沿宮內水脈，原本該散落在延福宮地下。政事堂遍翻三次，收回物證，藏至今日。」

「後來雲將軍來尋過幾次，以為丟了，只得作罷。」參知政事道：「政事堂仍在查案，雖看在眼中，卻不便交還。」

蕭朔雙手接過，「晚輩出言冒犯，來日登府賠罪。」

參知政事看著他，「你看本相，心中如何作評？」

蕭朔垂眸，「我並不懂朝中事，豈敢置評。」

「不虧是蔡補之教的好學生。」參知政事冷嘲道：「有何不敢說？無非左右逢源、見風使舵，是與不是？」

蕭朔搖了搖頭，並不答話。

參知政事看他半晌，隨後輕嗤一聲，嘲道：「我與蔡補之，同鄉同年，我晚他三年進士。他做太傅時，老夫只是個侍郎，待到老夫做到了百官之首，他卻仍守著那個破學宮，日日只知炫耀幾個學生。」

「蔡太傅為人剛正，不知變通。」蕭朔道：「不該入朝涉政。」

「不錯……老夫鑽研為官之道，他卻嗤之以鼻。」參知政事淡聲：「故而我與他日漸疏離，最終再無話可說，陌路分道。」

蕭朔已得了玉麒麟，不願再多說這些，並不答話。

「老夫向來看不慣他。」參知政事冷嘲：「為官不就該朝高處走、不就該位極人臣，尊榮無限？教了一兩個拿得出手的學生，難道便能算作是他的本事？」

蕭朔蹙了蹙眉，朝他身後望了一眼，虛拱了下手，匆匆道：「此物有勞大人轉交，來日登府，今日告辭……」

參知政事忽然伸手，死死扯住他。

此時的副相已不剩半分百官之首的樣子，蕭朔神色沉了沉，要開口時，卻又微頓了下。

參知政事胸口激烈起伏，用力咬了牙，手抖得厲害。

「老夫一生圓滑，滴水不漏，深諳官場權術。」參知政事啞聲：「幾經風波，仍能自保，忝列要職……」

參知政事牢牢盯著蕭朔，「可老夫的學生不是這樣！」

「老夫的學生生性凜冽，嫉惡如仇，行事縝密素有內明。若能報效朝堂激濁揚清，縱然比不上你二人，卻也絕不會遜色那開封尹！」

參知政事胸口起伏，蒼老面龐上激起些從未見過的波瀾，「若非奸人所害，朝堂蠅營狗苟，君王醉心權術，他該在青史留名！」

親兵早已將閒雜人等清盡，四周寂靜，空蕩蕩城頭凜風嗚咽，捲盡經冬的敗葉殘枝。

鬢髮蒼白的老宰相，叫寒風捲著，眼底竟是一片再無掩飾的激烈愴恨。

「老夫圓滑了一輩子，如今不想圓滑了！」參知政事凜聲道：「你二人若要掃除凋敝、清肅朝綱，老夫助你。如今這個朝堂，砸了也罷！」

蕭朔握了那個裝著玉麒麟的錦囊，抬起視線，看向不遠處多出的人影。

雲琅也已醒了，親兵知道不攔，悄悄放少將軍上了城樓。

他已聽了一陣，目光卻仍清明朗澈得如同新雪，迎上蕭朔沉得化不開的視線，穩穩攏住，歸於一處。

蕭朔沉默良久，再不開口，抬手一禮。

參知政事不閃不避，受了他這一禮，再不多說，拂袖下了城樓。

朔風激起雪粉，覆上斑斑新舊血色。

蕭朔慢慢放下手，握住已焐得微溫的錦囊。

布料之下，勒出玉麒麟頭尾輪廓，清晰分明，硬硬硌在掌心。

雲琅朝他走過來，隔著鎧甲，抬手覆上蕭朔傷過的左肩。

蕭小王爺不知輕重，傷還不曾收口，便又出來亂跑，還在城上吹了這麼久的冷風。

鎧甲之下，肩頭衣物浸了血色，又在寒風裡冷透。

濡濕冰涼。

蕭朔抬手，握住雲琅手臂，「無礙。」

「無你伯父的礙。」雲琅頭也不抬，「箭傷是拿來玩鬧的？」

蕭朔微怔了下，看向雲琅。

「再逞強不養傷，莫怪將你剝乾淨了衣物，鎖住手腳，捆在榻上。」雲琅逐字逐句，慢慢道：「吃些教訓，好長記性。」

蕭朔聽著他的話，眼底微芒匯聚，迎上雲琅視線。

都虞候送走了參知政事，才上城頭，便聽見了極盡虎狼的這一句，心驚膽戰便要上前。

連勝即時抬手，將他扯回來。

「扯我做什麼？」都虞候皺緊眉，「殿下生性端肅，向來聽不得這些。萬一因此覺得不快，惱了少將軍……」

連勝失笑，「這話原本就是王爺說的。」

都虞候一陣錯愕，「什麼時候？」

連勝將人拉到角落，望著琰王殿下叫雲少將軍一路拉拉扯扯拖下城樓，把酒囊遞過去，給都虞候分了一口。

當初……端王府尚在。

雲琅隨端王出征，但凡受了傷，最願意回來找蕭小王爺炫耀。

蕭朔人在書房，叫雲少將軍肩頭的分明血色在眼前刺了幾日，終於再忍不住，將人狠狠按翻在了榻上。

端王府的世子秉性端肅，溫良端方。惱到了極處，學著雲少將軍的措辭口吻生硬犯狠，也只是為了叫雲琅不再胡鬧，好好養傷。字字句句都的確只是面上的意思。

都虞候聽得心情複雜，「『剝乾淨了衣物，鎖住手腳，捆在榻上』這句也是嗎？」

「是。」連勝親自幫蕭朔動的手，「捆了一整晚，王爺坐在榻邊，給少將軍念了一夜的《傷寒雜病論》。」

都虞候：「……」

連勝：「還當著少將軍的面，用了兩味酥酪、三樣點心。」

連勝：「整整一夜，一口也不曾給少將軍。」

「……」都虞候：「王爺那次帶了殿前司，滿城屋頂找少將軍，是因為此事嗎？」

「不只。」連勝道：「王爺還趁少將軍睡熟，在少將軍腦袋上擺棋子，擺了整整三十二顆。」

連勝：「少將軍醒來，王爺竟仍在擺，錯了一子，還不准少將軍動。」

都虞候一時不知該作何反應，身心敬服，立在原地。

連勝念及往事，心頭唏噓。

仰頭喝乾淨了酒，按照蕭朔方才調整的防務，巡視城樓去了。

雲琅將蕭朔拖回營帳，三兩下俐落扒了鎧甲，解開衣襟露出傷處。

在冷風裡站了半天，蕭小王爺身上倒是熱乎，往前胸後背摸一摸，還隱隱發燙。

雲琅知他又發了熱，忍不住嘆了口氣，「昨夜受的傷，不過兩個時辰，就敢去城樓上吹風，小王爺這分明是比我更不知……」

蕭朔抬眸，「什麼？」

雲琅在那個字上一咬，皺了皺眉，「呸呸」兩聲，扯住蕭朔，「快，去晦氣。」

蕭朔微啞，未受傷的右臂圈住雲琅，溫溫一攬，在他唇上碰了碰。

如今心有牽掛，當初從不知忌諱、不避險地，一箭扎碎了半邊肩胛還全不當回事的雲少將軍，竟連句「不知死活」都嫌不吉利，不肯說了。

「並非有意叫你擔憂。」蕭朔任雲琅扯著，坐在榻上，「今日朝臣來得蹊蹺，我不放心。」

雲琅自然知道，只是看著蕭朔拿傷不當傷，到底來氣。也不說話，自顧自解開他叫血色浸透了大半的繃布，拿過止血藥粉。

蕭朔不見他回應，靜坐一陣，抬手覆上雲琅臂間。

雲琅繃了半晌，終歸洩氣。

「當年你硬要我靜臥養傷，嫌你煩，藏了你的褲子……是我不對。」

蕭朔頓了下，緩聲道：「此事揭過。」

不當家不知柴米貴，雲琅如今親眼見了蕭朔受箭傷，將心比心，才知當年蕭小王爺何等頭疼。

「也不該趁你睡著，給你紮了一頭小辮子。」

「……」蕭朔：「此事也揭過。」

雲琅有些詫異，他不曾想到蕭小王爺心胸寬廣至此，頓了頓，「也不該弄了兩條雪兔裘，做成兔子耳朵，別在了你頭上。」

蕭朔實在不想回首往事，闔了闔眼，深吸口氣，「雲琅。」

雲琅乾咳一聲，及時閉嚴了嘴。

趁他不注意，手上俐落清創拭血撒勻藥粉，將乾淨的白布覆上去。

蕭朔被他分神，痛楚尚未來得及返上來，傷處已叫雲琅重新處理妥當。

雲琅留神查看蕭朔神色，見他眉宇間已稍和緩，心中才鬆下來，將繃布細細打了結，幫蕭朔將半邊衣物扯正。

蕭朔抬手，「我自己來。」

雲琅充耳不聞，認認真真替蕭朔理順衣物，繫妥衣襟，坐回床上。

蕭朔坐了一陣，將箭傷痛楚盡數壓下去，側過目光。

雲琅昨夜陣前激戰，以碧水丹強催內勁，雖早服了藥護持心脈肺腑，卻仍難免震盪，無疑仍不舒服。

方才有意調侃，是為引他分心。此時雲琅替他理妥了傷勢，雖還盡力坐著，眉宇間已透出些疲倦的力不從心。

蕭朔靜看了一陣，伸出右手，攬住雲琅脊背。

「做什麼？」雲琅回神，朝他笑了笑，眼底仍清明，「知道你有正事，沒打算同你算帳。」

朝臣來探兵時，雲琅尚未醒透，卻也知道此時來人總歸蹊蹺。

他體力消耗過甚，有蕭朔在，心防卸開本就安穩，想要暗中跟出去，撐了幾次竟都沒能坐起來，只得眼睜睜看著蕭朔披掛出了營帳。

再蓄足力氣坐起來，一路尋過去，已來不及攔下參知政事說起那些無關緊要的陳年舊事。

蕭朔單手攏著雲琅，將他輕放在榻上，「無關緊要？」

「都過去了，有什麼要緊的。」雲琅有些冷，搓了搓手，「我若早知道找個玉麒麟要牽扯這麼多事，都不叫你去找。」

比起那些事，雲琅倒是對參知政事的學生更留意，細想了想，「如此說來……當初商侍郎叫大理寺誣陷，獲罪流放，其實還是受了你我連累。」

營帳畢竟不比暖閣，帳中攏了數個火盆，仍難免透風，有寒意緩慢滲進來。

蕭朔拿過裘皮，替他覆上，「你受我連累。」

雲琅就聽不慣這個，煩得皺了皺眉，一口叼住了蕭小王爺在眼前晃來晃去的手腕。

蕭朔腕間結結實實一疼，輕嘆一聲，拿過一塊新鮮的點心，換出了自己的手腕。

雲琅當時便想去打斷參知政事，偏偏不便出面，就知蕭朔難免又受當年事牽扯心神。

那些亂七八糟的煩心事，雲琅極力瞞著蕭朔，如今竟全叫這些知情故人抖漏了出來。

雲琅想想都愁，飛快叼走了點心，扯著裘皮蒙了頭，轉身背過去，「你若又要說什麼對不住、虧欠之類，不如自去城牆根掏個洞，對著裡頭把這些廢話說完了，再回來見我。」

蕭朔看他悶悶不樂地折騰，眼底一寸寸浸過溫色，輕輕扳住雲琅胸肩。

雲琅蒙著裘皮，甕聲甕氣：「為何不去？」

「不妥。」蕭朔道：「連將軍修了一夜，終於修好的城牆，你叫我去掏個洞。」

雲琅：「……」

「況且……我受少將軍教訓。」蕭朔掀開裘皮，撫了撫雲琅頸後，「已知不可囿於過往。」

雲琅頗受他這一套，頸後溫熱，不自覺便往後貼了貼，不冷不熱道：「既受了教訓，還提這個幹什麼……」

蕭朔打開那枚錦囊，將玉麒麟取出來，擱在掌心。

極精緻靈巧的小玉麒麟，顧盼神飛、虎虎生威，尾巴鑲了一點金子，繫了條細細的紅線。

蕭朔輕聲道：「鑲金的地方，曾被摔斷過？」

雲琅一時愕然，撐坐起來瞪著他。

蕭朔撫了撫那一處，理順紅線，替雲琅將玉麒麟戴回頸間。

雲琅始終將此事瞞得他死死的，無論如何想不通，不禁好奇：「此事不該還有人知道，這又是誰告訴你的？」

「先帝留下玉牒，還留了封手書，一併封存在宗正寺。」蕭朔道：「少將軍瞞得好，這些年下來，我竟一樁都不知道。」

雲琅攥著玉麒麟，怔怔收了手。

溫潤玉質抵在掌心，往事同故人一併翻扯起來，化成冷冰冰的墳塋牌位，在胸口攪出一片澀然空茫。

先皇后將玉麒麟戴在他頸間，攏著他交在先帝懷裡，抱起來尋天上的那一顆白虎星。

歷歷可辨，宛在昨日。

雲琅硬不下心找先帝理論，憶起往事，肩背繃了繃，埋下頭，低聲嘟囔：「你自己難受還不夠，又來招惹我……」

蕭朔緩聲道：「我不招你，你重得了這玉麒麟，便不難過了？」

雲琅叫他一言戳破，惱羞成怒，擼袖子便要同蕭小王爺打一架。才坐直，卻忽然叫蕭朔攏住吻上來。

雲琅怔了怔，力道微緩。

蕭朔叫箭傷牽連，身上滾熱，透過薄薄衣料，烙在他胸口。

迎上來的吻也是熱的，蕭朔吻著雲琅，卻沒有立時挪開，完好的右臂暖暖裹著他，將兩人再度拉近。

雲琅叫他擁著，胸口叫熱意一沸，忽然再壓不住。

蕭朔闔眼，察覺到懷中力道漸漸激烈得彷彿搏鬥，雲琅伸出手，牢牢抱住他，胸肩貼在一處，再不留半分間隙。

雲琅避開蕭朔肩上傷勢，臂間力氣使到極處，幾乎發僵。

蕭朔護在他背後，輕輕拍撫，掌心力道穩得庇盡霜雪。

「帳外……」雲琅緩了一陣，定了定神，「帳外情形，你交代妥當了沒有？」

「交代過了，不會有人打攪。」蕭朔道：「有急事，會在帳外先報。宮中有參知政事，城中有開封尹，我方才出去，接了傳書，外祖父在城外，隨時等你我消息。」

雲琅凝神，盡數想過一遍，放下心，慢慢點頭。

他體力終歸不支，方才盡全力那一擁，竟已隱約空耗，手臂微微發起了抖。

蕭朔將他攬住，「我並不想翻扯舊事，方才走神，只是在想……」

雲琅低聲：「想什麼？」

蕭朔：「我到底欠你。」

雲琅胸口一鬱，說不出話，閉了閉眼。

世上千萬句話，好聽的難聽的，中聽不中聽的，他最不想聽蕭朔說欠。

此時已沒了掰扯的力氣，雲琅鬆了手，要躺回去，卻叫蕭朔攔住，「你為何不問我？」

「問什麼？」雲琅道：「問你欠我什麼了，還是問你怎麼還？」

蕭朔攏著雲琅，慢慢放回榻上，「兩個都該問。」

雲琅一個也不想問，側過頭，想要不管不顧睡一覺，卻忽然覺出不對。

雲琅蹙了蹙眉，看了看本該又犯了囿於往事老毛病的琰王殿下，又低頭看了看自己敞開的半片衣襟。

「欠得太多，我知還不清。」蕭朔輕聲道：「還一樁算一樁，你來記帳。」

雲琅躺在榻上任人宰割，一時竟想不出這帳該怎麼記。眼睜睜叫蕭朔掀開另外半片衣襟，有些茫然，悄悄掐了一把大腿。

蕭朔覆下來，暖融體溫將他罩住，重新吻上雲琅眉心，「這一個，是賠給入宮那日，叫我碰壞了玉麒麟的雲小公子的。」

他聲音低緩柔和，叫箭傷引出的高熱叫嘴唇有些發乾，貼在雲琅眉心，「我從那日初見，眼中便只他一個，再容不得旁人。」

雲琅耳根唰地紅透，一時竟不知與蕭朔哪個更燙，暈暈乎乎，「別……別的也這麼還嗎？」

蕭朔心跳一樣微促，撫了撫雲琅額髮，「你若不喜……」

雲琅當機立斷，壯烈闔眼，「喜。」

蕭朔頓了頓，看著躺得筆直筆直的雲琅，一陣啞然，吻了吻雲琅的眼睛，「這一個……賠給生死線上走過一遭，第一個便想來找我，卻叫我不解風情綁上了的少將軍。」

蕭朔輕聲道：「我中箭時，才知多想見你。」

雲琅肩背微微一繃，沒說話，濃深睫根在蕭朔的吻裡輕顫了顫。

蕭朔攬住雲琅肩頸，叫他枕在掌心，自眉心一路向下，細細吻到耳側。

琰王殿下帳算得清楚，從雲琅在金水河畔、咬碎牙和血吞親手扔了的那一枚玉麒麟，賠到了雲琅逃亡路上，連最劣等的茶葉也沒有，用樹葉勉強煮的那一碗水。

雲琅呼吸愈促，在他的吻裡微微打顫，不自覺握住了蕭朔手腕。

蕭朔掌心迎上來，攏住雲琅。

蕭朔擁住雲琅，將他藏進懷裡，藏得愈深，護住肩胛脊背、護住累累傷痕。

雲琅整個人叫他親軟了，熱乎乎化在榻上，尚在惋惜：「就……賠完了？」

蕭朔啞然：「若有未還清的，少將軍盡可討債。」

雲琅心說這還不容易，立即接著細數：「我逃到江南西路，滾落山崖時，將肩膀摔脫了，自己想辦法安回去的。」

蕭朔手臂微緊，斂了眼底沉色，在他肩頭吻了吻。

雲琅眼睛發亮，「我在湖北路江陵府，吃壞了肚子。」

蕭朔：「……」

雲琅不大好意思，耳後發熱，咳了咳，「我在廣南東路，不小心摔了一跤，擰了腰。」

蕭朔：「……」

雲琅高高興興，「我在潼關路捅了個馬蜂窩，叫馬蜂追了三里路……」

先帝給的辦法，也未必樁樁件件都好用。

蕭朔親了雲將軍第一百三十三口，聽著雲將軍興致勃勃解開褲帶說起在荊湖南路被一隻蚊子咬了六十七個包的故事，穩穩當當，將人放回榻上。

拿過老主簿苦心尋來的下冊話本，沉穩起身，出了營帳。

雲琅惦記著蚊子包，追了琰王殿下整整兩日。

蕭朔照例帶人巡城，停在城角樹下。接了參知政事派人送來的一封密信，解下披風頭也不抬，將暗影裡躥出來的人影劈頭罩住。

雲琅眼前一黑，叫厚實暖和的披風蓋了個結實，百思不得其解，問道：「你是哪隻眼睛看見我過來的？」

「不必看見。」蕭朔藉著火光，一目十行看過了密信，「我來巡城，你定然暗中潛行護持。有人攔我，你定不放心，要過來細看。」

雲琅正與披風殊死搏鬥，叫他戳穿，腳步一頓。

蕭朔摺起密信，在火上一沾，叫紙張漸漸燃盡，「只來看一眼，何等無聊。」

「總歸叛軍遲遲不攻城。」蕭朔：「閒極無聊，不如嚇我一嚇……」

「打住。」雲琅惱羞成怒，「小王爺，你再故弄玄虛，我今晚便同你的披風私奔。」

蕭朔抬頭，輕嘆了口氣，接過披風抖開，將雲琅嚴嚴實實裹住，「你的藥喝完了？一身的藥香，如何不發覺？」

蕭朔替雲琅繫好披風，「明目張膽，連他們幾個也瞞不住。」

雲琅頭一回聽說還有這麼找人的，一時幾乎懷疑自己是個大號的人參娃娃，匪夷所思，抬頭看過去。

連勝緊閉了嘴站在一旁，迎上少將軍能殺人的鋒銳視線，堅決搖頭，回道：「屬下愚魯，不曾發覺。」

雲琅稍覺滿意，看向都虞候。

「屬下混沌。」都虞候打了個激靈，「不識藥氣。」

雲琅有了底氣，昂頭看著琰王殿下。

都虞候不著痕跡，挪開幾步，與連勝對視一眼。

殿下與少將軍日夜枕戈待旦，等不來敵軍攻城，便拿身邊人練兵，如果走得不快，當即便要被捲進來。

都虞候心頭警醒，與連勝換了個眼神，頭也不回，一東一西直奔城牆巡查防務去了。

雲琅扯著蕭朔，正要叫人作證，一回頭空空蕩蕩只剩牆根，幾乎氣結，「人呢？」

蕭朔咳了一聲，斂下眼底淡淡笑意，不刺激眾叛親離的雲少將軍，撫了下雲琅叫夜風吹得冰涼的後頸，「夜間巡查忙碌，各處皆要照應，不必管他們。」

雲琅身上再涼，也察覺得出頸後溫度不對，皺了皺眉，「出來時還好好的，怎麼又發熱了？」

「無礙。」蕭朔自己都不曾察覺，聞言微怔了下，收回手，「太醫診過，說是箭傷牽涉，臥床靜養幾日便好。」

雲琅沒說話，扯過蕭朔右臂，一併往城下避風處站了站。

蕭朔說得輕描淡寫，可兩人心中卻都分明清楚，此仗不了結，哪來的臥床靜養的機會。

雲琅這些天往狠了灌藥，仗著宮中太醫院盡是難尋的良藥，將傷勢鎮了個七七八八。城中防務也有意露了破綻，三面緊一面鬆，城門甚至都留了半扇，卻仍遲遲未能等來叛軍攻城。

雙方實力懸殊，若非藉助甕城天然優勢，引敵入套圍攻殲滅，勝局難定。

雲琅看著陰沉沉天色，摸了摸袖中早備好的碧水丹，忍不住蹙緊了眉。

「少將軍好不講理。」

蕭朔替他理了理衣領，接過親兵送上來暖身的熱米酒，試了試溫度，遞給雲琅，「先將人打得膽破心寒，如今等了兩日，便怪人不敢動手攻城了。」

熱米酒抵在唇畔，同蕭朔話中安穩靜沉一道，暖洋洋熨貼過腸胃肺腑。

雲琅就著他的手喝了小半碗，低呼口氣，扯扯嘴角，「是我急躁了。」

雲琅將碧水丹收好，看了一眼蕭朔，半開玩笑：「小王爺大器晚成，臨危不亂，比我更承端王叔衣缽。」

蕭朔看他一眼，沒與雲琅掰扯兩人誰才是親生的，將剩的半碗米酒飲盡，「若我不在，你不會急躁，你訓我關心則亂，自己也不見好出多少。」

「若你不在，我現在哪有心思喝什麼酒。」雲琅笑了笑，「參知政事信上說什麼了？」

如今內城中盡是侍衛司暗兵，宮中遭了一回叛軍，動心怵目，正忙著亡羊補牢，處處都盤查得寧嚴不鬆。

這時候冒險傳信，不是急事，便是事關重大，情形緊要。

雲琅好奇：「多大的事，竟還寫了封密信送過來？」

蕭朔將空碗交給親兵，引了雲琅向帥帳中回去，走了一段，「宮中有意遷都。」

雲琅還道多大點事，點了點頭，走出幾步，忽然反應過來，「遷什麼？」

「前朝有舊事，汴梁城破，遷都臨安府。」蕭朔道：「此番又有人舊事重提⋯⋯信中揣摩，是皇上的意思。」

蕭朔話說到一半，停住話頭，伸手扶了雲琅，「怎麼？」

「平平氣。」雲琅氣得眼花，深呼深吸，「免得忍不住，現在入宮，一刀捅了你六大爺。」

「若非強敵環伺、朝局不穩，此時動盪怕要招來四境不安國中大亂，我早比你先下手。」蕭朔眼底透出分明冷色，「不會太久……這京城他也遷不得。」

雲琅按按生疼胸口，呼了口氣。

汴梁是古都，整座城都叫戰火焚毀過，被河水淹了不知多少次。每毀一次，這座城都會在故址上重建。一朝一朝積攢王氣，靠人力硬生生馴服了年年失控的汴水，變成了溝通南北最富饒的一條運河。

國未破家未亡，若他們這位皇上真敢走這一步，就算真引得四境叛亂八方來攻，他豁出去帶兵死鎮，馬革裹屍埋在沙場，也要叫蕭小王爺直接動手改換天日。

「遷都之事，天方夜譚。」蕭朔掀開帳簾，叫雲琅先進帥帳，「參知政事信中提醒，叫你我留神，此事究竟因何而起。」

雲琅皺了皺眉，「還能因何而起，皇上腦子叫御花園的池塘泡了？」

蕭朔放下帳簾，引了雲琅落坐，「若只是叛軍謀逆，宮中就已畏懼到要遷都避讓，縱然當年選無可選，先帝也不會將皇位交到他手中。」

帳中不比外面暖和多少，蕭朔拿過案上暖爐，擱在他懷裡，「參知政事探知，昨夜襄王使節入文德殿，與皇上單獨說了些話。」

雲琅攏著暖爐，慢慢蹙緊眉。

襄王苦心滲透多年，城內尚有人蟄伏，充作使節與宮中談判，倒不意外。

可這番話若已這般緊要，足以叫皇上生出遷都的念頭，只怕絕非尋常。偏偏宮中卻仍瞞得密不透風，甚至連參知政事也無從探知……

暖爐溫熱，寒意卻自背後蔓上，一絲一毫，透進心胸。

雲琅眼底利芒攪起波瀾，倏而抬頭，正要開口，眸光忽然微凝。

蕭朔拿過參湯，吹了吹，遞過去。

「襄王只怕還有幫手。」雲琅捏住袖中碧水丹，握了蕭朔手腕，「他苦心謀劃，圖謀多年。縱然今日謀逆孤注一擲，也不會不給自己留下退路。」

「襄王若不狡兔三窟，反倒蹊蹺。」蕭朔點點頭，接著道：「於你我而言，他此時便死，也死得太早了些。」

雲琅聽著帳外動靜，心底愈沉，急道：「小王爺。」

「喝淨。」蕭朔緩聲：「磨刀不誤砍柴工。」

雲琅險些叫他氣樂了，霍然起身，去拿榻上盔甲弓箭，「幾時了還磨刀，你沒聽見喊殺聲？還不快入宮，穩住宮中情形，替我守牢了背後……」

蕭朔抬手，將參湯遞過去。

雲琅一陣氣結，只得接了仰脖一口氣灌淨，正要服碧水丹，神色忽然微異。

蕭朔抬眸，眼中深邃冽澈，迎上雲琅視線。

雲琅握著空碗，灌下去的藥化成力氣，自四肢百骸透出來，內勁磅礴浩蕩，幾乎叫他以為自己從不曾受過那些足以致命的舊傷。

雲琅定定心神，若非大戰在即，幾乎壓不住要挑起來的嘴角，「我找了這麼久的沉光，原來藏在你這裡。」

碧水丹只能激發體力，雲琅在城外領兵破敵，就已覺出隱約吃力，只能一言不發凝神護持經脈，斂住一口心血，才能撐到一戰終了。

雖不盡如人意，卻畢竟強於他此時自身情形，總勝於無。

雲琅始終在暗中尋找沉光，難得這次近水樓臺，將太醫院看著像是有用的藥盡數搜刮過來，也沒能翻出半點端倪。

不曾想到，竟讓蕭小王爺給偷偷藏了。

「沉光藥性猛烈，能鎮壓沉傷，復人內力，至多維持五個時辰。」蕭朔道：「今日一戰凶險，你用碧水丹，我不放心。」

雲琅一樂，眼中清明湛亮，一本正經抱拳，「謝殿下賜藥。」

蕭朔深深看他一眼，壓下胸口無數翻覆念頭，將兵符雙手遞過，交在雲琅掌心。

無論什麼藥，終歸透支的是心神體力，藥性越是猛烈，支取的便越徹底。

若不用沉光，以雲琅如今的身體應付今日戰局，無數凶險隱患。

用了沉光，至多能維持五個時辰。藥力一過，不只是碧水丹的力竭昏睡那般簡單。若那時戰局尚未明朗，他必須立即趕回，搶下雲琅。

「我幾時打過五個時辰的仗？」雲琅一眼就知道他心中在想什麼，俐落披掛甲冑，將白玉袖箭扣在腕間。

「宮中水深難測，到時說不定還要我去接你。」

蕭朔微啞，學了雲琅架式，雙手抱攏成拳，朝他一禮。

帳外喊殺聲起，連勝並未叫人來報，無疑這幾日布置巡城卓有成效，尚可抵擋。

雲琅已披掛妥當，攥了蕭朔那領墨色披風，單手甩開扣上銀鎧，握住蕭朔同他抱拳的手。

蕭朔微怔，正要開口，雲琅已低下頭，在他指節吻了吻。

蕭朔胸口熱意驟然一掀，滾燙心血瞬間湧上來，迎上雲琅眼中明月流水的清亮笑意。

「算盤打得再響，也由不得他。」雲琅看著蕭朔，「今日一戰後，宮中朝野，任一件事都不會再如我們這位皇上的願。」

雲琅：「今朝共赴，明日同歸。」

蕭朔闔了下眼，低聲：「我……」

雲琅：「後日看話本下冊。」

蕭朔：「……」

雲琅極有條理：「第四日泡湯池，第五日翻雲覆雨顛鸞倒鳳，第六日芙蓉帳暖度春宵，春宵苦短日高起……」

「……」蕭朔：「雲琅。」

雲琅沒繃住一樂，堪堪收住正色，摘了頸間玉麒麟，遞給蕭朔。

玉麒麟質地通透潤澤，安穩躺在掌心。

紅線蜿蜒，在蕭小王爺掌心盤旋了個圈，將人穩穩當當套住。

「先定山河，再尋百年。」雲琅：「耽擱幾日，不算蹉跎。」

蕭朔凝注他良久，將玉麒麟貼身收好，回身豁開帳門，帶了親兵滾身上馬。

雲琅出帳，牽了蕭小王爺親手養大的戰馬，將背後盡數交託給蕭朔，盯牢了緩緩洞開的城門。

城門外，黑壓壓的鐵騎極短暫地靜了一靜。

金水門是溝通內外的城門，城外無塹溝、城內無險阻。

一旦破開城門，京城垂手可得。

如今城門不攻自開，眼前是寬闊平整的官道。城中空蕩，只有孤零零的禁軍主將，一人一馬遠遠攔在官道盡頭。

叛軍首領反倒隱隱不安，握緊了韁繩，盯著雲琅馬鞍處懸著的弓，黝黑戰馬焦灼踏地。

在北疆，沒人不認得這張弓。

朔方軍雲騎主將的雪弓，桑梓木成弓身，弓弰有颯白流雲紋。

當年汴梁風雲激變，所有人都以為雲騎的主將已死在逃亡路上，或是倒在了中原人的陰謀詭計、暗鬥湍流之下。

前鋒黑鐵騎探城時被吞淨了，這兩日百般探查，今天見到這張弓，才終於徹底確認。

朔方軍，流雲騎。

雲琅。

雲琅領兵，從不按尋常打法，更不會這般匹夫之勇一般螳臂擋車，不留後手。

可會是什麼後手？

外強中乾的八萬禁軍，美酒佳餚浸酥了骨頭、綿綿歌舞纏軟了志氣的中原人，昏聵無用只知內鬥的闇弱朝廷。

還有什麼後手，藏在誰也不知道的地方？

「若叫天威所懾，不敢交戰，便自退去！」城頭上，禁軍將軍高聲道：「不必磨磨蹭蹭，耽擱時辰！」

四方兵士應聲厲喝：「退去！」

叛軍首領眼底一瞬狠厲，平平揚起手中彎刀。

「刀槍無眼，有來無回！」禁軍將軍寒聲：「同根同源，無意趕盡殺絕，迷途知返……」

叛軍首領忽然抬頭，黑鐵面具下，眼中盡是嗜血冷嘲：「誰與你等同根同源？」

他咬字極慢，說的雖是汴梁官話，卻分明帶有西北長城之外的異邦口音。

城樓之上，連勝眼底一瞬激起驚詫，心底倏沉，死死壓住面上不顯。

叛軍首領手中彎刀狠狠橫劈，刀柄狼頭咬著刃上血色，咬向夜色裡近在咫尺的中原帝都。

黑鐵騎緊隨其後，飆進了大開的金水城門。

狂風捲雪，激起茫茫月色。

雲琅巍然不動，白磷火石嘯出雲騎主將的承雷令，將城頂陰雲撕開個口子。

城頭之上，萬箭齊發。

叛軍首領冷笑，「雲琅，這不是你的燕雲北疆！」

他敢衝進來，便早做了萬全的準備。黑鐵騎在疾馳中變換陣勢，重甲騎兵捲在周邊，以鎧甲硬攔箭雨，密不透風護住了精銳的輕騎。

一片叮噹作響，箭矢盡數墜在地上。

騎兵衝鋒勢頭半分未緩，馬蹄踏得轟鳴地動，浩蕩碾過來。

叛軍首領一馬當先，死死盯著雲琅，不給他絲毫張弓搭箭的機會，手中彎刀狠狠劈過去。

劈了個空。

寒芒一閃，殺意竟已臨到頭頂。叛軍首領視線狠狠一縮，硬生生後仰，劍刃寒氣擦著面皮削過，掀開了黑鐵面具。

雪白戰馬與他交錯，穩穩承住落回背鞍的雲琅，竟在喊殺聲裡興奮長嘶，直撲敵陣。

看似平靜的街巷角落，忽然湧出數不清的禁軍步兵。

衝進來的叛軍原本是輕騎兵打頭陣，輕騎兵精銳，最擅騰挪輾轉，對付步兵本該探囊取物。偏偏方才為了抵擋那陣箭雨，換了重甲騎兵在前，尚不及反應，便與地上禁軍攪成一團。

鐮形的砍馬刀不傷人，專斬馬腿，穿梭在陣勢空隙，一擊即走。

叛軍的重甲騎兵無從避讓閃躲，重重倒地。衝在最前的一倒，後面的不及收勢，撞在一處，猝不及防滾成一團。輕騎兵有心補缺，才發覺竟被堵死了出路。

雲琅策馬直入，第二枚白磷火石衝開夜色，城頭再度萬箭齊發。

叛軍首領瞳孔驟然收縮，「舉盾！步兵挾騎，散魚鱗陣……」

他的聲音被箭雨聲壓過去，禁軍的騎兵營壓著箭尾，緊隨那一道墨色披風裹著的燦白身形衝鋒破陣，將衝進來的叛軍攔腰斬斷。

雲琅引著侍衛司的騎兵營，豁開條至城門的血路。

停也不停，又交錯殺回，捲起一路激揚雪色。

叛軍首領眼底一片凶戾血光，策馬疾馳回援，才趕出一箭之地，寒意忽然飆上頭頂。

叛軍首領急勒馬，身形已矮到馬匹旁側，卻終歸慢了一步。

攜著風雷的白羽箭刺破夜色，擦出刺耳爆鳴，狠狠撞在堅滑光瑩的鐵甲上，一陣激痛自鎧甲下幾乎窒息地掀起來。

叛軍首領死死扯住馬韁，勉強穩住身形。

重甲堅硬，非強弩可入。白羽箭破不開鐵甲，卻一樣能傷人，他的左肩胛只怕已碎了。

雲琅手中握了第二支白羽箭，視線落在他的臉上，「黨項人。」

「西朝。」首領臉色蒼白，冷汗自額間滲出來，「黨項一族於去歲重建故國，國主拓跋昊稱帝，不再臣服中原。你們的皇帝已承認……」

雲琅笑出來。

四方喊殺聲直逼穹頂，血色捲著雪粒，碾過鼓角爭鳴。

首領死盯著他，「你笑什麼？」

「笑你替我省事，同襄王勾結，千里迢迢來此送命。」

雲琅緩聲道：「足不出戶，擒賊擒王。」

首領被他點破身分，胸膛一震，尚完好的一條手臂死死攥住圓月彎刀，倉促回馬便走。
立時有重甲騎兵湧上來，將去路封嚴，死死堵住雲琅。
都虞候殺得一身悍然血氣，趕上來與雲琅並轡，「少將軍，西夏黨項人，來的是鐵鷂子！」
雲琅斂去笑意，握住弓身，「我知道。」
都虞候在馬上急喘著，視線迎上雲琅看不透的眼底，沛然戰意下，隱隱迸出無聲擔憂。
殿前司這些天不眠不休，在京中排查，揪淨了戎狄暗探。卻不料襄王狡兔三窟，竟還尋了第三方的外援。
西夏。
一直以來，幾代朔方軍抵禦的都是正北方的遼人與戎狄。燕雲十三城，叫端王與雲琅相繼收復了十二座，已連成一片牢不可破的疆界。
最後一座朔州城，最後一處雁門關，正壓在西北的黨項部落邊界上。
黨項是個夾縫裡求生的部族，曾被中原狠狠打殘過，先後臣服於中原與遼國，受了遼國冊封，向中原帝王稱臣。
這支部落環伺已過百年，在遼朝版圖上叫夏國，在本朝的疆域圖上叫西夏。好水川一戰，曾絞殺過十萬中原大軍。
三千鐵鷂騎兵，是西夏手中最致命的王牌。既是國主的貼身護衛，也是陣前殺敵的先鋒。
都虞候在好水川，曾親身遭遇過這支夢魘一般的騎兵。
凶悍難擋、刀箭不破，人用鉤索同馬絞在一處，縱然死了也死在馬上。
襄王與虎謀皮，竟招來了這一匹蟄伏日久的惡狼。
「可要派人速至宮中，請調侍衛司暗兵營？」都虞候壓下眼底隱隱不安，「我軍不耐久戰，如今忽然多出了鐵鷂子，戰力遠勝襄王黑鐵騎重甲。」

雲琅收起白羽箭，將弓掛回鞍側，換了重劍在手。

都虞候急道：「少將軍！」

「殿下去宮中了。」雲琅道：「隨我衝殺。」

他的語氣太過平靜，都虞候沒能從中聽出任何暗示，屏息抬頭，正要說話，眼尾忽然狠狠一跳。兩軍拚死廝殺，竟有一支隊伍自宮中出來，趁亂衝出了城門。

侍衛司，暗兵營！

都虞候盯著滾滾而去的雪粒塵灰，眼底幾乎生迸出血色，咬牙切齒：「這種時候，他們不禦敵，為何要往外跑？」

雲琅並無半分意外，收回視線，策馬衝入敵陣。

襄王連夜入文德殿的使節，莫名其妙提起的遷都，參知政事連夜緊急送來的密信。突然出現的西夏鐵騎。

樁樁件件，蕭朔曾問過他的話，連成冷透心口胸肺的答案。

宮中昨夜就已知道了襄王的底牌，知道了有西夏強敵直指汴梁。甚至已認定今日這一戰毫無意義，汴梁遲早陷落，預先做了遷都的打算。

最精銳的侍衛司暗兵，自然要用在刀刃上，趁亂襲殺襄王，以絕後患。

「偃月方圓！」雲琅勒馬，「騎軍據左右翼，步軍居中，弓箭在外！」

連勝跟到他身側，目光一緊，「少將軍，偃月陣……」

雲琅厲聲：「動陣旗！」

連勝肩背一繃，再不敢多說，傳令城頭改換陣法旗幟。

偃月陣據敵固守，兩翼擊殺攪亂，全部壓力都在月輪內凹的一點主將位。西夏國主親率鐵鷂騎兵潛入汴梁，不能明目張膽，被迫與襄王的黑鐵騎混在一處，戰力反而受限。

等黑鐵騎殺盡，這支曾絞殺了本朝十萬大軍的鐵鷂子，才會真正露出獠牙。

連勝與都虞候各率左右翼，中間的全部衝擊，就盡數壓在了雲琅一人身上。

城頭旗動，禁軍陣型隨之變換。

連勝無暇多說，死死嚥下喉間翻湧血氣，帶人直奔右翼去了。

雲琅眼底寒成鋒銳冷刃，橫劍立馬，墨色披風裹著白袍銀甲，烈烈攪著一地月芒。

朔風捲地，雪粉撲人。

右承天門上，常紀緊攥著腰側刀柄，牢牢盯著城中廝殺。

【第二章】

前路是心頭血，背後是眼前人

一個時辰前，宮中傳聖旨，將右承天門封死。

侍衛司暗兵營分成兩半，一半伺機出城誅殺襄王，一半與金吾衛共駐右承天門，將叛軍攔死在宮城之外。

聖旨上說，若無禁軍虎符，不可開城門、不可出宮城、不可放一人入城。

右承天門是宮門，宮牆堅固，門外有塹溝護城。

塹溝之外，是拒敵死戰的禁軍。

侍衛司暗兵營的都尉同在城頭，漠然立在陰影裡，像個深宮中放出來的陰鷙影子。

「皇上不通軍事，你我掌兵，不該不懂。」常紀扶著城牆，啞聲道：「此時開城門，暗兵營與禁軍匯在一處，有雲少將軍領兵，尚有轉圜機會……」

「何來少將軍？」都尉神色冷漠，「雲琅掌兵已有違旨意，不拿他，已是寬容。」

常紀眼底一寒，「若無雲將軍，汴梁城此時早已破了！」

「宮中已有意遷都，一座廢城而已，破了又如何？」都尉掃了他一眼，語意譏諷：「常將軍，再口無遮攔，留神觸了天威，自身難保。」

常紀怒意幾乎衝頂，死盯著他，胸口起伏。

他早知宮中指望不上，也知皇上為穩固皇位，向來視襄王為眼中釘肉中刺，必欲除之而後快。

可他終歸想不到，為了除掉一個襄王，竟能荒唐到這一步。

冷眼旁觀禁軍死戰，侍衛司最精銳的暗兵營被分了一半出去，剩下一半固守，甚至連帝都都已做好了廢棄的打算。

「皇上究竟有什麼把柄捏在襄王手裡！」常紀再忍不住，厲聲道：「為了對付一個襄王，燕雲不要了、禁軍不要了，現在連汴梁都不要了！接下來呢？是不是連國土社稷也不要了？」

常紀再忍不住，霍然回身，「你自守你的城！金吾衛再不濟，也能殺上幾個黨項……」

他話音未落，人未下城，已叫侍衛司暗衛撲上來，按了個結實。

常紀倏然瞪大了眼睛，「放開我！」

「皇上的聖旨，常將軍還是守得好。」都尉睨他一眼，「既說了不准開城，這城無疑是開不得的。若開了城門，將西夏人引進來，常將軍莫非擔得起？」

常紀目眥欲裂，叫人拿繩索牢牢捆縛住雙臂，胸口憋得幾乎炸開。

都尉全不以為意，站在宮城上，望著城下混戰。

鏖戰一夜，天邊已不覺泛起亮色。

禁軍列開偃月方圓陣勢，據守緩退，已退到宮城之下。

西夏國主拓跋昊一馬當先，吊著條手臂左衝右突，西夏人高喊著聽不懂的黨項話，戰意愈盛，馬蹄濺開一片殷紅雪色。

禁軍越戰越沉默，人人豁出性命，縱然重傷倒地，也要死死抱住能撈得到的人腿馬蹄。到現在仍未叫西夏鐵騎衝垮，全仗陣中主將位。

雪粉被凜風颳得如同刀割，馬踏刀捲，一片茫茫雪霧。雲琅領了親兵，在雪霧裡縱橫往來，劍光凜冽，挑開灼烈血色，死鎮陣眼中央。

「少將軍！」連勝一刀狠狠劈落，砍翻眼前敵兵，「暗兵營不指望了，殿下親兵是朔方精銳，為何不與我等合力？」

雲琅淡聲：「不是時候。」

連勝一陣愕然，「還不是時候？」

雲琅眼底鋒銳不減，掃他一眼，回劍將他背後敵兵當胸穿透，摸出碧水丹拋過去。

蕭小王爺沒打過仗，第一回領兵，能不能找到最合適的那一點，他心中其實也不盡然肯定。可不知為何，竟又莫名篤定得很。

天邊泛起隱隱亮色，朝霞也叫血氣沖天染透，層疊蔓延，鍍上一層燦金光芒。

雲琅頭也不回，揚鞭策馬，直入敵陣。

兩軍鏖戰整整一夜，都已極盡疲乏。

鐵鷂子逼出力氣，迎上主將衝鋒，徹底混做一團。

右承天門上，都尉盯準時機，吩咐左右：「強弩。」

在他身後，暗兵營將士再忍不住，一頭撞在地上，「將軍！已到此時，何懼一戰……」

「強弩！」都尉沉聲呵斥：「你等要抗旨嗎？」

「你要做什麼？」常紀心底寒透，「如今禁軍與西夏人攪作一團，你此時動強弩！萬箭齊發，有死無傷！」

「禁軍死戰報國。」都尉漠然道：「宮中會有嘉獎。」

「荒唐！」常紀再壓不住怒意，破口叱罵：「江山社稷，盡數毀在你們這些宵小之輩！」

都尉抽刀，抵在他頸側。

「來！」常紀悲憤已極，反倒大笑起來，「國將不國，先殺了我殉葬！」

城上動靜分明，傳到城下，人人心頭都蔓出寒意。

「這就是你豁出命護著的朝廷？」拓跋昊看著雲琅，目光諷刺，「強弩一落，我西夏人縱有死傷，你的人大抵要盡數折在這裡了。」

雲琅勒馬回韁，抹去溫熱血色，向城頭上望了一眼。

拓跋昊盯著他，慢慢道：「你的皇帝棄絕了你，你的朝堂要致你於死地，你盡力要效忠的，全是荒唐的陰謀。」

雲琅眼底光華一躍，收回視線，嘴角揚起來。

拓跋昊已不上他的當，兩軍雖都疲憊至極，但雲琅的禁軍無疑戰力更弱，會比鐵鷂子更早不支。只要再有一波衝鋒，就能盡數潰敗。

城上那些廢物無用的中原人還在撕扯，拓跋昊眼中聚起嗜血狠厲，舉起彎刀，正要下令，視線忽然狠狠一凝。

右承天門之上，正要下令強弩營齊射的暗兵營都尉身形滯了滯，自城頭跌落，栽在城下死得不能再透。

有人一刀豁開常紀身上捆縛的繩索，將明黃聖旨拋在城頭。

被軍令聖旨壓得動彈不得的半營侍衛司暗兵與金吾衛，終於承來一封抗敵的軍令，沉默著火速匯攏，跟在一隊高舉著禁軍虎符的鐵騎之後，潮水一般湧出終於開啟的沉重城門。

城頭之上，戰鼓轟鳴擂動。

西夏鐵鷂子從未打過這般煎熬的仗，疲憊已極，原本正要隨國主下令振作精神一舉全殲敵軍，此時竟都錯愕怔住，茫然抬頭。

近乎刺眼的白亮日光裡，一面雲字大旗迎風獵獵，凜然映日，捲起無數心魄膽寒。

北疆部族，沒人不認得這面旗，沒人不畏懼這面旗。

這面旗肅清過邊疆，誅破過敵虜，絞殺過草原上最精銳的騎兵。當年中原朝廷動盪，這面旗再沒在北疆出現過，不知有多少部族暗自慶幸中原的皇帝自毀長城。

如今這面旗竟又展在汴梁的城頭了。

無聲的畏懼忌憚緩慢蔓延，鐵鷂騎兵反常地死寂下來，不由自主緩緩後退。

雲字旗下，方才誅殺都尉、拋聖旨開門的人長身佇立，將一柄簇了紅纓的虎頭亮銀槍遙遙擲下城頭。

雲琅頭也不回揚手接槍，一點流星寒芒，直取拓跋昊。

「衝鋒！」拓跋昊冷汗淌下來，嘶聲呼喝：「中原軟弱，禁軍疲乏……」

「你說的或許不錯。」雲琅笑了笑，「朝堂社稷，都該整頓。」

西夏國主的親兵凶悍撲上來，雲琅再不留手，銀槍挑起一汪燦亮日色，向上猛然一揚。

援兵隨前鋒撲上，浩浩蕩蕩，將鐵鷂騎兵徹底淹沒。

雲琅槍尖綻開片片血色，將背後盡數交給蕭朔，策馬疾馳掠入敵陣，身形拔起，一槍刺在拓跋昊肩頭。

兩人身形相向，射雕手無從放箭，拓跋昊看著近在咫尺的雪亮槍尖，臉色蒼白。

「蕩平河山，自今日始。」雲琅槍尖沉落，重擊在他胸口護心鏡，一聲錚鳴生生摜碎，貫入他胸口，「多謝閣下祭旗。」

拓跋昊不及反應，身子一顫，湧出大口鮮血。

國主危急，親兵大驚，要撲上來，卻被以逸待勞的援兵死死纏住。

西夏的射雕手再按捺不住，急張弓弦，箭尖瞄準雲琅胸口。

雲琅不閃不避，持槍策馬，亮銀槍蘊足內力狠狠送出，將拓跋昊穿心刺透。

射雕勁矢呼嘯而至，直奔雲琅頸胸前。

雲琅棄槍換劍，盡力絞飛兩支連珠羽箭，絞到第三箭，手臂一顫，終於力竭。

箭頭冷氣逼到眼前，一領雪色披風劈面覆落，裹住黨項的射雕羽箭，硬生生將箭勢絞住引偏，扎著披風釘在地上。

射雕手被連勝一刀劈落，長弓墜地，箭矢散作一團。

雲琅睜眼，迎上蕭朔凜冽黑眸，眼底蘊起融融笑意。

蕭朔伸出手，在他失去意識跌下馬之前，牢牢抱住了雲琅的胸肩。

鐵騎壓城到第三日，汴梁百姓彷彿重見了朔方軍。

廝殺聲震了整整一夜，從金水門一路喧沸進內城，戰火一路燒到沉默的深宮。

風鳴雷動，天將明時，有人親眼在右承天門上見了雲字旗。

白虎星占西方七宿，戰星鏗然，通明整夜。

畢宿鎮守昴畢天街，參為將，下三星伐，九州殊口，五車破敵。

雲旗捲著徹夜明耀的白虎星，與東方日出金光遙遙應和，所指之處，無往不勝。

汴梁城遠離戰火實在太久，久到早已忘了刀槍錚鳴的聲響。人人屏息守在窗前，聽著人喊馬嘶、聽著廝殺拚命，聽到天色大亮，終於看到禁軍隊伍從城中出來。

帶著熱騰騰的鮮血和凜冽殺意，颯白流雲旗上，挑著西夏鐵鷂騎兵染血的黢黑頭盔。

此一戰，平叛定亂，盡殲西夏鐵騎。

汴梁已被戰火燒毀大半，所幸有殿前司與雲少將軍提早防備，應對及時，只是毀了沿街的勾欄民宅，死傷不多。

兵力全匯聚到金水門，開封府撐門拄戶，枕戈待旦守著外城，看見殿前司，高懸的一顆心終於重重墜回胸腔。

開封尹眼底盡是血絲，疾步上前，截住連勝，「連指揮使，琰王與雲將軍……」

連勝持槍拄地，臉上也帶著戰後的疲倦力竭，搖了搖頭，「先回府了，無大礙。」

開封尹心底一鬆，晃了晃，勉強站穩。

衙役快步上來，將熱米酒捧給徹夜激戰的將士。

城中醫者早匯攏到一處，有傷者急治傷，力竭者扶去好生休息。

這一場仗本不在意料之外，只是戰局變幻，遠遠超出了所有人的預計。

「虔國公坐鎮，兵部尚書主持朝政，人手錢糧一應有景王府。」開封尹低聲道：「城中安定，將軍放心。」

連勝將一碗滾燙米酒飲盡，喉嚨嘶啞得再說不出話，點了點頭。

鏖戰一夜，人人都已不剩半分心力。開封尹原本還想問宮中情形，終歸嚥下，急吩咐衙役引眾人休養生息。

城外不知內城變故，只知道叛軍越打越多，從令人生寒的黑鐵騎，變成了更令人生寒的塞外騎兵。兩日圍困，城內的情形、宮中的情形，一概不明。

往日闇弱的禁軍，要如何調度，竟能勝了西夏的鐵鷂騎兵？

此等大勝，宮中為何遲遲不見動靜？

天將明時出城的那一隊侍衛司暗兵，又是去做什麼的？

琰王殿下如何得了禁軍虎符，又如何力排眾議，帶出了這面雲字旗？

開封尹壓下心中無數念頭，盡力定了心神，腳不沾地，又帶人去忙碌安置。

汴梁街頭人頭挨挨擠擠，百姓夾道拜謝，店家加緊熬粥煮茶犒軍。

禁軍苦戰力疲，各府湊起來的私兵與衙役護衛，一應由兵部尚書調度，盤查清掃，平鎮亂局。

琰王府書房內，靜得能聽見藥在爐上煎熬滾沸。

雲琅躺在暖榻上，氣息平緩，似在熟睡，臉上卻淡白得不見半分血色。

梁太醫收回診脈的手，面沉似水，冷哼一聲重重坐回去。

「究竟什麼情形，要不要緊？」蔡太傅火急火燎，急忙問道：「少賣關子！叫你來是治傷的，不是出氣的！」

梁太醫埋頭挑選銀針，眼皮也不抬，「你若不把沉光給他們兩個，用得著我來治傷？」

蔡太傅叫他一言戳中，不由氣結，「老夫……」

「不關太傅的事。」

蕭朔解開雲琅衣襟，低聲道：「是我們兩個要搏生路，不得已兵行險著。」

梁太醫心中如何不清楚，只是與老對頭抬槓罷了，聞言掃了這兩個小輩一眼，嘆了口氣，「讓開，給他行針。」

沉光原本是宮中的禁藥，只配給軍中領兵大將。

用來在戰局危急、生死關頭激發潛力，扭轉乾坤。

這些年關外沒有戰事，這種藥也不再製作，再要尋到已極不易。

梁太醫知道雲琅要去涉險，也盡力託人尋過沉光，只是終歸沒能探出端倪，卻不想這老豎儒竟還替學生偷偷藏了一劑。

雲琅原本躺得無聲無息，穴位牽扯，叫痠麻痛楚牽扯得本能一繃。

銀針依著經絡穴位，針針挑著雲琅體內的殘餘藥力。徹底力竭的身體給不出回應，卻仍盡力繃著，想要逼出最後一點力氣。

雲琅心神尚在戰場之上，意識叫疼痛從昏沉中激得隱約醒轉，下意識便要摸索身旁弓箭銀槍。

梁太醫扎不準，一陣頭疼，「你那繩索鐵銬呢？將他銬上算了。」

蕭朔將人攬住，握了雲琅摸索著要張弓搭箭的手，扣合上去。

雲琅意識混沌昏沉，察覺到束縛，呼吸滯了滯，本能便要反抗。

這些天精細養著終歸有成效，此時雲少將軍竟還有掙扎的餘力，握著蕭朔的手反倒更用勁，死死攥著，筋骨近於痙攣。

梁太醫嚇了一跳，「不好，怎麼還這麼大力氣？」

蕭朔身上傷了不止一處，肩頭傷勢也在戰中牽扯，還未來得及仔細處理，只草草包紮過一遍。此時掙動，又有新鮮血色洇透出來。

「你自己留神。」梁太醫皺緊了眉，吩咐道：「他不要緊，底子已養得能撐住了，你這傷藥還沒上……」

蕭朔搖搖頭，攏住雲琅的胸肩，輕聲道：「我在。」

雲琅肩背一顫，手上力道由掙扎轉為摸索，一點點攏住了蕭朔的手，試探著攥實。

蕭朔大略猜得到雲琅困在哪一段夢魘裡，闔了闔眼，回握住雲琅的手，「少將軍。」

雲琅喉嚨動了下，咳了兩聲，胸口急促起伏。

「我在。」蕭朔握緊他的手，「我知道。」

「朔州城，雁門關。」蕭朔輕聲：「我陪你去打回來。」

雲琅胸肩狠狠一悸，滾熱水氣再攔不住，自濃深睫下透出來。

燕雲遮眼的風沙，寸草不生的荒蕪戈壁，從胸口冰到後心的鎧甲，北疆冷透了的孤月。

出玉門關不見故人，至雁門關不歸故鄉。

一場接一場鏖戰，來自後方的支援越來越少。將士們親手埋下同伴的屍骨，連同送不出的家書一併裹上馬革，堆沙成墓，刻木作碑。

遍野星沉，穹低可探。

火星隨風飄蕩，寂靜得足以噬人的沉默裡，有人低低應和著唱前朝的戰曲。

不知萬里沙場苦，枯骨盡是長城卒，彎弓莫射雲中雁，歸雁如今不寄書。

蕭朔慢慢吻著他的眼睫，吻上雲琅冰冷的嘴唇，輕輕蹭著，將暖意分過去。

雲琅靜了靜，掙動的力道漸弱，漸漸安穩下來。

梁太醫眼疾手快，趁著這個空檔，將銀針飛快排下去。

「幸好這些天養得仔細……已好了大半，禁得住糟蹋。」梁太醫專心下針，落到雲琅心口穴位，仍覺餘悸，「若是放在剛回京城時，這一劑沉光下去，定然要了他的小命。」

蔡太傅坐在榻尾，一言不發，死死攥了拳。

雲琅身上新舊傷痕交錯，胸口創痕刺眼。

好在這些天精細進補，已不再像回來時那般單薄支離。

蕭朔護著雲琅，迎上太傅晦暗目光，緩緩放開雲琅肩頸，將他平托著仔細落回榻上，朝太傅行了一禮。

「做什麼？」蔡太傅緊皺著眉，伸手要扶他，叫蕭朔身上血色一刺，更心疼得要去連撅十根戒尺出氣，「好端端的跪什麼，哪來這些虛禮？你身上這些傷，還不快去裹了。」

蕭朔搖了搖頭，緩聲道：「學生與雲琅，謝師長牽掛護持。」

蔡太傅眼底一凝，斂了袍袖，沉默著轉過頭。

梁老匹夫只管醫病治傷，有什麼說什麼，心疼雲家小子罷了，並沒有更多念頭。

說者無心，聽者有意。

蔡補之當年暗中藏下最後一劑沉光，是為了給學生一條路可選。倘若雲琅執意，當先生的便也豁出去陪著，痛痛快快地戰死在大漠沙場。

暗中把商恪的事告知參知政事，也給了這兩個學生一條路。

只是這條路一旦走上，便再不剩半分反悔的機會。

「你可知兵圍禁宮，形同嘩變。」蔡太傅盯住蕭朔，「你帶親兵直闖文德殿，以戰局相挾，從皇上那裡逼來了禁軍虎符，逼出了雲麾將軍復職的明詔……只憑這個，已足以成宮中腹心之患。」

蕭朔渾身是傷，蔡太傅原本不想立即與他說這些，此時蕭朔沉默著跪在眼前，便知他胸中清明，心念已決。

蔡太傅沉聲道：「你可想過，若事敗了……」

蕭朔靜跪著，搖了搖頭。

蔡太傅蹙緊眉，「怎麼？」

「能與他並肩，一朝一暮皆是賺來的，前路如何，都談不上敗。」蕭朔垂眸，「只剩百年，若百年不可得，來世賠他。」

蕭朔：「再不可得，生生世世。」

蔡太傅心神叫一線清明劈開，錯愕怔住。

一旁梁太醫總共只聽懂了這一句，提拉撚轉銀針，嘖了一聲，「別的不清楚，這說情話的本事，定然不是你教出來的。」

蔡太傅沒工夫理會他，狠狠瞪過去一眼，站起身，視線落在蕭朔身上。

蕭朔看著雲琅，眸底深靜通徹，像是早已將這些話在心裡過了無數次。

榻邊放著禁軍的虎符，漆木深黑，紋路赤紅，同雲琅的燦白雪弓並在一處。

蔡太傅立了良久，「他……也是這般心思？」

「他求百年，比我執念些。」蕭朔笑了笑，目光攏過雲琅靜闔著的英挺眉眼，「可他自小照顧我，若我執意，他向來不與我爭。」

蔡太傅正要開口，聽見他這一句，不由怔了怔，欲言又止。

梁太醫行完了針，正一針一針向外起，聞言忍不住，「這句話說的是雲琅嗎？」

蔡太傅本能地護著徒弟，按按額頭，勉強道：「閉嘴，你如何懂……」

「雲琅自小照顧他。」梁太醫復述道：「向來不和他爭。」

蔡太傅：「……」

「情人眼裡出西施。」梁太醫嗤笑道：「他這何止是西施，基本已快要烽火戲諸侯、君王不早朝了。」

蔡太傅：「……」

蕭朔平白受這兩位長輩指指點點，替雲琅掩了衣襟，蓋好薄被起身，「有何不妥？」

蔡太傅身心複雜，看著自己這個學生，扶了扶他沒受傷的右肩，「老夫當年的確同你說過，若想不通時，多開闊身心，將事情往好裡想。」

蕭朔聽得莫名，「是。」

蔡太傅：「可……凡事也不必太過。」

蕭朔蹙眉。

蔡太傅循循善誘，生生將「自欺欺人」嚥回去，「去偽存真，修辭立誠。」

蕭朔：「……」

蔡太傅：「……」

雲琅躺在榻上，血氣叫針灸催動，咳了兩聲，唇邊溢出細細血色。

榻邊，梁太醫嘆了口氣，拿過布巾隨手抹了，拍拍蕭朔，「走吧，你這等情形，八成是已經連腦子都燒糊塗了。」

琰王分明已經燒得譫妄、胡言亂語，被兩位長輩不由分說扯走，一劑蒙汗藥放倒在了榻上。

老主簿攢出全然不遜於六年前的心力，封了琰王府，掛了先帝親賜鎏金槼，謝客還禮，裹傷熬藥，團團轉忙得馬不停蹄。

玄鐵衛盡數隨殿下廝殺拒敵，一番血戰，此時都已精疲力竭，已無力再護衛王府。正束手時，虔國公府的私兵已開過來，真刀實槍將琰王府圍了個密不透風。

布防才交接妥當，開封府帶了淨街令，以追捕西夏逃兵為由，又在周邊嚴嚴實實裹了一層。

琰王府成了水潑不透的金湯，不知多少雙窺伺的眼睛徘徊一日，一無所獲。

到了深夜，終於不甘不願退去。

府外情形安定，不論如何，這幾日已徹底沒了外憂。

老主簿終於鬆了一口氣，捧著王爺吩咐的折梅香轉進書房，才推開門，便愕然瞪圓了眼睛。

雲琅已起了身，披著外袍，自己尋了桌上茶水喝過兩盞，坐在桌前。

烏漆木的禁軍虎符放在桌上，已被仔仔細細拭淨了染的血色，下面襯著乾淨的素白麻布。

沉光藥力凶猛，老主簿聽梁太醫詳細說過，知道雲琅無論如何不該這時候醒，「小侯爺……」

「有勞您了。」雲琅擱下茶盞，笑了笑，「他呢？」

「暖閣。」老主簿自然清楚雲琅問的是誰，稍一猶豫，如實道：「剛裹了傷，服過藥，才叫蔡太傅押著睡下了。」

雲琅點點頭，起身道：「我過去。」

「小侯爺。」老主簿走到燈下，看見雲琅叫人心憂的臉色，低聲勸：「好生歇息……」

雲琅睡不實才起了身，叫老主簿滿腔擔憂攔著，有些啞然：「我這不就是去好生歇息？」

老主簿叫他問住，怔了怔，勸攔力道稍緩。

「他不見我，也睡不著。」雲琅道：「主殿光明匾下，有個紫金木的錦盒，四面鍥刻了獬豸卷雲紋……虎符該放在那裡，還要勞您一趟。」

老主簿看著虎符下襯著的白麻布，心底一絞，雙手恭敬接過。

當年端王回京接掌禁軍，受封親王，賜黃金槊，在大慶殿前受了禁軍虎符。

雲琅在燕雲打仗，沒能趕上熱鬧。

回京後追了蕭小王爺整整三日，問出了虎符藏在府上什麼地方。

老主簿攔之不及，叫玄鐵衛牢牢抱住了腰捂著嘴，眼睜睜看著小侯爺扯著世子跑進了主殿，愁得捶胸頓足痛心疾首。

雲琅踩在梯子頂上，興沖沖踮高了腳，舉著雪弓的弓弰，一點一點往外扒拉紫金木盒子。

蕭朔半夜被他扯起來，睏得晃晃當當。一邊規勸雲琅當知進退、守禮儀，一邊半閉了眼扶著竹梯，拿虎頭亮銀槍顫巍巍幫忙支著自家御賜的嵌金匾額。

這些東西，如今終於都被一件件好好的收回來了。

老主簿說不出話，緊閉了嘴默默點頭，朝雲琅深深一禮，捧著虎符快步出去了。

雲琅闔了眼，扶著桌沿歇過一陣，攢足力氣，轉出書房去了暖閣。

暖閣內，蕭朔躺在榻上，肩背幾處傷勢已包紮妥當。

「睡覺。」蔡太傅沉著臉，「老夫替你守著王府，你也放不下心？」

蕭朔低聲道：「放心。」

蔡太傅當年親自看護重傷的雲琅，便被磨得焦頭爛額，如今又來盯著蕭朔睡覺，想不通這是哪輩子的債，「那為何還不闔眼？」

桌上放了梁太醫剛熬的三大碗蒙汗藥，老太傅抄起一碗，壓著火氣逼過去，「若再不睡，這一碗也喝了！」

蕭朔拿過來，問也不問便向下嚥。

蔡太傅叫他一唬，皺緊了眉，匆忙收回來，「非要回書房去？」

雲琅尚在書房昏睡，蕭朔不放心，自然也在情理之中。

蔡太傅知他心思，盡力和顏悅色，「你如今發著熱，在暖閣穩妥些。何況這傷才裹好，貿然動彈，又要出血……」

蕭朔心頭不知為何一牽扯，神色微動，撐了手臂坐起來。

蔡太傅：「……」

梁太醫在邊上，滿腔感慨撫掌，「天魔星，天煞星。」

蔡太傅一戒尺砸過去，耐心終於耗罄，面無表情掏出繩索，準備將蕭朔捆在榻上。

正要動手，蕭朔已下了榻，片刻不停，推門出了暖閣。

這下連梁太醫也坐不住，舉著繃布傷藥追出去，追到門口，不由怔住。

蔡太傅幾步趕上來，愣了愣，也停了腳步。

雲琅倚著牆，叫迎出來的蕭小王爺伸出手抱了個結實。他走這一段路已耗盡了力氣，面上不帶半分血色，在蕭朔頸間蹭了蹭冷汗，朝兩位老人家沒心沒肺一樂。

一刻後，雲琅被梁太醫捆在東邊暖榻上，看著西榻綁得結結實實、可望不可即的小王爺，不由唏噓：「咫尺天涯……」

「再說一句。」蔡太傅牢牢繫上最後一處繩結，「你二人每人三碗蒙汗藥，四面盯著，五個時辰不准動。」

雲琅本能便要接下聯，被蕭小王爺以目視提醒，堪堪緊閉了嘴憋住。

蔡太傅巡查一遍，看著再動彈不得的兩個學生，勉強滿意，拍拍手直起身。

梁太醫總覺得不對，「你我這樣，算不算棒打鴛鴦？」

「打就打。」蔡太傅沉了臉色，「一個兩個的不惜命，少時不知道小心，不知休憩、不懂調養，還求什麼百年？」

梁太醫已盡力，朝兩人一拱手，施施然點了支倦神香。

夜色愈深，兩人都已老老實實閉了眼睛，不再動彈。

梁太醫收拾藥箱出了門，太傅又在嫋嫋香氣裡硬撐著守了一刻鐘，才終於再撐不住，呵欠連天地出了門。

房門嚴嚴實實合攏，老太傅的腳步聲漸遠，廊間重歸清靜。

雲琅睜開眼睛，側頭悄聲喊：「小王爺。」

叫了兩聲，蕭朔側過頭，朝他看過來。

雲琅在嚴嚴實實裹著的棉被裡折騰了一陣，解開繩結，扯著繩子團在一旁，舒了口氣。

兩位老人家都心疼晚輩，下手處處留情，生怕綁得太緊將人勒壞了，還特意厚厚裹了層被子，容易掙脫得很。

雲琅解了自己的，撐著翻了個身，想要下榻去替蕭朔解開捆縛。

蕭朔垂眸，反剪的雙臂舒開，將攥著的繩索擱在榻邊。

雲琅怔了下，沒忍住樂了，「士別三日，小王爺好身手。」

「太傅只是看不慣你我糟蹋身子，小懲大誡，教訓一番。」蕭朔輕聲道：「睡吧。」

雲琅躺回榻上，枕著胳膊，「你睡得著？」

蕭朔一言不發，闔上眼躺回去。

雲琅微怔，撐起身看了看。

室內昏暗，蕭朔躺在另一頭的暖榻上，氣息寧緩不紊，竟真像是睏倦已極睡得熟了。

雲琅向來最愛攪人清夢，小聲招呼：「起來，陪我說話。」

蕭朔靜躺著，一動不動。

「你那毛病好了？」雲琅道：「事情越是遂願如意，便越要叫夢魘困著，闔不上眼。」

這些年吵蕭小王爺吵了不知多少次，雲琅自說自話慣了，枕著胳膊，「今日宮內情形究竟如何，你帶兵逼宮，他是何反應？」

右承天門前一場血戰，聽見侍衛司暗兵營的都尉下令調強弩，心底終歸寒到極處。

雲琅身在馬上，一瞬幾乎動過殺進宮去、索性就這麼改天換日的念頭。

只是宮中防衛何等固若金湯，雲琅心裡，也終歸遠比任何人都清楚。

他們這位皇上皇位來得不正，對朝堂的把控未必牢固，死死攥在手中的御前護駕兵力卻絕不會少，也絕不是侍衛司擺在面上那般疲弱庸廢。

侍衛司的劍，與殿前司一同打造、險些要了他性命的那一柄無鋒劍，仍在御前，只怕還隱著獠牙暗中蟄伏。

「那把劍。」蕭朔道：「叫我毀了。」

「……」雲琅：「啊？」

蕭朔知他定然不肯安心休息，索性撐坐起來，將事情說清，「我入宮求兵符聖旨，文德殿殿門緊閉，我等了一刻，劈開了殿門。」

承天門攔不住殺聲戰鼓，燭火映著寒月，風裡都帶著血氣。

殿內的閣老官員、宗室皇族，盡數驚破了膽，慌亂著瑟瑟抖成一團。

「於是。」雲琅心情有些複雜，「你便進得殿去，抄起那把劍，一用力撅折了嗎？」

「皇上強作鎮定，令暗衛將我拿下。」蕭朔不與他鬥嘴，看了雲琅一眼，淡聲道：「我知玄鐵衛縱然出身朔方，遇上那些暗衛，卻尚且敵不過。」

縱然心念已決，要整肅社稷重振朝綱，兩人原本的計劃也絕不是在此時便涉險逼宮。強敵虎視眈眈環伺，西夏的鐵騎險些踏破了汴梁城，國中卻在內鬥。

荒謬至極。

蕭朔斂了視線，望著床邊燭火，「我對他說，若不開城派兵增援，我與你都不會再管西夏鐵騎，先裡應外合破開宮城。」

「到時西夏鐵鷂騎兵無人攔阻，見城破，定然也直衝進來。」蕭朔道：「戰火肆虐之下，玉石俱焚，再無完卵。」

雲琅失笑，「這話他信？」

「不信。」蕭朔垂眸，「他說你迂直透頂，忠的非君非王，是家邦山河，不會坐視強敵外侮無動於衷。」

雲琅萬萬不曾想到，一時甚至有些詫異，「吐的象牙這般順耳嗎？」

蕭朔看他一眼，暗學了雲少將軍這一句不帶髒字的譏諷，接著又道：「兩相對峙，一時僵持住了……我知外面耽擱不起。」

蕭朔靠在榻前，看著燭影，「恰好想起袖中藏了枚煙花，便破開窗子點火放了。對他說，我與你約好以此暗號，他信便信，不信便罷，你我親手毀了這座城。」

雲琅皺皺眉，坐起來些，目光落在蕭朔叫陰影半攏著的身上。

蕭朔輕聲道：「他賭不起，終歸畏懼膽寒，交出了禁軍虎符。暗衛退去，那把劍投進了滾火煉爐，御史中丞送來你的槍和旗，到城樓上，幸而趕得及……」

「小王爺。」雲琅探頭，「你這驚心動魄力挽狂瀾，扭轉乾坤，究竟不高興在哪兒了？」

蕭朔一頓，微蹙了下眉，迎上雲琅探究注視。

雲琅是真沒想清楚，只憑著本能聽出他語氣不對，探著身子，藉了昏暗燭火仔細端詳他。

蕭朔安靜了一刻，慢慢道：「那煙花是給你的。」

雲琅心說好傢伙，看著錙銖必較的蕭小王爺，一時不知道該不該捧場。

「那可……太可惜了。」

雲琅咳了咳，「多大一個煙花，什麼樣的？你跟我說，我買一百個回來，花你的銀子。」

「我放了煙花，對他說你什麼事都做得出。」蕭朔道：「說你能拋了忠義，能棄了家國……能親手破開汴梁城。」

雲琅愣了下，總算隱約聽明白了，一陣啞然。

琰王殿下心事太重，事事皆往心裡去，四十歲怕是就要有白頭髮。

雲琅在心裡給他訂了三百斤何首烏，攢足力氣要坐起來，終歸力不從心，又側了側身，「小王爺，你我在謀朝，又不是在學宮答先生策論。」

蕭朔蹙緊眉，抬頭看他。

「謀朝手段，無所不用其極，真陰私透頂見不得光的也有，何止這幾句話。」雲琅道：「你這一局快刀斬亂麻，搶了先機，鎮了宵小，何等暢快。」

蕭朔迎上他眼底清淨笑影，眉峰愈蹙，默然側過頭。

「你若實在過不去這個坎，回頭多吃幾顆糖，甜一甜就是了，算什麼大事。」雲琅笑道：「可要我說，這就對了。」

蕭朔道：「如何對了？」

「端王叔當年受縛，我束手就擒，先帝飲憾傳位，朝堂亂到今日……樁樁件件。」雲琅仰躺在榻上，「受制於他，都是因為豁不出去。」

雲琅輕聲，「若早豁得出去，或許早不至於此。」

蕭朔胸口一緊，壓了翻湧心緒，低聲道：「我明白了，睡覺。」

「你一味催我睡覺，無非怕我用了沉光，力竭耗弱卻強撐著不睡，傷損心神。」雲琅枕了手臂，「可你也不想，我為何不睡，大半夜來找你。」

蕭朔躺下，背對著他蓋好棉被，面朝牆道：「我自尋煩惱，你放心不下。」

兩人走到今日，自有天鑑，再叫等閒世人評說束縛，反倒不該。

蕭朔叫雲琅點破，此時已徹底想透不再糾結，只後悔牽涉往事，再傷了雲琅心神，輕嘆一聲，「睡罷，我……」

雲琅嘖了一聲，「誰放心不下？」

蕭朔微怔，撐了下轉過來。

「虧我走三步歇一步，走這麼遠，特意來找你。」雲琅挺不高興，「你就只知叫我睡覺。」

蕭朔眼看著雲少將軍嘟嘟囔囔的愈發精神，一陣頭疼，勸說：「你該休息……體內的沉光藥力莫非還未耗盡嗎？」

梁太醫將他拉出來裹傷，便是因為雲琅必須沉睡靜養，半點也經不起擾動。

蕭朔身上有傷，血氣侵擾。雲琅打慣了仗，以為尚在戰場，縱然昏睡也本能留出三分心神，再怎麼都睡不踏實。

蕭朔不敢離他太近，看著雲琅在榻上翻來覆去烙餅，心中隱隱焦急，「若實在睡不著，我去尋梁太醫……」

「蕭朔。」雲琅字正腔圓：「不行。」

蕭朔：「……」

雲琅比他先看了半本春宮圖，手中無書心中有書，悠悠道：「那日白衣公子越牆而入，見世子端坐房內，乾柴烈火，火上澆油，煎得心胸滾燙。」

蕭朔愈發頭疼，「什麼……」

「白衣公子潛進去，將人攬在榻上。」雲琅嘆息，「唇齒廝磨，舌尖滾燙，皆狂亂起來。再向內探，淋漓柔軟，輾轉碾磨。」

「……」蕭朔厲聲：「雲琅！」

雲琅叫沉光掏空了，此時心緒平靜連波瀾也無，搖搖晃晃舉起三根手指，屈下一根，仰面嘆道：「你親不親？」

蕭朔肩背繃緊，呼吸粗重，身形如鐵死死壓著，「不成體統。」

雲琅屈下第二根指頭，嘆了口氣，「親不親？」

蕭朔闔了眼，啞聲規勸他：「當知進退，守禮儀。」

雲琅屈指，「親……」

話音未落，蕭小王爺霍然掀了被子，下了咫尺天涯的西榻，一手扯了帷幔束繩，將雲少將軍狠狠親翻在了東側的暖榻上。

蕭小王爺殺氣騰騰，雲琅自作孽，咚一聲在榻前磕了腦袋，隱隱聽見了些金戈鐵馬的錚鳴。

手掌墊在腦後，近於束縛的力道劈面相逢，自克制下洶湧翻上來。

蕭朔死死攬著他，粗重呼吸擦過濃深暗夜，攪亂了清寒月色，礪開鮮明的口子。

雲琅叫他親得視野泛白，摸索著伸出手，及時護住了蕭朔肋間刀口和肩頭的劍創。

蕭朔身上滾熱，筋骨微微戰慄，漆黑眸底寒潭深處，像是燃起一片熾烈山火。

「我知道。」雲琅盡力喘勻氣息，伸手抱緊他，「我看見了，你在。」

雲琅闔眼，掌心慢慢碾過蕭朔的脊背，一點一點，將他從一場無邊醒魘裡抱出來，「從此以後，你再不必做那些夢了。」

蕭朔肩背輕悸，要收攏手臂，被雲琅輕輕按住，「留神扯了傷，我看看。」

「無事。」蕭朔闔眼靜了片刻，啞聲道：「不疼。」

雲琅失笑，「我疼。」

蕭朔怔住，抬眸看著他。

兩人早交心，彼此牽掛進骨血，許多話從不必特意多說。

尤其雲少將軍，向來最不愛提這些酸話，總覺得兒女情長，簡直沒有半分英雄氣概。

雲琅撫了撫傷上裹著的綳布，稍撐起身，在蕭小王爺疼的地方輕輕吹了吹。他所餘力氣不多，氣息也淺。微溫的氣流撫過傷處，最後一點熱意也散了，涼涼潤潤撩進胸襟。

蕭朔氣息微滯，低聲道：「雲琅……」

「客氣什麼。」雲琅一本正經：「總歸我自小照顧你，凡你執意，向來不與你爭。」

蕭朔：「……」

雲琅人在榻上，沒力氣醒過來，親耳聽了蕭小王爺信口開河，都十分擔憂老太傅一戒尺將人揍趴下。

將這一句話還了回去，雲琅心滿意足，再要開口，神色忽然微動。

蕭朔只是皮肉傷，反應比他更快，吹滅了榻前燭火，扯開棉被，覆著雲琅一動不動伏在榻上。

廊間，老太傅的腳步聲漸近，踱到門口。

雲琅叫他按在榻上，眼睜睜看著當年還板著一張臉勸他的小皇孫一路歷練至今，憋了半晌壓不住樂，悄聲道：「好身手……」

蕭朔瞥他一眼，不便開口，將人放緩力道吻住。

當年府上，兩人年幼時，雲琅半夜不睡，沒少來禍害他。

端王偶爾查夜，若抓著了兩個小的不好好睡覺，便要罰沒第二日的點心。

蕭朔勸不住他，又不忍心看雲琅失魂落魄盤桓點心鋪，日復一日，終於練出了眼疾手快防備查夜的本事。

後來年紀長些，端王不再查夜了，這本事也沒了用武之地。

門外的影子不只有太傅，還有戒尺。

蕭朔覆著雲琅，蟄伏著不動，寧神靜心屏息以待。

雲琅叫他暖洋洋抱著，舒服得瞇了瞇眼睛，摸索幾次，攏住蕭朔掌心。

蕭朔被他在掌心畫來畫去，起初還以為是在寫字，專心拼湊了半天，才發覺原來根本全無章法。細微酥癢輕輕蹭著，雲琅手指的涼意潤潤貼在他掌心，盤桓摩挲，劈啪綻開簇簇火花。

蕭朔屏息，牢牢壓著心神，以口型低聲道：「你從哪裡……」

雲琅耳力比他強，眼疾手快，鬆開調戲蕭小王爺的手，將他捂著嘴抱到一處。

門外，蔡太傅操心操肺，生怕這兩個天魔煞星還要折騰，蘸茶水捅開一點窗紙，向裡仔仔細細看了一圈。

屋內不見動靜，帷幔安安穩穩垂著，漆黑一片。

老太傅滿意點點頭，熄了油燈，放輕腳步悄悄回了房去歇息。

蕭朔心神微鬆，動了下，挑開床幔想要開口，忽然怔住。

雲琅仍牢牢抱著他，仔細護了他身上容易牽扯的傷處，臂間力道安穩妥貼，竟已就這麼睡熟了。月色從床幔縫隙漫進來，雲琅闔著眼，眉宇間終於釋開力竭的疲倦，低低咳了兩聲，將臉埋進他胸肩。

蕭朔伸手，回護住雲琅。

明黃聖旨寫著開城禦敵的聖諭，蓋上政事堂的朱紅印泥，被交到他手裡，還帶著未乾的墨色。

文德殿內，交出了侍衛司重劍的皇上緩過心神，冰寒殺意牢牢釘在他身上，「你誆朕？」

這朝野的臣子百姓，哪怕人人盡數倒戈，雲琅也絕不會與西夏人聯手。

皇上那一刻被唬住了心神，一而再再而三，如何還想不明白，「你還誆了朕什麼？大理寺玉英閣，侍衛司謀逆，高繼勳……你幾時開始謀朝的？」

皇上緊緊攥著白玉國璽，盯著他，咬牙質問：「你可知叛人者人恒叛之，凡陰謀鮮血，一旦沾了，再洗不淨。」

他接了聖旨虎符，朝宮外走。

「你會與朕一樣！」皇上語氣寒鷙冰冷，陰森森死死追上來，「路是血鋪的，踩的都是人心人命。你走得越深，越只剩你一個，背後皆是無底深淵，不再有回頭退路……」

蕭朔閉上眼睛，攬住雲琅，將他填進懷裡。

沉光藥力，透支心神百骸，多撐一刻，都是乏進骨子裡的疲憊無力。

雲琅撐到現在，只為將一腔暖意留給他。

蕭朔垂眸，靜了良久，吻上雲琅眉睫，「我不會再做那些夢。」

雲琅在夢裡釋然，糾著的眉峰舒開了，大大方方回蹭他。

蕭朔叫他親親熱熱連挨帶蹭，越發懷疑雲少將軍是偷看了些什麼，總歸此時問不清，也只得將人愈深抱了，藏進懷裡。

他不會再做那些夢。

路是心頭血，背後是眼前人。

雲少將軍一場好夢，花前月下，美景良辰，還等他去赴。

蕭朔闔了眼，心底再不剩半點陰霾念頭，與雲琅偎了，一併徹底放開身心睡熟。

明月朗照，洗淨了青石上的血色。

活過來的汴梁街頭，挑起了第一盞血戰西夏蕩平敵寇的走馬燈。

一晃過去數天，初六送窮，初七人日。

初九拜天公，五更鼓響過，酒樓重新開張，熱鬧鬧的爆竹遍地紅火送歲除，屠蘇酒香重新飄到了街頭巷尾。

琰王傷勢初癒，能見人迎客，終於開了封閉多日的府門。

「京中大體安穩，篩過三遍，揪出十幾個西夏探子。」開封尹一早守在門口，叫老主簿引進來，與蕭朔見了禮，「雲將軍好些了嗎？」

蕭朔拱手同他作禮，點了下頭，「衛大人有勞。」

他與雲琅閉府養傷，宮裡情形又不明朗，京中一應事務盡數落到了開封府。

衛准這些天恨不得生出三頭六臂，忙得焦頭爛額，到現在不曾好好睡過一覺，看起來倒比重傷的琰王殿下更憔悴些。

「原本傷得也不重。」蕭朔道：「這些天不入宮，給個說法罷了。」

老主簿這幾日已攢了能繞王府三圈的藥方，捧了暖身的熱屠蘇酒送過來，瞄了瞄蕭朔，終歸嚥了話出去忙碌。

「宮中密談數日，想來已慌了。」衛准道：「禁軍如今盡數落在王爺與雲將軍手中，宮中勢力，就只剩了金吾衛與侍衛司暗衛。」

「派去襲殺襄王的暗兵營入了圈套，盡數覆沒，襄王不知所蹤。集賢閣失火，楊閣老也不見了去向。」

衛准兩邊不靠，進不去文德殿，也收不著集賢閣的試霜令，只能盡力找自己知道的同他說：「襄陽府給的說法，西夏鐵騎襲京，襄王帶兵是為護駕平叛……」

蕭朔並不意外，「他既舉事，不會不留退路。」

「如今襄陽黑鐵騎也已覆滅，宮中襄王兩敗俱傷，都已掀不起什麼風浪。」衛准喝了口屠蘇酒，壓下連軸轉的疲憊，長舒口氣，「王爺如今作何打算？」

蕭朔正要開口，看見主簿才出去片刻便又匆匆進來，擱下茶盞，「有事？」

老主簿點了點頭，悄聲道：「小侯爺醒了。」

衛准聞言一怔，「雲將軍……」

「稍待。」蕭朔起身，「失陪。」

琰王殿下如今雖仍寡言冷淡，卻也已不再如當初那般叫人望之生畏。

衛准怔了片刻，才意識到蕭朔是在同自己說話，忙起身道：「王爺請便。」

此前一戰，衛准這幾日已聽都虞候細說過宮中情形，驚心動魄之餘，也難免憂慮。

這般激烈的戰事，雲琅能挽狂瀾於既倒，定然使了些不計後果的辦法。

如今看來，只怕這辦法的後患，還要甚於蕭朔身上可見的傷勢。

衛准送蕭朔出門，終歸忍不住，皺緊了眉。

蕭朔出了會客的外堂，回到書房內室，雲琅恰好在熱騰騰的煎茶香氣裡睜開了眼睛。

榻上安穩，雲琅陷在暖被厚絨裡，朝他笑了笑，又闔上眼睛。

「難得醒了。」蕭朔輕聲道：「吃些東西再睡。」

雲琅不餓，側了側頭，往他掌心貼了貼。

朝堂有琰王殿下，民生有開封尹，朔方軍如今民心所向，陰謀宵小輕易動不得。

雲琅難得當了甩手掌櫃。

這幾日放開心神徹底睡透，此時雲琅仍覺倦得全身發懶，只想再好好睡一覺。

蕭朔摸了摸他的額頭，沒觸到異樣的熱度，又仔細探了雲琅脈象。

鬱結盡散，雲琅的脈象已好了不止一絲。不遲不數，不細不洪，穩穩抵著他的指腹，已漸有了妥貼的勢頭。

蕭朔鬆開手，接過冒著熱氣的煎茶，吻了吻雲琅的眉眼，「好歹吃幾口。」

煎茶是府上精心製的，用了糯軟香甜的羅田板栗，混著上好的白芝麻，浙杭的橄欖，西嶺的核桃，一併炒得酥香磨碎，只香氣也撩撥得人睡不踏實。

雲琅枕在蕭小王爺肩頭，將睡意壓了壓，打了個呵欠，「摸幾下？」

「……」蕭朔莫名，「什麼？」

「吃幾口，摸幾下。」雲琅瞇了眼睛，上下照蕭朔身上掃過一遍，討價還價：「地方我挑。」

蕭朔：「……」有件事他始終想問，此時再忍不住，扳過雲琅胸肩，「你究竟看了些什麼？如何學的這些……」

他不提還好，一提起來，雲琅一腔怨念二話不說砸在琰王殿下腦袋頂上，「你叫人燒給我看，還來問我？」

蕭朔蹙緊眉，「什麼？」

雲琅仍乏得厲害，沒力氣同他掰扯，懶懶倦倦闔了眼又要睡回去。

蕭朔不知雲琅翻扯的是哪段舊帳，卻也顧不上同他計較，橫了橫心，低聲：「……可。」

雲琅立時精神了，睜開眼睛灼灼看著他。

蕭朔：「……」

雲琅靠在軟枕上，就著小王爺的手喝了一口煎茶，拿眼睛掃過蕭朔左肩，開心道：「過來，叫我摸摸。」

蕭朔一怔，扶著雲琅靠在軟枕上，俯下肩頭，叫他仔細摸了摸。

雲琅細細查過一遍，又喝了口煎茶，「右肋，自己脫衣裳。」

蕭朔啞然，眼見雲琅又擺出了萬花叢中過的風流少侯爺架式，索性也配合著解開衣襟。

雖說不知從何處學了些奇技淫巧，可真到實踐處，雲琅要看的仍是他傷了的地方。

這些天，雲琅卸下心防徹底睡透，也當真聽了他的話，一不管府外風雲變幻，二不問朝堂風波暗流。

唯獨怎麼說也不肯聽的，還是要看他的傷。

蕭朔讓少將軍從肋間查到背後，連不知多久前闖大理寺玉英閣，叫袖鏢在腰後戳的那一道早痊癒的傷痕也細細摸了，一碗煎茶終於餵下去了大半。

蕭朔拿過茶水給他漱了漱，替雲琅拭去薄汗，攬著人放回軟枕，「如何？」

「勉勉強強。」雲琅很是入戲，摸了枕頭下面藏著的扇子，扇面朝著自己，嘩啦一聲展開了瀟灑搖搖搖，「今夜侍寢，綁了給我送進來。」

蕭朔有心縱著小王妃，壓了壓嘴角，垂眸耐心道：「是。」

雲琅唰一聲合了摺扇，流蘇輾轉，在指間轉了兩個圈，順勢挑開蕭小王爺已解了大半的衣襟。

蕭朔難得見雲琅這般倜儻架式，不由生出好奇，握住扇骨，「這又是從哪裡學的？」

「用得著學？」雲琅難得占了先手，摺扇一轉，繞著蕭小王爺手腕煞有介事撩撥，「天賦異稟，無師自通。」

蕭朔失笑，正要說話，已叫雲琅拿摺扇挑了下頜。

這般架式未免太過不成體統，蕭朔抬眸要說話，卻微微一頓。

雲琅眉目清致俊朗，此時半睏不睏，乏意盤旋，莫名多了幾分繾綣溫存，搭上這一副頗像回事的架式，竟平白撩得人心頭輕滯。

蕭朔定定心神，將體統暫且擱在一旁，握了雲琅持扇的手，低聲道：「今夜侍寢……此時天光還亮。」

雲琅充耳不聞，以摺扇將蕭朔勾過來，仔細回想著圖上情形，含了小王爺喉間輕輕一咬。

蕭朔一時連天光也尋不見亮了，閉了閉眼，屏息勒住肩背，只將手臂環在雲琅背後。

微酥的疼瞬間襲上來，摻著細膩柔軟的溫存碰觸，將人瞬間攏住。

熱意氤氳鼓蕩，不得掙脫。

雲琅靠過來，熱乎乎伏在他胸前。

蕭朔這幾日平白受他撩撥，還要忍耐著不將雲少將軍親昏過去，裡外煎熬，啞聲道：「開封尹在外面。」

「我有封手書，在書房放著，叫他帶給商恪。」雲琅耳根泛紅，一路燒著進衣領，「眼下……先不說這個。」

蕭朔用力闔了下眼，堪堪守住清明心神，「說什麼？」

雲琅手中摺扇擱在他背後，仔細想了想，又在他脖子上咬了一口。

蕭朔：「……」

雲琅拉開些距離，聚精會神找了找，找到一處沒咬過的地方，又咬了一口。

蕭朔：「啊？」

雲少將軍不知從何處學來的本事，前半程撩得人心神動搖，熱意蘊著肺腑，若不是開封尹在外頭煞風景，他未必能忍得住。

被咬了這些口，就實在乾乾淨淨不剩下半點旖念了。

蕭朔扶住雲琅，抵著額頭試過溫度，蹙了蹙眉，「怎麼了？為何忽然……」

雲琅這幾日昏昏沉沉，終於找著了報復的機會，拿著摺扇照蕭小王爺當頭狠狠一敲，哐噹躺回榻上。

蕭朔迅速伸出手，在他腦後一墊，「沒有了？」

雲琅閉著眼睛，胡亂撈住蕭朔扯過來，照著便是一口。

蕭朔不明就裡，他原本不通這些，研讀話本也是按部就班，沒見過雲少將軍這些旁門左道，壓著心念攥了下拳，「不成體統……該有剩下的。」

「是有剩下的。」雲琅嘆息，「那白衣公子將世子攬了，唇舌抵著，肆意玩弄，細細嘗遍。」

蕭朔叫他這幾個字引得心底一跳，低聲道：「於是……」

「於是，這本配了字畫了圖、精緻難得的《春宮良宵傳》就從宮裡被抬出來，送到了我面前。」雲琅面無表情，「當著我的面，付之一炬。」

蕭朔：「……」

「肆意玩弄，細細嘗遍，咬到此處。」雲琅長嘆，扯著被子蒙到頭頂，管殺不管埋地將蕭小王爺踹出去，「全燒沒了。」

【第三章】

這些年，小王爺從窗戶往回撈人的本事，只怕已練得爐火純青

開封尹等在外堂，放心不下雲琅傷勢，心神不寧徘徊良久，終於等著了回來的琰王。

「王爺。」開封尹快步過去，低聲道：「雲將軍情形……」

蕭朔：「很好。」

開封尹：「……」

不知為何，琰王去見了一趟雲將軍，這些日已淡了的沉悶似乎又回來了幾分。

衛准不清楚床榻上的事，想不出一去一回能有什麼變故，只當蕭朔如今身兼重責，畢竟謀朝不易，難免性情不可測些，「……是。」

「正月十六開朝，上元夜宮中宴飲。」衛准收斂心神，不再多問，「雲麾將軍是從三品武官，也要奉詔入宮……各方盯牢，王爺早做準備。」

蕭朔正蹙眉出神，聽他提醒，心神微動，「多謝大人。」

衛准搖了搖頭，他來琰王府只是探傷，順便將朝中情形告知蕭朔。此時話說清了，還要回去敲驚堂木，起身作禮，「王爺好生養傷，下官告退。」

「稍待。」蕭朔起身，「他有封手書，託大人帶給昔日故友。」

衛准聞言停步，聽到後半句，卻又不覺一怔。

蕭朔按雲琅所說，在書架處尋過，果然找到封信，遞給衛准。

衛准問：「寫的什麼？」

「不知。」蕭朔道：「傳信罷了。」

衛准神色有些茫然，雙手接過，將信仔細收好。

……昔日故友。

昔日故友。

「下官……傳信，也只能盡力而為。」

衛准立在堂中，反覆念了幾遍這一句，又按了按袖中信封，「他假作成襄王侍衛，那日一戰後，便同襄王一道不知所蹤，再沒來過。」素來刻薄冷面的開封尹，此時不知為何，竟勉強笑了下，低聲道：「下官設法尋找，也一無所獲……」

蕭朔淡聲道：「辦法不對。」

衛准怔住。

「今日初九，該祭玉皇，大相國寺開天公爐，半城人都會去。」蕭朔道：「要祭一夜，有許多人會宿在寺後空場。」

開封府職責所在，每逢這般聲勢浩大的祭典祀儀，都要不分晝夜巡街坐鎮。

衛准自然知道這些，只是不知與找人有什麼關係，苦笑道：「他不會去。」

「有所求，便會去。」蕭朔道：「大人微服私行，在殿後僻靜處對月獨酌，只管大醉。」

衛准從不曾這般荒唐，聞言幾乎錯愕，想要開口，迎上蕭朔視線，又將話嚥回去。

他記起在刑場時，雲琅心血來潮攀扯琰王，說的也是「月黑風高、半醉半醒」。此時看著蕭朔神情，不知為何，心底竟跟著牽扯一晃，「王爺……曾這麼等來過心中故人嗎？」

蕭朔搖了搖頭，回了桌邊，倒一盞茶擱在案前，低聲道：「我曾數次自問，這五年間，為何從沒這麼做。」

茶水滾熱，水氣蒸騰起來。

蕭朔並不喝，又倒了一杯，遙遙相對，「我若醉了，他必來尋我，攬我入懷。」

衛准怔立著，胸口竟也像是倏忽一空，輕聲道：「總歸……苦盡甘來。」

衛准從不擅勸人，此時見蕭朔身上不同以往的寧寂蕭索，牽扯心事，盡力和緩語氣：「昔日宮中枯井旁，王爺所說，下官心中銘記。如今王爺已有雲將軍同行，下官……」

「大人卻仍形影相弔，榻間冷清。」蕭朔道：「本王知道。」

衛准不及防備，膝間一疼。

「今晚城中巡街值守，殿前司可以代管。」蕭朔：「我二人心意盡通，已別無所求，今夜清閒，不必去拜天公玉皇。」

衛准雙膝隱痛，看著蕭朔欲言又止。

蕭朔藉開封尹理過心緒，氣順了不少。他此時心情難得好些，按雲琅吩咐，多與朝臣同僚說了幾句：「大人連日辛勞，如今諸事已定，該緩口氣。」

衛准終於聽見一句像樣的話，當即起身，「多謝王爺關懷，下官……」

「榻前縱然無人相伴，寂寥空蕩，卻也該好生歇息。」蕭朔：「枕冷衾寒，孤枕好眠。」

衛准：「……」

老主簿端著碗圓子進來，眼睜睜看著開封尹足下生風，頭也不回匆匆走了，茫然回頭，往屋外張望了半天。

這般行色匆匆，說不定是急著去見心底眼前人。

老主簿眼看著兩位小主人硬闖出條生路，身心暢快，臉上笑容也多了不少，將熱騰騰的圓子端過去，「王爺，醪糟煮的。小侯爺嚐了說不甜，給加了甘草，暖暖身子。」

蕭朔聽見甘草，眼底光芒一聚，接過來，擱在一旁。

老主簿微怔，「王爺？」

「分出一隊玄鐵衛，今夜守大相國寺，暗中護住開封尹。」蕭朔道：「景參軍回來了嗎？」

「回來了。」老主簿才接了景諫回府，忙點頭道：「路上奔波，趕了三天三夜，昨夜到的府上莊子。」

「等他歇好了來見我。」蕭朔點了點頭，拿過這些天堆積的文書，吩咐道：「同景王府下帖，今夜我去拜訪。」

景諫是年前領命去的北疆。

戎狄那時頻頻異動，朝中又有納歲幣割地的打算，雲琅放心不下，同他商議，以沙中逐金的法子引戎狄內亂，到此時正見成效。

經此一戰，西夏的國主殞命在了汴梁，鐵鷂騎兵覆滅，元氣大傷。草原部族本就混戰，如今內亂已成，分割愈劇。

《傷寒論》太陽病上篇，甘草甘平，有安內攘外之能。

安內攘外、安內攘外。

走到這一步，外敵已到了最疲弱渙散的時候。拿下最後一座朔州城，邊疆盡定，再無外患。

蕭朔看著那一碗甘草醪糟圓子，忽然想清了雲琅這幾日為何這般配合，叫養傷就養傷，讓安睡便安睡，恨不得幾天便將身上的傷勢盡數養好。

老主簿聽得愣怔，「小侯爺……這就要去北疆了嗎？」

「眼下時機最好。」蕭朔道：「西夏折戟，草原內亂，若能在開春之前收回朔州城，再無外敵環伺之憂。」

雖說走到這一步，陰差陽錯，多是借勢打力才攪開了這一灘渾水。可琰王府畢竟賭贏了這一局，重掌禁軍，已不再是無源之水無根之木。

眼下朝野國中，局勢皆定，各方勢力一時都掀不起風浪，陰謀宵小蟄伏匿跡。

雲琅屈心抑志，陪他步步為營謀朝，等的就是今日。

如今再無後顧之憂，任誰也再攔不住。

蕭朔端過那一碗醪糟圓子，撥了撥，又道：「況且……」

況且……方才若非開封尹提及，他幾乎已忘了一件事。

雲琅如今已經有了官職，上元節宮中宴飲，如無意外情形，必然要去。

宮中這幾日緊鑼密鼓隱私密謀，為的多半正是這個。

若能藉宮中宴飲設下圈套，無論套住他和雲琅哪一個，都能藉此掣肘另外一人，設法扳回如今局面。

「您是說……若是小侯爺去打仗了，便不必去宴飲，自然也落不進圈套了？」

老主簿多少聽懂了些，只是仍不捨得，低聲道：「才安生幾天？小侯爺好不容易回來，如今剛穩妥些了，節也不過，竟又要與您分開。」

蕭朔蹙眉，「誰說我要與他分開？」

老主簿一愣，「可您不是奉了旨，要查襄王下落嗎？」

昨日宮中來的聖旨。

蕭朔藉口傷勢未癒不能起身，不曾出面，老主簿接了，現在還放在外堂架上。

襄王餘黨雖然伏誅，皇上的暗兵營卻沒能捉住襄王與楊顯佑。

蕭朔如今執掌禁軍，自然也接了這個燙手山芋，奉旨緝拿欽命凶犯。

「雁門關在山陰，出去就是邊塞，已到了黃河邊。」老主簿低聲道：「小侯爺若帶兵打仗，要去朔州。遠在天邊，如何……」

「他打他的仗，我緝我的兇。」蕭朔道：「襄王往朔州城跑了。」

「……」老主簿從未想過自家王爺能有今日，看著被小侯爺教偏了不是一星半點的殿下，噝了噝，「皇上……連這個也信嗎？」

「若不信，自己派人去找。」蕭朔神色平靜，「我替朝廷追捕襄王，還嫌追錯了地方？」

老主簿心說縱然如此，襄王一夜間插了翅膀，撲棱棱飛到了朔州城……未免也太過隨心所欲。

昔日端王與當今皇上奪嫡，好歹也是步步為營，穩紮穩打，幕僚謀士殫精竭慮謀劃，各方勢力拉鋸博弈，一點一點打開局面。

如今這般百無禁忌不講道理的謀朝法，痛快歸痛快，總歸叫人隔三差五便心驚膽戰。

幸好還有兩位小主人相互照應，肝膽相照，上乘天運。

老主簿亦憂亦喜，終歸不再多說，應了一聲，匆匆去替王爺給景王府下了拜帖。

汴梁有舊俗，七不出，八不歸，上九辦事無不成。

正月初七，柴米油鹽醬醋茶，一事不妥便不能出門。

正月初八，禮義廉恥孝悌忠信，任一有違便不可歸家。

到了初九，祭玉皇、拜天公，天日大吉，諸事可為。

寺廟的鐘呂之音，道場的齋醮科儀。街道坊間爆竹聲此起彼伏，交錯熱烈，像要徹底沖淨不久前劍鳴馬嘶的噩夢。

向來最愛湊熱鬧的景王府，今夜卻一片清靜，只剩微涼月色。

「你要同雲琅出遠門。」景王披了件外袍，一路追著蕭朔，念念叨叨：「要見朝臣，要定章程，還要安排你走後京城的事。」

蕭朔叫他念得心煩，「不該安排？」

「該。」景王想不通，「可為什麼是我約的朝臣、我抄的章程、我出的王府……」

蕭朔掃他一眼，停下腳步。

景王叫他看得慫了，訥訥閉嘴，縮了縮脖子，「出就出，只當租給你了……記得給我銀子。」

蕭朔壓了壓脾氣，沉聲道：「拜帖之上，寫了叫你今夜去大相國寺，不要回府。」

「憑什麼？」景王不服氣，「你們在我府上私會，還要把我趕出去？」

雲琅不在，便沒人能制得住景王。

蕭朔深吸口氣，不同他計較，抬手用力按按額頭。

景王氣勢十足站了一陣，看著蕭朔反應，先洩了氣，「你比雲琅沒勁多了。若他在，定然單手拎著我，將我從王府院牆扔出去。」

蕭朔原本煩他煩得頭疼，此時聽見這一句，心頭終歸壓不住一暖，神色隱約緩和了些，點點頭贊同道：「不錯。」

「你今日過來沒告訴雲琅，是不想牽扯他，不讓我回府，是不想牽扯我。若非你琰王府叫人盯死，你連我也根本不會找。」景王道：「若來日事敗，朝臣只需說是受我所邀來賞酒，我又只需將事情往你身上一推，說是你脅迫我做的，便全乾淨了。」

蕭朔抬眸，眼底靜得不見波瀾。

「你看似行事悖逆、肆意妄為，其實步步都將退路給我們備齊了，唯獨沒留下你自己的。」景王看著他，臉上嬉笑慢慢淡了，正了神色，「可你這樣，很像是不拿我們當過命的同黨。」

蕭朔神色冷嘲，「如何過命，我若死了，有一個算一個拉下來陪葬？」

「當今皇上便是這麼幹的。」

景王道：「襄王也這麼幹，所以皇上不敢讓他活，卻也不敢讓他死。」

蕭朔眼底劃過明銳利色，破開沉靜，釘住景王。

「你還聽嗎？」景王舉起兩隻手，「先皇后與先帝還逼著我背了三十頁紙，雲琅來那次，我看他臉色實在不好，沒敢接著背。」

「明日起，玄鐵衛會到你府上。」蕭朔掃他一眼，「湊夠三十頁，自會放你出府。」

景王：「啊？」

約來的朝臣已在廳中齊聚，蕭朔不同他耽擱，回身朝議事廳過去。

景王站在自己挖的坑裡，恍惚一瞬，堪堪回神，急追了幾步，「蕭朔！琰王殿下！大侄子！雲麾將軍他夫君……」

蕭朔腳下不停，景王好不容易追上他，喘著氣將人攔住，「你等等。」

蕭朔看他，「還有事？」

「有。」景王文不成武不就，跑幾步都喘，堪堪站穩，「三十頁，我寫給你，給你們兩個。」

「不必。」蕭朔道：「你口述，玄鐵衛會謄抄整理。」

「我寫。」景王固執道：「你知道他幹什麼去了?襄王府看似覆滅，其實還有九星八門黃道使，藏了不知多少凶險……他為了能帶你走，冒險去見商恪，占了我開的酒樓，還把我的酒樓掌櫃打了一頓。」

蕭朔想起雲琅託開封尹轉交的那一封手書，心底翻起不知該苦該甜的滾熱，在原地站定。

景王緩過一口氣，嘆口氣道：「我勸他不要去，他說不行……北疆苦寒，要帶你侍寢，夜裡替他暖被窩。」

「家國天下煩得很，才子佳人又矯情。」景王看著蕭朔，「我不堪造就，頑劣得很，又沒腦子。可看見你們兩個生死百年，血路熬過來的情分，叫我很想……」

「叔父。」蕭朔道：「我二人很好，不需要第三個。」

「……」景王：「很想現在找只機關木鳶，給你下點藥，把你扔到雲琅的床上。」

蕭朔抬眸，朝他伸出手。

「……你還真想這麼幹？」景王愕然，「知人知面不知心！道貌岸然，衣冠禽獸！」

「什麼藥？」蕭朔道：「機關木鳶給我。我出來未同他說，要有些東西，拿回去哄他高興。」

景王張口結舌，一時氣結，匪夷所思瞪他半晌，摸出個極精巧的木製機關鳶砸過去。

蕭朔接在手中，妥貼收好。

景王在家斟酌數日，難得醞釀出幾句盪氣迴腸的話，此時叫蕭朔存心打岔，徹底說不出口了，捶胸頓足重重嘆氣。

當年三人總在一處，景王被欺負慣了，以眼刀毫無威力地連砍蕭朔，悻悻跟著往議事廳走，「可惜了今夜忙碌，你們兩個還得勞燕分飛。不然這等難得好月，把盞共賞，何等逍遙……」

蕭朔眸底微微一動，看向濃深夜色，叫時局攪起的無邊凌厲悄然淡去大半，「已共賞了。」

景王一愣，「如何賞的？」

蕭朔掃他一眼，並不多說，將夜色裡那一片格外眼熟的煙花盡數仔細印在眼底，收回視線。

雲少將軍錙銖必較。

說要給他買一百個一模一樣的煙花回來，就當真不多不少放了整整一百支。

蕭朔一時忍不住算了算雲將軍花了多少銀子，記了個帳，斂定心神，推開議事廳正門。

汴梁街前，醉仙樓頂。

雲琅放完了最後一個煙花，踏簷而回，倏然折落，站在了被開封尹爛醉痛哭，死死扯著的黑衣人身前。

◈

初九天日，玉皇承恩。

祈福祭天的儺儀要將汴梁城四門走遍，百戲花燈，神鬼煙火，街頭人山人海通明。

開封府的衙役通宵巡街，幸而有殿前司幫忙，緊鑼密鼓巡著幾條御道。

開封府掌事官員生平頭一遭擅離職守，抱著酒罈，醉得險些一頭祭了大相國寺後院的古井。

雲琅也是生平第一次見人這麼願意往井裡跳，拍淨了袖口沾的煙花火藥，闔上酒樓窗戶，同商恪拱手，「閣下放心，這裡信得過，又比大相國寺清淨些。」

「……」黑衣人拎著醉傻了的開封尹，將人往榻上塞，焦頭爛額，「雲大人。」

雲琅咳了一聲，繃住笑意，過去搭了把手。

蕭小王爺出的好主意。

雲琅一覺睡到半夜，趕去大相國寺，到了後院，正看見井邊坐了個酩酊大醉的布衣書生。

要跳井的人不好撈，醉昏了又極沉。雲琅一時幾乎有些懷念撞柱子的御史中丞，仁至義盡攔著勸時，身邊已無聲無息多了道人影。

衛准一介文人不通武藝，反應竟比雲琅還快些，瞬間撒手放開酒罈，死死攔腰抱住了不知何處來的黑衣人。

大相國寺人多眼雜，拉扯不清，只好換地方說話。

「事情緊急，只能鋌而走險。」雲琅上來搭著幫手，助他將開封尹安置在榻上，「下次再會不知要到什麼時候，兩次搭救，該謝商兄。」

商恪被拽著身上夜行衣，握住衛准手臂，「不必言謝。琰王出手搭救本就在先，況且……」

商恪慢慢鬆開了手，由衛准死扯著衣物不放，抬起視線。

棲身襄王府之後，他曾見雲琅兩次，兩次都在大理寺憲章獄。

初次，雲琅清醒著，雖然重傷虛弱，仍幾乎逼得他拿不住匕首。

第二次，雲琅力竭昏睡，倒在琰王身旁，眉宇間卻已再沒了那般引人心寒的死志。

「我始終擔心救錯了。」商恪細看他良久，斂下視線，「今日見了雲大人，總算放心。」

雲琅一笑，「救人，哪裡會有錯。」

商恪知他不想多提，坐在榻前，單手拉過薄衾，覆在衛准身上。

凡京中為官的，多多少少，總都有些交集。

商恪自少年起師從參知政事，一朝入仕順風順水，入了政事堂做到鸞臺侍郎，學得第一件規矩便是無事不可招惹雲少侯爺。

官員衝撞了少侯爺，是官員該反省。

世家衝撞了少侯爺，是世家該收斂。

雲少侯爺衝撞了律法條例，是律法太過僵化，該增刪修訂。

商恪第一次見衛准，就是在先帝下旨改動一條「凡當街縱馬者，不問緣由、皆杖三十」的刑律法條，交由政事堂刊定著筆的那天。

才入朝堂的寒門探花，官服下的麻葛中衣漿洗了不知多少遍，踩著雙黑布履，寒酸得人人側目。愣頭青一般，硬邦邦頂著冷風戳在政事堂門前，半分不知進退。

「他那時見人便攔，將我扯住，劈頭蓋臉質問。」商恪道：「國有二法，蒼生何辜。」

雲琅自己都不知道此事，心情有些複雜，「就因為我在街上騎馬，先帝說情有可原，不打屁股……便連蒼生也對不起了？」

「是。」商恪點頭，「我一向自詡讀書讀傻了，那天才知道，原來強中更有強中手。」

雲琅：「……」

「我便問他，知不知道少侯爺當街縱馬緣由為何，他說不知。」商恪慢慢道：「我又問他，可知少侯爺縱馬是否傷及路人、毀及攤販，可知街邊行人是何說法。聽了朝堂之上的三言兩語，貿然便來質問，可曾探過半片街頭巷陌，查過一句民心民情。」

商恪垂下視線，看了看昏睡的衛准。

「他叫我問住，面紅耳赤，站在門前說不出話。」

政事堂門前人來人往。

當科探花初入朝堂，尚不通政事，叫他句句詰問，局促得幾無立身之地。

商恪出身世家，見多了朝堂內情，素來反感這些不問情由、不由分說的所謂剛正直臣。懶得多說，回去取了剛細查詳實的卷宗，拋進衛准懷裡。

大理寺卿私心昭彰，報上來的案卷只說雲琅當街縱馬、衝撞車隊，行徑放肆觸犯國法。案卷之上，竟半句不說雲琅當街追攔的是意圖刺駕的貢車，不提為避路上行人，橫劍勒轡死攔驚馬，那日上朝肋下還掩著磕碰出的烏紫瘀傷。

衛准捧著卷宗，從頭到尾看了整整三遍，啞口無言。

雲琅自己都已不大記得起當時情形，更想不到竟還害得參知政事高徒與當科探花郎吵了一架，不由啞然：「後來呢？衛大人便負氣去了，從此臥薪嚐膽誓要為民請命……」

商恪搖搖頭，「不曾。」

雲琅好奇，「那如何了？」

「我那時年輕氣盛，並不知道他是寒門出身不通政理，當眾給了他難堪。正要走時，又忽然被他扯住。」商恪道：「本以為他惱羞成怒，要同我動手……誰知他死扯著我，不准我走，當眾同我行了問道禮。」

商恪那年不過才及冠，出身世家，自幼有名師教導護持，走了官薦蔭補入朝，未經科舉，對這些寒門子弟的禮數很是生疏。

政事堂門前，偏偏被年紀相仿的布衣探花不依不饒扯著，一揖及地。

「他行了禮，又對我說……謹守教誨，銘感不忘。」商恪失笑，「我鬼使神差，也還了一禮，送他走了。」

「那之後，我在政事堂循規蹈矩，他受聖恩，代行開封府事。」商恪握住衛准睡得昏鬆的手臂，塞回薄衾裡，掩了掩，「政事堂接到開封府公文時，我偶爾會想起此事……只是他執掌開封，大抵早已忘了有我這一號人了。」

雲琅抿著熱茶，沒繃住，咳了咳。

商恪微怔，「雲大人？」

「無事。」雲琅扯著哭傻了的開封尹往大相國寺井外拽了半夜，無論如何也想不出這一句「早已忘了」是從何說起，想想終歸是人家私事，體貼地不多嘴。

「只是想起往事……有些唏噓。」

「往事已矣，確不該提。」商恪自覺說多了話，替榻上昏睡的開封尹滅了燭火，引雲琅走到桌前，「雲大人急傳信，約我見面，可是為了襄王下落？」

「原本是。」雲琅點了點頭，坐在桌邊，「可惜你也不知道。」

商恪神色微動，抬頭看他。

「你若知道，定然是在襄王身旁護持，能抽空來一趟已經不易，沒時間與閒心替衛大人蓋被子。」雲琅沉吟：「襄王老奸巨猾、狡兔三窟，不會束手待斃……你是一路疑兵？」

「是。」商恪壓下眼底微愕，點了點頭，「我留在汴梁，替他牽制宮中殺機。」

雲琅幫忙拽衛准時，就已察覺到了商恪身上帶傷，心裡有數。

「我聽人背過一遍，說襄王有九星八門黃道使，在各地潛藏蟄伏，替他做事……這些人的下落，我要盡可能詳盡地知道。」

商恪猜到他要問這個，取出份已寫好的薄絹，遞過去，「我所知不全，但天心傳令，今年中元節前，黃道使要齊聚朔州城。到時……」

雲琅一口茶險險嗆在喉嚨裡，咳了半天。

商恪停下話頭，「怎麼了？」

「……無事。」雲琅咳得肺疼，按了兩下，平了平氣息，「我知道了。」

臨出門前，老主簿給小侯爺袖子裡揣銀子，還一路嘮嘮叨叨，說王爺如今竟也學得指鹿為馬、信口雌黃。為了同小侯爺一起去打仗，連襄王在朔州這種荒唐話也敢說。

如今看來，哪是指鹿為馬信口雌黃。

小王爺分明是終於得道，口含天憲，在夢中窺了天機了。

雲琅將薄絹細細看過幾遍，在心中記牢，挨著燭火引燃了一角。

「中元節前，商兄一直留在汴梁，可是還有事要做？」

商恪看著他動作，苦笑了下，垂眼道：「是。」

「集賢閣被毀，楊閣老匿跡，前幾日宮中消息，三司使也換了人。」雲琅道：「襄王在朝中勢力，三品以上的，如今已被剪除大半。商兄留在汴梁，大抵是要啟用當年試霜閣埋下的那些暗棋，重織成網。」

商恪靜聽著，輕輕攥拳。

「當年補之先生曾說，少侯爺心有天地，當為我輩魁首，原來果非虛言。」

「蔡太傅說這話，是拿來氣你家老師的。」雲琅聽著都覺害臊，想不出老太傅怎麼說得出口，耳根不由一熱，「我擔待不起，往後萬萬不必說了。」

「少侯爺這話……我也擔待不起。」

商恪道：「我如今滿手鮮血，一身罪孽，不敢再續師徒情分。」

雲琅若有所思，斂下眼底微芒，倒了杯茶，「你當初……為何投了襄王？」

「當初我在流放途中，遭人滅口，得琰王搭救險死還生。」商恪低聲：「我忽然想通，這張暗網織得太深，這麼查下去，永遠查不淨。」

「我反覆思量，終歸入了楊顯佑的集賢閣，以心灰意冷、對朝局無望為由，交了投名狀暗投襄王。」商恪自嘲一般，扯扯嘴角，「到如今……已然走得太深，再不能回頭。」

雲琅問：「你的投名狀是什麼？」

商恪頓了頓，肩背不自覺輕顫了下，沒說話。

「當初他們將我扔在水牢裡泡了三天，又在憲章獄裡鎖了五日。」雲琅慢慢道：「水牢裡灌的是冰鹽水，沒到胸口，我若站不住，自然跌進水中溺亡。憲章獄內空無一人，狹窄逼仄，日夜死寂……襄王馴服手下，用的都是這些手段。」

雲琅擱了茶杯，看著商恪，「你這般半路轉投，定然更要受些苦，才能叫襄王信任吧？」

商恪苦笑，「說這些還有什麼用？」

「閒聊罷了。」雲琅狀似不經意，不緊不慢道：「看在我自扒傷口拋磚引玉的份上，商兄說說，給我解個悶。」

商恪摸不透雲琅意圖，靜坐半晌，終歸落下視線，「釘板，脊杖，杏花雨。」

雲琅看著他，「三百釘，炭火灼，落英熾，要人命的杏花雨？」

商恪虛攥了拳，勉強笑了下，低聲：「少侯爺放心，這些刑具太過非人。如今汴梁這張網由我來織，自然不會叫這些東西再現人世……」

「我要的不是這個。」雲琅打斷：「我要這張網。」

商恪一頓，呼吸窒了窒，手指慢慢曲起。

「我知道你擔憂。」雲琅慢慢道：「你原本只覺得今上沒有明君之象，可你越行越深，親眼看了裏王，卻也並沒好到哪裡去。」

雲琅收回視線，拿過茶盞，「你出身世家，原本滿腔抱負為國為民，終歸磋磨冷透……走到今日，你已不敢再信人心。」

「雲大人……是來替琰王做說客。」商恪輕聲：「我知琰王有明君之象，可琰王與雲大人糾葛太深。」

「並非我不信人心。」商恪垂下視線，「如今朝局，我自然清楚，琰王是最好的。可琰王當真有此意嗎？雲大人該比我更清楚，這張網一旦織成，網的不只是朝堂，更是君主，從此困於廟堂之高，不見歸處、不見故人。」

雲琅失笑，「誰說我是來替琰王做說客的？」

商恪愕然抬頭，盯住雲琅。

「明君。」雲琅念著這兩個字，撥弄了下茶盞，「明君無非一代，再生個不肖子，一己之力，又能攬回一片烏煙瘴氣。」

商恪隱約聽出他話音，心神微凝，看著雲琅。

不知為何，他在此時的雲琅身上，竟隱隱看見了當年學宮內端王世子的影子。

「如今朝堂，一片冗兵冗政，處處掣肘，法不盡事。」雲琅慢慢道：「我只懂治軍，不懂治國。若這樣一支兵交到我手裡，領兵的將軍換得再好，也只治標不治本。」

「要整肅軍紀，就要連根先變。」雲琅抬眼，黑眸朗利分明，「裁撤冗政，制衡權力，重理職分……定規變法。」

商恪叫他最後四個字重重敲在胸口，怔坐在桌前，說不出話。

「我不是替琰王殿下做說客來的。」雲琅笑笑，「小王爺要陪我去賣酒，還要開客棧。我們商量好了，地方我挑，朔州城就很不錯。」

「我來替天下做說客。」雲琅：「你要織的這一張網，都是試霜堂的寒門子弟，都是苦讀十年，科舉入的朝堂。見過民生民情，清楚民心民願……這裡有許多人，雖受楊顯佑以恩義脅迫，卻仍有棟梁之才，有報國之心。」

雲琅起身，走到一扇極不起眼的暗門前，低聲道：「你一個人來織網，不夠。我擅做主張，替你找了幫手。」

商恪怔坐著，忽然想明白了雲琅方才不惜率先自剖過往，執意要叫自己說出受刑的緣由，心頭忽震，「雲大人！你今日……」

「你越行越深，是為了外面乾淨清白的人，又不是沒有牽掛歸處。」雲琅道：「如何便不能有退路了？」

商恪臉色慘白，一時竟動彈不得，定定坐在桌前。

「受了這麼大的罪，忍也忍了，熬也熬了。」雲琅拉開門，輕聲：「有人心疼，便該大大方方說出來……」

雲琅拉開與鄰座雅間相通的暗門，讓過臉黑得如同鍋底的參知政事，探出頭，看著後面的蕭小王爺頓時啞口。

蕭朔已見完了朝臣，從景王口中拷出地方，一路尋來，在外面一起靜聽了雲琅的水牢與憲章獄，「不錯。」

雲琅：「……」

參知政事聽了半個時辰，捏碎了三個茶杯，心疼得雙目通紅。

老宰相顫得站不住，氣勢洶洶繞過雲琅，逕直過去扯起吃了苦不知道說的不肖學生，哆嗦著揚手便要教訓。

蕭朔同參知政事一拱手，過去將受了罪自己熬的小王妃連根扛起，回到鄰座雅間，關嚴了門。

雲琅一時大意，被從親手挖好的坑裡扛出來。

趴在琰王殿下肩上，心情複雜地朝商恪揮了揮手。

商恪坐在桌前，愣愣不知道躲，迎著恩師高舉的巴掌恍惚無話。

下頭的情形，已被合攏的門攔了結實。

暗門關死，徹底再聽不見鄰間半分動靜。

雲琅被放在榻上，背後添了個座靠，懷裡多了個暖爐。

松陰居一向冷清，只有琰王府的人來，今日連隔壁的雅室也叫雲將軍要了，更無人攪擾。

雲琅嚥了下，看著桌前平淡泡茶的琰王殿下。

他今日約了商恪，本就存有成人之美的心思。一事兩辦，這邊同商恪打機鋒，另一邊已派親兵暗中給參知政事送了信，若能得出空，亥時往醉仙樓松陰居一行。

參知政事來時，雲琅其實聽出了還有陪客。只是他那時與商恪忙於勸醉昏了的開封尹不哭，無暇分神細聽，只當是護衛隨侍，不曾在意。

……萬萬想不到。

雲琅自知理虧，打量著蕭朔神色，「小王爺……」

蕭朔棄了頭道茶，複泡出茶香燙洗茶具，聞言抬眸。

雲琅閉嘴，抱著暖爐坐回去。

該聽的不知聽了多少，不該聽見的總歸全聽見了。

眼前情形，越是風平浪靜，反倒越叫人忐忑。

「殿下好涵養。」雲琅叫蕭小王爺平靜看著，心道不妙，掃了一圈搶先誇他：「參知政事尚且捏碎了三個茶杯，殿下卻能收斂心神，沉穩持重，喜怒不形於色……」

蕭朔淡淡道：「你當我為何在泡茶？」

雲琅：「……」

蕭朔撥開舊壺殘骸，將新換的茶壺擱在一旁，覆蓋上蓋子，斂住嫋嫋熱氣。

雲琅當即起身，一把扒拉開窗戶，扭頭拔腿便往外跑。

才邁出條腿，叫腰帶追上來的力道一拽，身不由己，結結實實仰在了身後摞著的厚實軟裘上。

這些年來，小王爺身手究竟長進多少，尚不盡然清楚。從窗戶往回撈人的本事，卻只怕已練得爐火純青了。

雲琅虎落平陽，陷在暖融融的軟裘厚衾裡，終歸壯烈一閉眼，「……罷了。」

蕭朔伸出手，攬住雲琅肩背，要扶他坐起來。

雲琅已徹底棄了頑抗，拆了骨頭賴在蕭小王爺胳膊上，一動不動，怏怏等著秋後算帳。

蕭朔扶著他，視線觸及臂間闔了眼綿軟安靜的人，心頭倏地叫隻手用力一攥，用力收攏手臂。

雲琅察覺到不對，怔了下，睜開眼睛，「蕭朔？」

攬在背後的力道幾乎將他勒實，雲琅微微吃痛，卻顧不上，伸手將蕭朔扳住，「嚇著了？無妨，我在，從頭到腳好好的，能跑能跳還能氣得你睡不著覺。」

蕭朔叫他最後一句敲進心底，默然無話，良久慢慢釋開力道，將雲琅放在榻上。

雲琅看他臉色，猶豫一陣，挪著蹭過去。

蕭朔靜立在榻邊，看不清神情，卻仍伸手攏住雲琅肩頸，慢慢揉了揉。

掌心護著頸後，力道不輕不重，一點點分過來暖融溫度。

雲琅舒服得呼了口氣，向後靠了靠，輕聲：「蕭朔。」

他知哪些話最能誅蕭小王爺的心，所以有些事能瞞便瞞著，瞞不住了，便設法含糊過去。

偏偏今天為了套商恪的話，一不留神，給自己也設了個出不來的坑。

「一樣話兩樣說……我跟商恪不一樣。」雲琅扯扯嘴角，低聲道：「他與參知政事雖是師徒，畢竟這麼多年不曾見，彼此心裡多有愧疚……愧疚積攢久了，便成了張不開口的隔閡。」

「長輩處沒有晚輩的錯，找個由頭，叫心裡疼一疼，什麼話都能說開。」雲琅：「可你心疼我幹什麼？你我那麼多好日子，手頭事盤妥了，來日享不盡的逍遙。」

蕭朔垂眸靜聽著，點了下頭。

雲琅沒想到他竟能聽得進去，暗暗詫異小王爺進步簡直斐然，心頭一喜，再接再勵：「至於……你問過我好幾次大理寺獄裡的事。我那時回答你，說在水裡泡了泡，洗了個澡，在牢裡躺了躺，睡了一覺……」

雲琅咳了一聲，硬著頭皮，「也……八九不離十。」

蕭朔攏住他不帶溫度的手掌，焐在掌心，點了點頭。

雲琅眼看他不生氣，幾乎有些不敢置信，喜出望外，「至於……」

蕭朔問：「至於什麼？」

雲琅正要再說，一眼瞄見蕭朔袖間引著的物事，話頭頓了頓，忽覺不對。

不生氣歸不生氣。

未免……太不生氣了

蕭小王爺如今夢中得道，沉穩持重，喜怒皆不形於色。

雲琅心知不好，窗戶又翻不出去，擰身便要從溫柔鄉裡掙脫出來，「商兄！開開門，我想起一件要事……」

話到半路已來不及，他肩臂被蕭朔扣住，力道一撞，坐回榻上。

不及反應，聽見嚓啷一聲，堅硬的鐵箍已銬上來，結結實實鎖在了右腕間。

雲琅愕然，匪夷抬頭瞪他。

「你說得不錯。」蕭朔語氣仍平靜，將鐵鍊繞過榻前，「我不必心疼你。」

雲琅一陣崩潰，「就聽進去了這一句嗎？」

「往事已矣，再去一味翻扯，徒增困擾。」蕭朔不理會他，將另一隻鐵箍引過來，銬住雲琅左手，「只是你若早同我說，你身上舊疾沉傷，能好得快出一半。」

雲琅剛要摸鐵絲拆鎖，聞言微怔，停下動作，才後知後覺查出腕間融融暖熱。

兩隻鐵銬看似尋常，外頭硬邦邦的鐵疙瘩一塊，裡面卻是極服貼的細軟布料，做成布袋，內裡裝了藥材粗鹽。

擱在暖爐上烘了這一陣，裡面的大顆粗鹽已烤熱了，叫鐵箍擠著，暖洋洋貼在腕間。

雲琅晃了晃手腕，聽著鐵鍊鐺啷啷響，皺了皺眉，「疼。」

「祛濕驅寒，起初是會疼些。」蕭朔道：「一到雨雪天氣，你便難受得連手也抬不動。梁太醫掛心許久，不曾弄清楚緣由，始終不知該從何下手。」

雲琅一怔，心底跟著牽扯，抬頭看向蕭朔。

蕭朔伸出手，攬住他微涼胸肩，掌心撫上和緩力道，叫人慢慢躺平，歇在榻上。

「梁太醫掛心許久。」雲琅嘟囔：「你掛心了更久吧？」

蕭朔並不答話，解了雲琅髮帶，叫他躺得鬆快些，又攏過薄衾。

雲琅只覺腕間熱意烙著，那一會兒的舒服勁過去了，便像是有絲絲涼氣自骨頭縫裡向外鑽。連痠帶疼，乏意伐上來，幾乎叫他以為外頭又要落一場暴雪。

雲琅低低吸著氣，盡力忍了一陣，實在忍不住，「差不多了吧？」

「等粗鹽不熱。」蕭朔道：「再烘乾替換，每日三次，反覆三個月。」

「三個月……」雲琅氣結，「就是平時發痠，使不上力些，用得著這般上刑？」

雲琅連撬鎖的鐵絲都握不住，總算弄明白了小王爺做護腕便做護腕，為何還特意做成了鐵鐐手銬的架式。

雲琅沒少受過傷，不怕刀砍劍刺、不怕鞭杖刑求，唯獨怕這不明不白的痠痛乏力，愈發挨不住，「拆開，當真難受。」

蕭朔垂眸，「有水牢難受？」

雲琅一滯，話頭被結結實實堵回去，沒出聲。

蕭朔坐在榻前，握住雲琅的手。

憲章獄下的水牢，能將人活活凍僵蟄死的冰鹽水。

他曾聽過大理寺有這般酷刑，鹽水蟄著身上傷口，冰寒濕氣一絲絲滲進骨縫裡，盤踞扎根。

雲琅與他探大理寺玉英閣，落進憲章獄。雲琅陷在夢裡，發著抖蜷在他懷間，身體寸寸僵冷，只剩心口最後一點熱意。

蕭朔俯身，吻上雲琅幾乎失了血色的唇角。

雲琅七分心神都困在腕間煎熬裡，原本沒什麼心思，叫他輕柔覆著，氣息卻不由微滯。

蕭朔兩隻手都要用來按著雲琅不亂掙，耳後微熱，蜻蜓點水一樣吻他的眉梢眼尾，向下至比少時愈發清俊朗利的輪廓，細細溫融嘗遍。

雲琅意亂神迷，不由自主燙了一刻，忽然察覺到不對，「你也看了？」

蕭小王爺吻上來的架式分明不同，定然是看了春宮祕笈無疑。

雲琅險些便叫他勾引得忘了手腕疼，察覺到脖頸往下竟然還不停，一時駭然，「你幾時看的？後面不是燒了？怎麼還有……」

蕭朔氣息不比他更穩出多少，胸口微微起伏，沉默一陣，「方才。」

「……」雲琅一時竟不知該說些什麼，不禁氣結：「方才你和參知政事一起坐在這間松陰居裡……那個方才嗎？」

雲琅想不通，「他老人家就沒問問你，這般手不釋卷，看的是什麼名家典籍嗎？」

「你留了門縫，參知政事聽你二人說話，全神貫注，並未察覺。」蕭朔道：「我去了景王府，從他那裡借來一本，原想與你賠禮……」

雲琅躺在榻上，百感交集替他說完：「實在忍不住滿腔的求知若渴，便先看了。」

蕭朔一時還不能如雲少將軍這般放得開，沉默一陣，在他喉間慢慢一咬。

咬過了，卻並不立刻移開，仍貼著咬的那一處，溫融和軟，暖暖安撫。

雲琅脊後一麻，心道完了，悶哼一聲軟在榻上。

到這裡他就已沒看過，下頭會如何，心裡再沒半點數。

多半是……會春宮。

這樣這樣，那樣那樣。

雲琅氣息促得接不上，再想不起來手腕疼的事，仰在榻上，叫琰王殿下輾轉碾磨。

蕭小王爺人正經，做起這種事竟也一板一眼，連廝磨溫存竟也認真得如同習武切磋。

偏偏這一份正經，就連在這等狎昵到老宰相看了能厥過去的情形裡，依然捧出來了十成十的沛然真心

雲琅叫他扣著雙手，闔了眼，認命繳械，「動手吧……」

蕭朔嗓音微啞：「什麼？」

「天時地利。」雲琅壓著心底討伐上來的無邊緊張，顫巍巍躺平，仰頭亮出頸間，「上。」

蕭朔看著他引頸待戮的架式，伸手覆住雲琅頸間，正要說話，神色忽然微動。

雲琅還在等那傳說中的第一疼，忽然被蕭朔扯著薄被牢牢覆住，睜開眼睛，「怎麼了？」

「侍衛司暗衛巡查。」蕭朔道：「應當是你我引來的……宮中已窮途末路，捉了我們的些許錯處，不分大小也要拿捏一番。」

雲琅微愕，「什麼錯處？」

「……朝中官員。」蕭朔道：「凡成年者，有官職爵位，無緣由皆不准夜宿酒樓。」

雲琅：「啊？」

「當初你流連醉仙樓，尚未及冠，先帝便不曾改動這條律令。」

蕭朔就知道他定然沒背過這一條，「這酒樓是景王開的，景王自己夜裡來收帳，都被罰過十金、俸祿降了半爵。」

雲琅是當真不知這個，一著不慎坑進來了一串人，再躺不住，便要坐起來，「我出去……」

「不必。」蕭朔按在他肩頭，「開封尹執掌開封，有權在各處坊市商鋪巡查，唯他不受這一條管，叫他出去應對。」

蕭朔看著雲琅，「你與商恪說話時，是不是暗中弄醒了開封尹？」

「是倒是……我點了他的膻中穴，再醉也疼醒了。」

雲琅晃了晃手腕，叮叮噹噹地鬧心，「可他能頂什麼用？叫開封尹去說謊？還不如叫我穿小姑娘衣裳跳個舞，你們趁亂趕緊跑。」

蕭朔眸底深了一瞬，看著腰身纖拔俐落的雲少將軍，不著痕跡斂了，淡聲道：「他也要護住他的故人。」

雲琅微怔，迎著小王爺的視線，沒說出話。

侍衛司暗衛不常出動，卻也有巡查職權。今晚無疑是奔著他們這一處來的，一路聲勢極大，已排查到門口。

開封尹今夜微服私訪，巡查坊市商鋪，交出腰牌驗明正身。

暗衛視線警惕，掃過兩間雅室，「那是什麼人，來做什麼的？」

「閒人罷了。」衛准攔在門口，生平第一次編造實情，咬牙定神，「來酒樓訪友。」

暗衛皺眉，「參知政事大人是來做什麼的？」

「已至深夜，學生仍不知所蹤，家中擔憂。」衛准道：「來酒樓尋人。」

官員不得無故夜宿酒樓，若緣由合情理，便拿不得。

暗衛縱然為的便是伺機找茬，也仍畏懼蕭朔，掃了一眼，草草道：「琰王殿下……」

「琰王殿下掌殿前司，巡守京城，此處交匯視野最好。」衛准已詞窮，守在松陰居門口，盡力道：「來酒樓巡查。」

暗衛幾乎愕然，一眼掃見屋內榻上影影綽綽，竟像是還有一人，不由一喜，「那個呢？深更半夜來做什麼的？」

衛准回頭，看了一眼，「……」

商恪看他被步步緊逼，再忍不住，要替衛准開口，上前一步看向屋內。

商恪站在門前，看著散髮披衣的雲將軍腕上的鎖銬，抬頭看了看深不可測的琰王。

暗衛看不清裡面是誰，看這幾人欲言又止，心知多半是問到了點上，按捺不住，當即便要強闖進去。

衛准上前一步，攔在門口。

「衛大人！」暗衛沉聲：「我等奉命巡守京城，若是有閒雜人等深更半夜滯留，說不出身分、道不明來意……」

「琰王妃。」衛准闔眼，「深更半夜，來酒樓……侍寢。」

松陰居內外，皆跟著靜了靜。

衛准撐著門沿，面紅耳赤寸步不讓。

暗衛卡在門口，進也不是退也不是，面面相覷，一時沒了主意。

商恪耳力比旁人強些，隱約聽見屋內榻上，雲將軍咔嚓一聲捏碎了個茶杯。

一片靜默裡，金鐵交鳴嘩啦一聲響，蕭朔自榻前起身，走到門前。

侍衛司暗衛來得蓄意，難掩心虛，紛紛低頭恭聲：「琰王。」

蕭朔隨口免禮，看向為首的都尉，「何事？」

都尉心頭寒了寒，向後讓了兩步，低頭小心翼翼道：「王爺，我等的確是奉旨巡查……例行公事罷了。」

叛軍圍城時，蕭朔在文德殿逼出聖旨，在右承天門城樓上，又親手誅殺了暗兵營都尉，說不叫人膽寒是假的。

如今對上，哪怕暗衛人數分明勢眾，竟也隱約覺得頸後發涼。

「今日只奉聖命排查逆黨，查酒樓來往夜宿，絕無他意。」都尉不敢抬頭，「只是……若有了不認得的生人，說不定便是襄賊逆黨。」

都尉攥了攥拳，低聲道：「我等雖職微言輕，遇上此事，也不敢不細加盤查。」

「襄賊逆黨。」參知政事撣撣袍袖，淡聲冷嘲：「左侍禁的意思，老夫也是襄賊逆黨，來此私會，暗謀大事的？」

「不敢！」都尉嚇了一跳，忙躬身賠禮：「相爺前來尋人，豈容攀賴？」

「只是……倘若有些大人一時不察，叫人蒙蔽了，與逆黨攪在一處。」

都尉掃了一眼衛准，壓下眼色，陰惻惻道：「甚至假作偽證，編造實情，只怕要至大理寺細加勘察，依罪論處。」

商恪神色微沉，上前半步，叫衛准抬袖死死攔住。

商恪眼底利芒一掀，攪起分明冷色。

衛准阻著他，將他一寸寸攔回身後，上前一步，神色反倒恢復了往日的淡漠，「本官所言，皆出自本心，並未受他人蒙蔽。」

衛准束手，平靜道：「若諸位不信，本官願往大理寺一行。」

都尉眼底爆開精光，上來便要拿衛准，才走一步，卻被商恪與琰王府的玄鐵衛同時出手阻住。

「衛大人不明凶險，最好不去。」蕭朔倚了門，淡淡道：「大理寺絕非什麼好地方。」

都尉眼角一跳，終歸壓不住，沉聲道：「王爺！凡事不可妄言……」

他話頭一頓，迎上蕭朔眼底冷色，卻有一股寒意分明襲上來，逼到喉頭，再說不出話。

「何為妄言？」蕭朔問：「水牢，憲章獄，還是碾骨、斷筋、碎肺腑、貼加官？」

都尉心底一沉。

忽然明白了蕭朔在借題發作哪一樁舊日因果，四肢百骸瞬間冷透，牢牢閉上嘴。

蕭朔眼底斂著凜寒霜雪，凝他一刻，漠然道：「大理寺。」

都尉聽著他這三個字，竟像是聽了句宣判，立在滅頂殺意裡，手腳冰涼，背後透出層層冷汗。

蕭朔不再多說，摸了袖中玉牒，隨手抛在開封尹懷裡，轉回了松陰居。

衛准將玉牒打開，掃過一遍，神色微愕。

此事朝野不知，衛准壓下心底念頭，不著痕跡，與商恪對視一眼。

「琰王殿下！」都尉堪堪掙回心神，急道：「我等絕無他意！就只來奉旨巡守，盤查生人……若有說法，隨便給一個便是了！」

都尉追了幾步，被開封尹擋了路，抬手便要排開，「王爺！今日絕非有意為難。」

「確有說法。」衛准道：「並非隨口攀扯。」

都尉叫他攔著，皺緊了眉，「什麼？」

衛准回頭望了一眼屋內，又看了看手中玉牒。

「有話便說，不必在這裡糾纏！」都尉心知招惹了天大的麻煩，心中焦灼，沉聲道：「裡面那一個……」

「先帝御筆，明璽朱印。」衛准捧了玉牒，再三確認過，仔細合攏，「裡面的那一個，的確是……琰王明媒正娶的御賜王妃。」

◈

暗衛碰了一鼻子灰，又不慎撞在釘板上，挑起了琰王對大理寺一脈的殺意。

昔日之事，有大理寺一樁，便有侍衛司暗衛一件，半分脫不開干係。

都尉自知巢傾卵破，半句再不敢多說，失魂落魄匆匆走了。

雲琅坐起來，靠在榻上，看著來巡查的開封尹、來訪友的商恪、來尋人的參知政事，心情複雜，「今日之事，怪我疏忽……」

「與你何干？」參知政事不以為意，坐在桌前，「暗衛是皇上爪牙，如今視你們作眼中釘肉中刺，又不敢正面對上，尋釁滋事罷了。」

「今日不來，明日也要尋別的由頭。」參知政事要拿茶杯，在桌上看了一圈，竟半個茶杯沒能見到，只好將手落回去，「琰王方才……可是動了殺機？」

蕭朔垂眸，「是。」

他答得平靜，此時坐在榻邊，深黑眸底山高水遠，竟連方才的冰寒殺意也不見了。

參知政事看他半晌，輕嘆一聲。

商恪明白老師這一聲嘆的是什麼，眼中透出慚色，垂首受教，「是學生沉不住氣，方才要緊處，進退險些失當。」

「你心有牽掛，關心則亂罷了。若今日侍衛司要拿的是雲將軍，琰王殿下也未必真能滴水不漏。」參知政事擺了下手，並不教訓他，視線落在衛准身上，卻終歸一刻複雜，「老夫只是不曾想到……你當初不肯結親，原來是為這個。」

商恪一愣，匆忙起身，「老師，我……」

「有什麼好？不識時務，不知進退，鐵疙瘩一塊。」參知政事皺了皺眉，「喝醉了耍賴，哭得倒是很響亮。」

衛准：「……」

商恪：「……」

雲琅坐不住，咳了一聲，「此事怪我，不該與小王爺合謀，騙衛大人灌酒。」好好一位鐵面無私開封尹，攤上這一群人，命數實在坎坷。

雲琅有意幫忙，一片好心解釋道：「衛大人這些年來，心中始終牽掛商兄，念茲在茲，幾乎便要投井。」

「……」衛准面上薄紅，咬牙沉聲：「雲將軍！」

「投井……一片冰心，化清風明月。」雲琅收了調侃，視線落在商恪身上，慢慢道：「清君袖，慰君懷，蕩君心。」

商恪滯住，臉色隱隱泛白。

蕭朔伸出手，按上雲琅手臂，眼底至深處輕輕一攪。

雲琅叫他一牽，扯回心神，朝蕭小王爺笑了笑，「這話不說給你，我若投井，化成怨鬼，天天在你榻下睡覺。」

蕭朔看著雲琅，眸底映著他，沉靜清明。

雲琅叫他看得微虛，心道就不該多嘴幫忙，飛快扯開視線看了看呆若兩隻木雞的開封尹與商恪，右手摸了顆飛蝗石，見機行事瞄準了輕輕一彈。

衛准膝彎一麻，腿上瞬間沒了力氣，一頭險些栽倒，被商恪抬手倉促扶住。

衛准是文人，不明就裡，只當自己沒能站穩，匆匆借力站直，「多謝商兄……」

臂間力道仍在，沒有要順勢鬆手的意思，衛准怔了片刻，遲疑抬頭。

商恪靜垂著視線，一隻手扶著他的手臂，眼底看不出半分神色，骨節繃得泛白。

參知政事找了半晌，沒看見半只茶杯，只得接了蕭朔倒的一碗茶，淺淺抿過兩口，輕嘆一聲擱在了桌邊。

雲琅仁至義盡，不再多管，向背後攏著的手臂靠了靠，又瞄了一眼蕭小王爺。

多說多錯，今日怕是來戳小王爺心的。

雲琅咳了下，握住蕭朔的手，挨個手指慢慢捏遍，在他手心慢慢寫著個「鬼」字。

蕭朔垂眸，將他那隻手攏在掌心，溫聲道：「求之不得。」

雲琅不想讓他知道的事，他都可以不知道。少將軍將這一片心留給他，他珍之重之，不受無益之事糾纏煩攪。

不化清風，不慕明月。

雲琅願意化作冤魂，那也很好。

做個厲鬼朝夕相伴，少將軍想嚇唬誰，便一起將腦袋藏了，扯出舌頭渾身是血地倒掛在人家的門口。

「大理寺之事，我意已決。」

蕭朔握著雲琅微涼的手，看向參知政事，「我二人臨走前，會將大理寺明暗枝蔓剷除乾淨，至於後來人，勞大人師徒費心。」

參知政事看著他，眼底一瞬複雜，沒有立時應聲。

襄王兵敗當晚，大理寺卿便已被侍衛司暗兵營處置乾淨，再掀不起風浪。

可這些年來，大理寺仗著皇上縱容，官員吏衙盤根錯節，與朝中勾連無數，人人徇私個個舞弊，亟待處置的又豈止一個替襄王賣命多年的大理寺卿。

琰王如今有力挽狂瀾、平叛定國的大功，在朝中沒有親故，不受掣肘。要剿淨烏煙瘴氣連根爛透的大理寺，無疑是最合適的人選。

只是……雷霆手段，兩面皆是透血利刃。

「要剿除大理寺枝蔓勾連，大半個朝堂都要動盪，樹敵無數。」參知政事握了茶碗，看向蕭朔，「今日一問，你果真無意……」

「無意。」蕭朔道：「整肅朝堂，清明社稷，我會做完再去賣酒。」

參知政事已經聽了一遍雲琅的宏願，眼看如今琰王竟也能將這些東西坦然混在一起說，一陣頭疼，按了按額角，「……罷了。」

變法定規，裁撤冗政，雲琅與商恪說得已很清楚。

倘若能叫朝堂秩序完備、律法周全，由上至下自會運轉，治不聽君，民不從官，處處依法而行，不需代代明君。

「老夫原本只想換個乾淨些的朝堂，沒有結黨營私、烏煙瘴氣。」參知政事苦笑，「你們兩個……弄出來了多大個差事。」

「是難些，為後世計，相爺與商兄只管放手施為。」雲琅笑了笑，豪氣道：「山河社稷，我們兩個來鎮。」

參知政事心底一震，迎上雲琅眼底朗淨明徹，終歸無話。

當年與先帝君臣對飲，席間酒酣處，蔡補之拍案眉飛，興致勃勃說起自己的兩個學生。可定家國，可鎮河山。

參知政事壓下無數念頭，起身一禮，扯著學生與送上門的開封尹匆匆出門，離了酒樓，一路備車回了相府。

雲琅送人出門，呼了口氣，扯扯嘴角，心力鬆下來。

今日事大，他始終凝神應對，此時一口氣鬆了，才察覺到體內壓不住泛上來的倦意。

腕間骨節仍隱隱痠疼，卻已比起初好了太多，不必再費心強忍。

雲琅叮叮噹噹晃了晃鐵鍊，總算有了閒暇，同蕭朔翻舊帳，「琰王妃？」

蕭朔一頓，伸手去解他腕間鐵銬。

雲琅揚起兩隻手，不叫他打岔，「玉牒是怎麼回事，輩分怎麼差出來的？」

「先帝那時唬我，說我是先皇后養子，竟還說得有鼻子有眼！」雲琅想起當時情形，便覺來氣，「朔方軍營校往上的將領，都知道你是我大侄子！如今平白降了一輩，回去怎麼分說。」

「先帝說。」蕭朔聽這幾個字便頭痛，握住雲琅手臂，引著他放下來，「你我心中都清明，不會叫這件事困死，早晚……」

雲琅聽到一半，見他忽然不往下說，忍不住追問：「早晚什麼？」

蕭朔細想了方才聽見的話，「朔方軍營校往上的將領，都知道我是你的侄子。」

雲琅：「……」

蕭朔：「營校向下呢？」

雲琅：「……」

營校向下，景諫回北疆坐鎮時，曾帶了刀疤等人群策群力湊盡所有字拼成的一封信。

如今只怕……十之八九都知道，蕭小王爺與他是父子之情，難捨難分了。

蕭朔靜坐一刻，自榻前起身。

雲琅一急，「你幹什麼去？」

「去找參知政事變法。」蕭朔：「你去北疆，我在城樓相望迎候。」

雲琅一陣頭疼，「我去解釋！定然解釋清楚！」

蕭朔搖搖頭，「傳謠易，闢謠難。」

雲琅愁得不行，「精誠所至金石為開！我一個一個解釋，拉著他們說到信為止。」

「逐個解釋，他們更覺你受我脅迫。」蕭朔道：「到時我不僅亂了輩分，還涉嫌強媒硬保、巧取豪奪。」

雲琅被他說得啞口無言，呆坐半晌，竟覺十分有可能，一陣駭然。

蕭朔看他一刻，解了被雲琅扯著的外袍，覆在即將出征的雲少將軍身上，朝外便走。

走出兩步，聽見身後鐵鍊哐噹作響，勁風自背後襲過來。

蕭朔早有防備，回身抬臂，卻仍晚了一步。

雲少將軍身法俐落，掠過他腕間相錯回攬，冰冷鐵鍊繞過蕭朔胸膛，橫在身前。

蕭朔立在原地，察覺到身後幾乎沒能收住的力道，微微蹙了下眉。

他並非當真不陪雲琅去北疆，只是有意氣少將軍幾句，管一管雲琅這沒事非要同他父王拜把子的毛病。

此時雲琅幾乎不能自控的力道，卻叫他忽然醒悟，這玩笑絕不該開。

他的少將軍，一個人在北疆打了那麼多場仗，金戈的冷氣寒進骨子裡，將命往沙場上活祭一般地填。

此時終於有人共赴，過命的情分，綿延百年，該勒刻在最後一座被收復的城池界碑上。

蕭朔叫雲琅近於挾持地鎖著，扶上微繃著的手臂，稍稍施力，「我……」

雲琅從他身後抱上來，胸口貼著他的肩背，「小王爺。」

「是我不對。」蕭朔輕聲道：「放開，同你好好說……」

「不放。」雲琅悶聲：「你……同我一起去。我罩著你，有人議論你，我替你撐腰。」

蕭朔點了點頭，盡力從少將軍與鐵鍊的空隙中轉了個身，攬住雲琅仍有些瘦削的勁拔腰身，收緊手臂，「好。」

雲琅叫他安撫似的慢慢揉捏著頸後肩背，閉上眼睛，埋在蕭朔領間。

「議論也無妨。」蕭朔道：「他們是你的袍澤，便是你的自家人。」

雲琅耳後慢慢熱了，囫圇著點了下頭，卻又固執搖頭，「自家人，更要給你名分。」

「好。」蕭朔啞然，撫了撫他的髮頂，「如何給？」

雲琅沉吟良久，靈機一動，拽住蕭小王爺袍袖，「打下朔州城那天，我在城樓上舉著帥旗，給你放一千掛鞭，親個響的。」

蕭朔：「……」

【第四章】

你們倆現在都和好得這麼快了嗎？

雲少將軍的宏願，有些許吵鬧。

蕭朔看了看牢牢鎖著的鐵鍊，一時有些不知該不該同雲琅的親兵交代一聲，務必嚴防死守，堅壁清野。

從汴梁到北疆，沿路城郭，決不能叫少將軍再看見一個爆竹攤子。

雲琅自覺出了個絕佳的好主意，等了半天，扯扯蕭朔，「還不行？」

平日裡抱一抱的事，幾句好聽的也哄好了，不見小王爺這般難伺候。

雲琅一心將他誆上路，橫了橫心，咳了一聲，熱騰騰紅通通去解衣襟。

蕭朔握了他的手，「做什麼？」

「三十六計。」雲琅閉眼昂頭，「第三十一計，本帥獻身。」

蕭朔：「……」

少將軍這些日子，當真學得愈發能屈能伸，敢作敢為。

蕭朔尚有正事要同他說，將雲琅那隻手攏在掌心，試了試雲琅所餘的體力，「馬車就在樓下，先回府……」

話貼在耳畔，還沒落定，門忽然被人躡手躡腳推開。

蕭朔眸色微沉，正要防備。

雲琅反應已比他更快，肩背榨出分明力道，掌心多了幾顆飛蝗石。

「我，是我！」景王自門外探進來，他吃夠了雲琅砸石頭的苦頭，預先護了頭頸，及時出聲：「別動手！我偷著溜過來的，跟你們說一聲……」

景王堪堪剎住話頭，看著眼前情形，從身後小廝手裡接過帕子，抹了把臉。

屋內兩人面對面站著，叫鐵鍊亂七八糟鎖在一處，不知修煉的是哪家功法，總歸從頭到腳都十分可疑。

景王欲言又止，遲疑半晌，將門躡手躡腳闔回去。

「……」蕭朔頭疼，闔了下眼，「慢。」

「打攪了！」景王飛快告罪：「我醉酒走錯了！什麼也沒見！你們忙……」

「請景王進來。」蕭朔道：「稍坐，備茶。」

景王抬腿便要跑，回頭時卻已不是四五六個隨身的貼心小廝，換了持刀仗劍的高大玄鐵衛。

景王左右走投無路，硬著頭皮，憂心忡忡，一步步退進了琰王府包年的松陰居。

蕭朔扶著雲琅，試了試將快繞出死結的鐵鍊解開，終歸作罷，轉而解了雲琅腕間鎖銬，「景王深夜過來，可是有要事？」

「……是。」景王幾乎已忘了自己是來做什麼的，叫他一提，才回過神，「那幾個盤查你們的暗衛，你們猜是哪兒來的？」

蕭朔解了鐐銬，將鐵鍊繞開，聞言抬眸。

景王自帶的小廝手腳俐落，不用酒樓侍候，忙忙碌碌著備茶溫酒，甚至還在桌上擺了幾碟時興的糕點，才飛快退出雅間合了門。

景王灌了幾大口茶，舒了口氣，神神祕祕湊近了，悄聲道：「引他們來的是宮中人，送他們走的卻是太師府。」

「說起這太師府，便教人不睏了。」景王難得派上些用場，喜滋滋坐直，「我這幾日，聽說了些太師府的傳言，十分緊要，只怕同朔方軍也有關……」

蕭朔正替雲琅推揉腕間筋骨，聞言道：「樞密院掌兵，要派監軍替天子隨軍出征，人選交由了太師府？」

景王要說的盡數叫他說了個乾淨，端著自帶的茶杯，張口結舌。

蕭朔並不意外，神色平淡，「興不起大風浪。」

「樞密院派的監軍，你若不聽，便是欺君之罪。」景王皺了皺眉，端正了神色，左右看看，「雖說如今咱們這位皇上手裡的底牌已不剩幾張，可畢竟占了個名正言順，你們莫非要在出征之前便將他……」

這話要緊，景王不敢隨意說，謹慎停住話頭，抬手在頸間虛虛劃了一道。

「不是時候。」蕭朔搖了搖頭，「此時朝堂動搖，是禍非福。」

一來，他們這位皇上這些年苦心耕耘，並非這般容易架空挾制。縱然已隱約有山窮水盡之象，也總有保命底牌，此時硬碰硬，逼到圖窮匕見，只會兩敗俱傷。

二來……為天下計，此時也不宜叫政權交割動盪。

且不論這一場局博弈到最後，勢必要真刀明槍地硬搶，縱然是最尋常的皇位更迭，也一定會叫政局不穩。

當今皇上便是吃了繼位不久的虧，手中勢力尚未攏穩，各處關節不及理順，招來了蟄伏襄陽久矣的環伺虎狼。

「我這邊用不了多久，要看參知政事。」雲琅自己扶了胳膊，稍一沉吟，迎上蕭朔視線，「皇權更迭不緊要，只要朝堂勢力交割穩妥，大體可安。」

蕭朔點了點頭，「我會同參知政事提。」

「至於襄王，倒也用不著我們搜。」雲琅道：「襄王到底是奔著那個位子來的，只要皇位上有人，他就跑不遠。」

雲琅靠著軟枕，叫粗鹽烙得微紅的腕骨落在蕭朔掌心，隱約牽扯著一疼，沒忍住吸著氣樂出來，「最多……跑到朔方城，不能更遠了。」

蕭朔叫他翻舊帳，力道一頓，抬眸掃了雲琅一眼。

蕭小王爺此時神色和緩，替他揉著手腕，再擺出琰王威風，簡直沒有半分懾人架式。

雲琅頗消受他這般虛張聲勢，舒舒服服往軟枕上靠了靠，將視線遞過去，在深黑眸底不由分說蓄意一撩。

少將軍這三十六計倒數第六計，使得簡直愈發嫻熟。

蕭朔靜坐一刻，終歸叫雲少將軍引得無奈，看他半晌，「不錯。」

「至於朝堂勢力交割，重在盤整理順。」

蕭朔：「若能妥當，天日可換，不盡然要萬事俱備……但也仍需時日。」

「一年半載，我先把朔方軍給你拉回來，」雲琅笑笑，「守了北疆這麼些年，也該回來看看京城，到時東風吹起來，萬事不備也該備了。」

兩人心中都有數，此時徹底敲定章程，心裡便也有數了大半。

走到眼前局面，七分時運三分借勢，搶的是皇權交割未穩的先機。

眼下關口，外有燕雲邊境尚待最終收復，內要理順朝綱裁撤冗政，不論這個皇上還願不願做，都要再在皇位之上頂些時候。

時候到了，無論願不願意，也一樣再由不得他。

景王全然不懂他二人在打什麼機鋒，只聽明白了這兩個人一時還不準備振臂一呼，領兵推翻狗皇帝改天換日，立時鬆了口氣，用力拍胸口，「好好好……穩妥些好、穩妥些好。」

景王在京城有不少產業，叫一場戰火燒了大半。

一時半會若再打上一仗，只怕要賠得血本無歸。

他倒不在乎朝堂，保住老本便寬慰不少，又喝了口茶，「只是……若你們兩個還不打算走那一步，別怪我囉嗦，太師府沒面上那麼簡單。」

蕭朔放下雲琅左腕，攏過雲琅另一隻手，聞言抬眸，看了他一眼。

「這些年來，凡是皇上要了結又不方便親手了結的人，都是太師府在替皇上做……這個你們也知道吧？」

景王隱隱覺得自己莫名成了個大號燈籠，橫了橫心，勉強坐穩自帶的馬札，「無中生有、指鹿為馬，這些手段都是太師府最熟的。此次若無意外，隨軍的參軍應當是太師的侄子龐謝。」

雲琅叫這個名字引得微愣，「誰？」

「龐謝，原本叫龐世欽，避今上諱改的名字。」蕭朔見他神色仍茫然，稍一思索，「當街欺侮行人，醉酒撒潑，叫你扔到汴水裡的那個。」

雲琅想起來了，一拍腦袋，「怎麼想的，多大仇才給改了這麼個名字？」

「……大抵是他母家姓謝，他在朝中這些年鑽營，也多靠謝家栽培。」景王坐在一旁，盡力將話頭扯回來，「這龐謝最擅指黑道白尋人錯處，會不會在打仗的時候出歪主意，我拿不准，可若是叫他尋了空子，便要攛你們一道。」

景王看向蕭朔，「你當初要冒險從天牢偷雲琅，雖說是皇上刻意放縱，畢竟還是做了，證據可都在太師府押著。」

景王低聲道：「從牢裡偷死囚是死罪，縱然你是王爺，若叫他們尋了機會，連同舊帳一起藉機發作，終歸是個隱患……」他話說到一半，察覺到氣氛不對，遲疑了下，抬頭來回看了看，「等等，這事你沒跟雲琅提……」

雲琅越聽越挑眉，難得的看不出神色，視線落在蕭朔身上。

蕭朔靜坐片刻，扯過張淨白宣紙揉成一團，反手遞到了景王面前。

景王：「……」

景王明白這是說錯了話，老老實實接過宣紙團，自己將嘴堵了個嚴實。

「此事我來處理。」蕭朔叫雲少將軍拿眼刀結結實實戳著，按按額頭，低聲道：「那時情急，留了些後患。」

「是情急，還是皇上就給你留了這麼一條路？」雲琅切齒，「你當初還和我說，是皇上暗中鬆了手，叫你聯絡上了刑部……我也就是那時候不懂朝局，才能叫你這麼糊弄過去。」

雲琅越想越來氣，幾乎想趁著半夜去拆了皇上寢宮，「留了多少證據？」

「不多。」蕭朔這幾日騰出手來，已在暗中處理此事，不想叫景王冒冒失失點破，心知瞞不住他，「一封手書、一枚印鑑罷了。」

雲琅不容他含糊，「什麼印鑑？」

蕭朔沒說話，給他倒了盞茶，細細吹了吹。

「少拿這個哄我！」雲琅險些叫他氣樂了，「長本事了啊蕭小王爺？那時你連我是生是死都不知道，就敢把王府大印交出去！虧你還在你這府裡頭坐得住。」

手書容易毀去，大不了一把火燒了太師府，能叫景王擔心到這個地步的，自然是那一枚印。

雲琅坐在榻上，手腕攥得又有點疼，深吸口氣，慢慢呼出來。

當初皇上以朔方軍拿捏他，逼他回來就範，卻也以他拿捏了蕭朔，將別的路盡數封死，只留了這一條。

蕭小王爺的城府眼力，不會看不出這是個陰毒無比的圈套陷阱。若是他那時不在刑場上靈機一動，感而有孕懷了個龍鳳胎，此時只怕連琰王府都成了人家砧板上的魚肉。

雲琅壓著心底念頭，斂去胸口翻騰起來的寒意，腕間隱痛翻上來，又被掌心暖意覆住。

雲琅抬頭，迎上蕭朔視線。

「此事由你罰，錯便不認了。」

蕭朔按著他的手腕，讓繃得鋒利的筋骨在掌心慢慢軟化下來，靜了片刻，慢慢道：「能換回你，這筆買賣便是我贏。」

雲琅不知該氣該笑，「搭出去什麼都是你贏？」

「搭出去什麼。」蕭朔輕聲：「都是我贏。」

雲琅一怔，愣愣坐了半晌，終歸洩氣，「……罷了。」

雲琅受不住這個，來回轉了幾圈，推開窗子，面紅耳赤地不與他計較，賭氣道：「回頭再說，從長計議。」

蕭朔起身，去牽了他的手腕，重新將人引回榻上。

景王戰戰兢兢守了半晌，眼看這兩個人竟然這就冰消雪融，幾乎有些不習慣，一時愕然，「你們倆現在都和好得這麼快了嗎？」

蕭朔抬眸，掃他一眼。

景王叫他眼中冰碴一凍，習慣多了，按按胸口，「還好還好……我幾乎要懷疑，你們倆一起去戰場是做什麼的了。」

蕭朔專心捋順雲少將軍的脾氣，揉著雲琅頸後，淡聲道：「做什麼的？」

「誰知道？」景王遐想，「攜手共賞大漠風光，去北疆安家，擁兵自重割據一方，名為出征實為私奔……」

蕭朔懶得理他，輕嘆口氣，看了看雲琅稍好些的臉色，賠了一碟景王叔的點心過去。

雲琅靠在軟枕上，瞟了一眼那點心，懶洋洋不動

蕭朔抬了視線，目露詢問。

「手疼。」雲琅吸了一口氣，搖頭嘆息，「拿不動。」

蕭朔：「……」

雲琅仗傷行兇，得寸進尺，「啊。」

蕭朔一陣頭疼，「景王還在……」

景王不等他說完，當即閉嘴抱頭閉緊了眼睛，自覺摸索著去了牆角面壁。

雲琅稍覺滿意，將手中飛蝗石轉了下收回袖內，心滿意足朝著小王爺飯來張口。

蕭朔端了點心看雲琅，忽然察覺雲少將軍分明蓄意。

看了一刻，反倒忍不住一笑，輕聲道：「好。」

他平日裡向來沉穩可靠、冷峻不可侵，此時忽然冰綻水流，叫人看得一瞬愣怔。

雲琅措不及防，定定坐著，莫名叫他撩得耳後滾熱。

蕭朔細細淨了手，將點心遞過去，停在雲琅唇邊。

雲琅穩穩心神，張了張嘴，下意識去接。

蕭朔手腕輕轉，將點心藏進手心，順勢在雲少將軍背後輕輕一攬，將人吻住。

雲琅倏然睜圓了眼睛。

景王兢兢業業面壁，不止閉了眼睛，更牢牢堵著耳朵，嘴裡低聲不住念叨色即是空空即是色，

按理該察覺不到榻間動靜。

只是……到底不同。

雲琅壓了心跳，盡力穩著不出聲，抬手扯住蕭朔衣袖。

蕭朔只想與他賠一禮，卻忘了少將軍向來最怕人激。在雲琅唇上輕輕一碰，正要向後撤開，便被雲琅愈發得寸進丈地抬手按住，在唇上咬了一口。

蕭朔氣息微滯，身形無聲一繃。

雲琅眼底亮出頗不服輸的傲氣，單手又去奪糕點。

蕭朔翻腕避開，才一轉，雲琅已跟上來，掐住他腕間穴道，蕭朔再避，神門穴微微一麻，內外關同時受制，手上不由一鬆。

雲琅空著的手探過來一撈，將點心拈了，幾乎使出刑訊灌藥的架式，餵在蕭小王爺唇邊。

蕭朔被他制住右腕穴位，半邊臂膀都跟著微微發麻，垂下視線，看了看雲少將軍分明力氣十足的手腕

「二位……」景王抱頭面壁，全然不知身後情形，滿腹憂愁，「就一塊芙蓉餅，還沒象棋棋子大，你一口我一口也吃完……」

話音未落，一顆飛蝗石擦過他頭頂，噹一聲砸在牆上。

「……」景王老老實實閉目塞聽，「吃不完。」

蕭朔被雲琅放開右手，按了按額角，不再耽擱，接住了雲少將軍餵的那一小塊點心。

雲琅稍一使力，掰了剩下一半，心滿意足拋進自己嘴裡，瞇了眼睛嚼嚼嚼嚼。

景王懸心吊膽了良久，察覺沒人理會自己，戰戰兢兢回頭，望了一眼。

蕭朔端了茶水，望著雲琅，耐心等著雲少將軍喊渴。

兩人坐得分明不近，姿勢也尋常。偏偏琰王殿下眼中的平白專注，靜水之下激湧著的，是足以將人淹沒的深邃湍流。

景王噤聲靠牆，又守了好一陣，看著蕭朔端了吹好的茶水叫雲琅喝過，遞過去布巾，又一絲不

苟揉了兩隻手腕，起身去換熱水。

景王守到個空，終於小心翼翼蹭過去，扯了扯蕭朔。

蕭朔給雲少將軍在點心裡挑蜜餞，被他拽了半天，抬眸道：「何事？」

「無事。」景王連忙用力搖頭，「就是……方才，看著你們兩個，我忽然覺得有些許擔心。」

蕭朔蹙了下眉，看著他。

景王心底有些發虛，攥了攥拳，殷勤將雲琅喜歡的果脯蜜餞挑出來，攏成一碟遞過去。

朝中如今情形，皇上這個位置早晚要換人。

雖然還不清楚蕭朔是如何想的，可他們這些年齡差距懸殊的叔叔們湊在一起，偶爾壯著膽子說一兩句朝中事，隱晦提及時，終歸還是大都有所默認。

參知政事此前其實曾有隱憂，私下裡問過他，倘若蕭朔有一日登了皇位，會不會因為雲將軍早上實在起不來，從此君王不早朝。

此時看來，君王不早朝的事……倒不是很緊急。

「有件事，還是要同你確認一下。」景王向蕭朔身後看了看，壓低聲音：「你們出去打仗，要是雲琅有一天，忽然不高興了……」

景王嚥了下，謹慎道：「你不會點起狼煙烽火，讓諸侯都過來，在朔方城下跑十圈，逗雲少將軍開心吧？」

夏桀酒池，商紂炮烙。縱然琰王殿下心志堅定清明，荒唐不到這等地步，點個烽火、買個荔枝這種小事，卻也難說得準。

「諸侯……還是不要戲。」景王瞄著蕭朔神色，謹慎勸他：「你們兩個若想吃荔枝，『一騎紅塵妃子笑』那種只是次品，其實沒什麼意思。」

蕭朔聽得莫名，抬頭看他。

景王：「福建路興化軍有種荔枝叫陳紫，雖然貴些，卻瓤如凝雪，香氣清遠，我家果子鋪裡便有賣。」

蕭朔：「……」

「拿這個去買。」景王湊過來，掏出塊刻了景王府商徽的木牌遞過去，壓低聲音：「一兩可便宜三錢，三斤便宜一半。」

「……」

蕭朔按了按額頭，他一向弄不清這些人整日裡都在想些什麼，只覺聒噪頭疼，推開木牌端走蜜餞，自去給張嘴等著的雲少將軍投餵。

景王沒摸透買主心思，跟上去，盡力推銷：「不喜歡荔枝？還有胭脂桃，蜜桃油桃也有。甘棠梨最甜，烏梅若是嫌酸，還能用蜜漬，蜜是槐花蜜……」

店面招牌還沒念完，宣紙團和飛蝗石已一齊砍了過來。

景王躲慣了，利索一抱頭閃到桌子底下。正要說話，榻上互餵蜜餞的兩個人卻忽然對視一眼，朝窗外看了過去。

夜色寧寂，窗外黑黢黢一片，不見動靜。

景王不常見這等架式，攥著沒送出去的果子鋪木牌，小心道：「外面……」

雲琅打了個噤聲的手勢，起身探到窗邊。

醉仙居這些年雖然大隱於市，如今暗衛都找上了門，只怕也已叫人盯上，不盡然穩妥。

方才說的事要緊，不容馬虎，雲琅留心聽過，外面並沒有隔牆耳目。

偏偏方才窗外無風，好端端的，卻掉了塊碎瓦。

「看來今夜事多，不只我們不清閒。」

雲琅拄著窗沿，向外看了看，「打個賭？我猜是奔宮中去的。」

「不賭。」蕭朔道：「你先占了正解，賭什麼也是我輸。」

「你就知道輸了吃虧？」雲琅撐身坐回來，眼裡透出笑意，「我賭湯池，你若輸了，便將下冊給我一起看。」

雲琅自袖子裡將扇子摸了，揚手拋過去，「若這黑衣夜行真是去宮中刺駕的，你我便索性三天三夜酒池肉林，正月十四直接帶兵去北疆。」

蕭朔接住那一柄做賭注的白宣扇，迎上雲琅視線，收入袖中，「好。」

景王總共聽懂了這一句，大驚失色，從桌子底下出來，「怎麼回事，有人要去宮中刺駕？」

「襄王手段，寧可錯殺不肯放過。」

蕭朔起身，「暗衛今夜出動，雖非本意，只怕已打草驚蛇。」

景王面色沉重，蹙緊眉站了半晌，轉向雲琅，「沒懂。」

「說你這醉仙樓裡，今夜不止裝了我們與參知政事一家子，還有襄王留下的九星八門黃道使。」雲琅拿過蕭小王爺的外袍，「今夜暗衛雖是衝著我們來的，卻驚動了襄王手下。」

夜間風冷，雲琅試了試外袍薄厚，將自己那件披風添上，遞給蕭朔。

「這些人見暗衛聲勢浩大來查酒樓，以為已漏了蹤跡。左右已被發現，索性先下手為強，去宮裡試試能不能砍了皇上。」

景王聽得駭然，「那你們兩個還坐在這兒？」

雖說不少人心中都盼著換皇帝，可也知道此時若換了，襄王一黨死而不僵，再搶起來，只能叫朝野動盪四境難安。

這兩人剛清晰分明地理順了章程，此時刺客都從窗戶外頭飛過去了，竟還這般沉得住氣。

景王在屋內團團轉，恨不得立時將這兩個大侄子推出去，「快去管管！回頭若說刺客是從我這醉仙樓出去的，我如何開脫？再鬧停一家，景王府的門都要賠出去了。」

屋內只他一個火急火燎，蕭朔接過外袍披好，視線落在雲琅身上，「我帶殿前司入宮護駕，回府等我。」

雲琅點點頭，「好。」

少將軍難得這般好說話，蕭朔眼底透出些訝色，照雲琅垂在身側的兩隻手一掃，將右腕間配的袖箭拆下來，遞過去。

雲琅失笑，「你入宮抓刺客，怎麼反倒給我這個？」

「你當年從南疆拿回來那塊暖玉，只能做得一只袖箭機栝。」蕭朔道：「你那一副袖箭，嵌的是尋常羊脂玉，夜深露重，越浸越涼。」

雲琅叫他捉了現行，只得交出手，任小王爺將墨紋游龍的袖箭護腕扣在自己腕間，「你怎麼連這個也查？」

蕭朔看他一眼，並不答話，拿過暖爐遞到雲琅面前。

雲琅無奈，老老實實接過來抱上，自覺打包了桌上的點心，一併揣在懷裡。

琰王殿下臨危不亂，全然不管急得不成人形的景王叔，又吩咐了玄鐵衛先送少將軍回府歇息、再捎帶景王回府，才下了醉仙樓，帶兵往宮中去了。

禁軍夜巡汴梁，察覺有刺客蹤跡，一路追查，浩浩蕩蕩入了宮城護駕。

景王扒著馬車窗戶，看著街上情形，仍覺心有餘悸，「有刺客！這是等閒事？你家王爺當真沉得住氣……」

雲琅倚了車廂，淡淡道：「於琰王府，刺客本就是等閒事。」

景王一怔，回頭看了他半晌，慢慢坐回來。

雲琅說得沒錯，琰王府這些年下來，已不知迎來送往了多少各方暗探刺客，沒被捅成篩子都是護得嚴實。

景王坐了一陣，低聲道：「我倒也不關心皇上死活……他手上多少血債人命？一報還一報，索命也將他索走了。」

「你們兩個能忍著不這就殺他，是為天下計，我知道。」景王道：「今天蕭朔入宮，也不是真心想要護駕吧？」

「護駕自有金吾衛與暗衛，多半不會有失。」雲琅拿了個栗子，在手裡滾了兩滾，「能在此時鋌而走險行刺的，不是散兵游勇，便是不敢死的黃道使，禁軍去與不去，都是一樣的。」

景王微愕，「那他去幹什麼？還帶這麼多人。」

「今日之後，皇上會知道。」雲琅道：「不論是為了追一個刺客，還是為了別的什麼……禁軍出動，只要入宮，就會有這麼多人。」

景王隱隱聽明白了他這一句話下的深意，背後一寒，不由屏息。

景王攥了攥拳，悄聲道：「到那日……」

今日……的確是為追刺客，禁軍入宮是為護駕。

若有一日，真到了圖窮匕見的時候，這些護駕的禁軍就會有另一重身分和立場。

在琰王府頂上懸了數年的這一把刀，如今終於形式調轉，懸在了深宮之中，那一個九五之尊的位置上。

「到那日，自會將無辜人等安排好。」雲琅笑了笑，「放心，不牽連……」

「我不是說這個。」景王噍了下，瞄著窗外，「蕭朔……蕭朔去我府上見群臣的時候，這話我其實就想說，叫他打斷了，沒能說得出來。」

景王埋著頭，「你們逼宮那天，給我找個活幹……我也想幫忙。」

雲琅微訝，抬頭看著他。

「我好歹也是當叔叔的，當年……當年但凡我爭氣一星半點，也不是如今局面。」

景王胸口起伏，定了定神，飛快道：「我就是這麼塊料子，成不了器，可幫個忙、裝點油往火上澆總還行。」

「你們兩個，總有地方周旋不過來。到時候你們有顧不上的，不太費腦子的事，就給我做，你們不方便拿的，就都扔給我。」

「我是沒腦子，可我有腦袋啊！」景王咧了下嘴，「掉腦袋的事，滿打滿算，我最少也能做一次吧？」

雲琅靜看他半晌，笑了笑，將手中栗子拋過去。

景王接了栗子，幾乎這就已經自覺加入了共謀大業的逆黨，喜滋滋坐直了，一本正經撣了撣衣襟袍袖。

「景王叔今日說的，我記下了。」雲琅側頭，掀開些車簾，「到時候……我們或許還真有些不方便處，要勞煩王叔。」

「勞煩個大雞腿。」景王大怒：「蕭朔這麼跟我客氣，是他有毛病。你這麼跟我客氣，就是你看不起我。」

雲琅失笑，正要說話，視線忽然停在人影一閃而過的街頭。

景王愣了愣，「看見什麼了？」

「九星八門黃道使。」雲琅屈了屈指，「北斗數七左輔右弼，天英九紫，坎水凶盜。」

「……雲琅。」景王：「蕭朔和沒和你說過，你每次神神叨叨開始念經的時候，我們其實一個字都聽不懂。」

雲琅向來在九宮八卦、奇門遁甲上難覓知音，也沒指望他能聽懂。

他看了景王一眼，握上腕間袖箭。

襄王深諳八卦奇門，當初他硬闖玉英閣，閣內機關就處處連環皆有門道，如今這所謂黃道使，也無疑是按著奇門遁甲排布的。

這些年來，襄王苦心鑽營，除了明面上的楊顯佑，得力的心腹絕不會都押在一場勝興敗亡的豪賭宮變上。

商恪潛在襄王身側，這些年摸索下來，也只摸出半數，都在薄絹上寫給了他。

北斗再加上左輔右弼，便是九星。

九星懸朗，八門倒轉五方動盪，是改天換日之象。

「我在街頭看見了個紫衣服的人。」雲琅：「按商恪說的，該是黃道使中的天英位貪狼，朝宮中去了。」

「貪狼是坎水位，至冷至暗，主凶盜。」雲琅回想著商恪給的薄絹，慢慢道：「襄王按人給身分，能在這個位置上的，大抵心狠手辣，無所不用其極，今夜宮中只怕會有凶險。」

景王一驚，「那該怎麼辦，蕭朔要不要緊？」

雖說刺客是衝著皇上去的，可蕭朔與雲琅雷霆平叛，襄王一黨與琰王府的人，無疑也早結下了難解的血仇。

若是對面忽然不死不休起來，能扯一個是一個，蕭朔也未必能全身而退。

「你自然不方便，可要我趕進宮去，給他報個信？」景王有些擔憂，「免得未及防備，不小心吃了虧。」

雲琅靠著車廂，垂了視線沉吟不語。

「不是我說……你們一個兩個如今實在長進頗多，太沉得住氣。」景王看他半晌，嘆了口氣，「蕭朔也就算了，你竟也修煉得這般沉穩，鎮定自若不動如山。」

景王看著這兩個人，只覺自愧不如，苦笑道：「你哪天得了空，也教教我……」

話音未落，一陣冷風挾著雪粉迎面劈進來，逼得他當即閉了眼。

景王張嘴結結實實嗆了口風，嗓子眼裡冰涼地咳嗽了好一陣，才終於緩過口氣抬頭。

「教我……」景王：「雲琅？」

拉車的黑馬在寒夜裡噴著熱氣，半分不曾察覺異動，仍照常徐徐往前走。

車廂裡空空蕩蕩，早沒了雲少將軍鎮定自若、不動如山的影子。

❖

宮中，文德殿。

老太師龐甘與樞密使坐在駕前，燈火幽暗，桌上鋪滿了朝中官員的請願上書。

「都是請命朝堂乘勝出兵，擊退西夏人，打下朔州城的。」樞密使這些天閉門不出，到底沒能躲得開，焦頭爛額，「平日裡也不見朝中這般齊心，無非得過且過，各掃門前雪，如何便忽然一起關心起邊疆戰局了？」

「何止朝中群臣，如今汴梁城內，求戰之風一樣四起。」太師龐甘道：「連街頭的花燈鋪子都在日夜趕製沙場破敵、收復國土的走馬燈。」

「簡直胡鬧。」樞密使皺緊了眉，「張口閉口收復國土，如今國中尚且動盪，禁軍一場血仗鏖戰，哪來的餘力再去打仗？」

皇上靠在榻前，望著林林總總的一桌子各閣各部上書，看不清神色。

樞密使咬了咬牙，伸手去攏那些奏摺，沉聲道：「此時正該休養生息，豈能再興刀兵？百姓不懂事，瞎起哄便罷了，朝中竟也這般不知輕重，簡直不像話……」

龐甘抬手慢吞吞打斷他，「大人是真糊塗，還是裝糊塗？」

樞密使伸出的手叫他攔在半路，臉色微變，收住話頭。

「大人不敢說，老朽半截身子入土，只知道效忠皇上，沒什麼不能說的。」龐甘拿起一封奏摺，隨意翻了幾頁，合上放回去，蒼老渾濁的眼底透出些利光，「這些上書被送到皇上面前，是什麼用意，難道還不夠清楚嗎？」

樞密使嘴唇動了動，額角滲出些冷汗，「老太師，此話……」

「當年皇上尚只是皇子，立足未穩，根基未深，便冒險扶持大人奪了樞密使的位置。後來更是設法排擠兵部，將兵權盡歸樞密院。」龐甘緩聲道：「這之中鋪了多少血債人命，結了多少解不開的死仇，大人心中該清楚。」

樞密使啞了嗓子：「下官無能……」

龐甘盯住他，陰沉道：「費這許多力氣，為的是什麼？」

樞密使叫他詰問，如坐針氈，臉色愈發蒼白下來。

龐甘上次提及琰王舊帳，便在皇上處碰了一鼻子灰，此時不敢再翻扯過往，只盯牢了樞密使，「自古朝堂之上權利交替，兵力當為第一位。全靠皇上當初深謀遠略，險中求勝奪來了軍權，我等今日才能坐在此處，可大人辦的好差事，如今連禁軍的虎符都叫旁人搶了！」

「今日這些諫言上書，口口聲聲說是奪邊城、復國土。可若要打北疆的仗，靠誰來打？是要靠寥寥金吾衛，還是要靠護駕的暗兵？」龐甘寒聲：「是不是要等到連朔方軍也徹底落到琰王手裡，大人還是來御前叩首，說一聲下官無能？」

樞密使失魂落魄，應聲撲跪在地上，重重叩首，再不敢出聲。

「罷了，並非朕要罰你。」皇上看到此處，終於稍坐正些，淡淡出聲：「太師所說，雖激切些，卻大體不差。」

皇上看他一陣，輕嘆道：「樞密院權力恩寵，朕自問給到了極處。你這些年四處鑽營，排除異己，朕看在眼裡，也不曾多過問……就只有一項，指望你替朕看住禁軍。」

樞密使磕得額頭通紅，畏懼得止不住打顫。

「禁宮一戰，失了先手，朕也有過失。」皇上將奏摺隨手撥開，「如今朝野群情鼎沸，也不是朕一個人說這場仗不打了，便真能作罷不打的。」

「陛下！」龐甘急道：「群情鼎沸，幾分是真幾分是假？這些人裡有多少是昔日端王舊部，多少是順風倒的牆頭草？無非如今看蕭朔那豎子得勢，又趁機鼓噪罷了！何不……」

皇上掃了他一眼，「何不什麼，再派你的刺客去琰王府送命？」

龐甘一滯，將話嚥回去，臉上隱約脹紅。

「朕當初的確以雲琅為餌，逼出了他的王府大印，也引著他寫了一封手書。」

皇上眼底透出冷色，「那時朕也一時大意，叫他愚弄……竟當真以為他是恨透了雲琅，為手刃仇敵，不惜鋌而走險。」

獄中劫囚換囚，固然是掉腦袋的大罪，可偏偏蕭朔要偷的是雲琅。

此前一戰，雲琅整合禁軍殘兵，在金水門下扭轉戰局，陣前誅殺西夏國主，已出盡了風頭。

如今汴梁百姓交口稱頌，人人念的都是昔日的燦白流雲旗。雲琅非罪反功，若此時以換囚的罪過拿捏蕭朔，只怕等來的不是論罪處置，是請赦琰王無罪的萬民書。

「狼子野心，只怪朕當初心軟。」

皇上閉了閉眼，壓下冰冷殺意，「他煞費苦心走到今日，又暗中操縱朝堂民情，引成鼎沸之勢，想來於朔方軍也已勢在必得。」

皇上看向龐甘，「朕叫你提的參軍人選，你可定準了？」

「是。」龐甘忙起身，「老臣的侄子親自去，陛下放心，他清楚該怎麼辦。」

「雖說如今琰王看似成勢，歸根結柢無非是趁我們與襄陽對峙，趁火打劫罷了。烈火烹油，難以長久。」龐甘低聲：「既然攔不住……便叫他去打，也有辦法。」

「北疆情形難測，當初朔方連年苦戰，也不曾將燕雲十三城收復，打了敗仗又有什麼奇怪？縱然出了什麼意外，也是他年少狂妄不知死活，中了西夏人的圈套。」

「並行不悖，再下一層保險。明路設法引他二人落入陷阱斃命沙場，暗地裡尋他們錯處，若能構陷成通敵，自然更好不過。」

龐甘陰惻惻道：「縱然他二人當真命大，活著回來，國中百姓也會知道，當初那一場仗是他們與西夏人勾結，為了一己之私，不惜引來外敵入京。」

「老太師當真思慮周全！」樞密使聽出轉機，喜出望外，也顧不上龐甘此前攻訐，「如此一來，何須再忌憚那兩個短命小兒？當初的罪證便也能用得上了！」

禁軍落入他人之手，樞密使自知無用，原本已嚇得魂飛魄散，只等免官去職。此時見了轉機，如何還等得住。

「既如此，下官這便去調兵排布，儘快允他出征！」

樞密使趴在地上，在皇上眼中尋了默許，磕了個頭，滾爬起身，「軍中事有勞老太師，朝中下官定然盤妥。有與他勾結，沆瀣一氣的，不妨也一併扔去北疆戰場……」

他興沖沖邊說邊走，走到殿門前，將門拉開，忽然怔住。

殿外刀槍林立，金吾衛不見蹤影，右將軍常紀倒在地上一動不動，不知是死是活。

窗前月色裡，靠了個眼熟的人影。

樞密使臉色一陣青一陣白，下面的話盡數堵回了嗓子眼裡，渾身都開始篩糠一樣打起了顫。

皇上聽見異樣動靜，蹙了眉，「出了何事？」

龐甘看過去，不及開口，已先看清了殿外情形。

他不及樞密使慌亂，臉色卻也忽然蒼白，張了張嘴，沒能說得出話。

皇上手中已不剩半個得用的人，見這兩人反應，愈發不耐煩，起身便要親自查看。

不等他走出文德殿，蕭朔已叫親兵拖開了軟成一灘的樞密使，不解兵器，進了大殿。

皇上眼中閃過驚愕，卻只一瞬，便叫冷意盡數壓下。

這些年與襄王相爭，宮中並非不曾積攢暗力。

此前一戰，抵禦叛軍的是禁軍，暗兵營雖有折損，卻畢竟並非迎戰主力，實力尚存大半。各路州府的駐軍，也都在向京中調遣，要不了幾日便能入京勤王護駕。

蕭朔若沉不住氣，今日便要發兵逼宮，便是親手將護駕有功的重臣變成了叛逆。

連去一趟北疆設法迂迴都不用，只憑今日刺駕之罪，就能與當初罪證並行，徹底敲死。……自絕生路。

皇上看著殿外黑壓壓的禁軍，眼底透出隱隱厲色，看著蕭朔，慢慢道：「幾時來的？」

「參見皇上。」蕭朔甲冑在身，不便全禮，抬手一躬，「太師說我不知死活時來的。」

蕭朔直起身，看了一眼臉色蒼白的龐甘，恭聲道：「見皇上與幾位大人議事，臣不便打擾，在殿外等了等。」

龐甘一言不發立在一旁，臉色愈白一層，額頭滲出些冷汗。

皇上目光陰沉，看了蕭朔半晌，終於再不作勢，「你意欲何為？」

「時至今日，不必再跟朕裝傻。」皇上沉聲：「你深夜入宮，所為何事，不妨直說。」

蕭朔抬眸，「什麼？」

蕭朔：「皇上不知道？」

「荒唐！」皇上再壓不住怒意，厲聲呵斥：「你深夜擁兵闖宮，打傷金吾衛，做出此等不君不臣之事，還來問朕知不知道？」

皇上上前一步，寒聲道：「來人……」

「臣不敢。」蕭朔道：「金吾衛也並非是臣打傷的，臣來時，殿外已是這般情形。」

皇上眼角一跳，「你說什麼？」

「臣今夜巡城，發覺刺客蹤跡，一路追蹤，竟察覺刺客是往宮中來的。」蕭朔道：「臣心憂皇上安危，不及請命，帶禁軍來此護駕。到了殿外，正碰見暗衛與刺客廝殺，金吾衛叫人擊昏，盡數倒在了地上。」

蕭朔俯身，「臣心想保護皇上要緊，便由暗衛驅趕刺客，將禁軍圍在了文德殿外。」

「信口雌黃！」龐甘咬牙，「若真有刺客，為何殿內沒聽見半點動靜……」

皇上忽然想透，厲聲呵斥：「住嘴！」

龐甘打了個激靈，堪堪閉上嘴。

皇上疾步走到窗前，用力推開窗子，看著殿外沉默佇立的浩蕩禁軍。

更遠的地方，有極縹緲的廝殺與兵戈聲，卻因為被禁軍攔得太遠，叫窗子一隔，竟半分也無從察覺。

與當年一模一樣。

端王斃命御史臺獄，禁軍幾乎嘩變，雲琅壓制禁軍，同暗兵營死戰，鎮遠侯府明火執仗，只待呼應發兵。

文德殿被襄王借來的親信以護駕為名圍得水洩不通，刀兵聲聽不見，急報進不來，殿內人對京中變故一無所覺，終於逼得端王妃在宮前持劍自盡。

皇上眼尾隱隱一縮，看著眼前的蕭朔，彷彿看見了個挾著霜刀雪劍回來、步步滲著泉下故人血，逐項清算的怪物。

雲琅……雲琅。

是雲琅將這頭怪物扯出了荒涼死寂的凍骨苔原，一條一條斬斷了他身上的枷鎖，磨利了他的鱗爪，將他從萬劫不復裡放出來。

皇上臉上滲出再難壓制的凶色，上前一步，正要出聲，一支箭忽然擦著他的肩臂狠狠嘯過，扎在木梁上。

箭尖雪亮，帶出一蓬血色。

「射雕手……射雕手！」樞密使嚇破了膽，嘶聲喊道：「他們還有射雕手！快跑……」

蕭朔抬眸，眼底微沉。

西夏的射雕手，傳言百年可出一人，鐵膛鋼機，三百步外可透重箚，能射落大漠金雕。宮前一戰，雲琅與西夏國主激戰時，便有射雕手隨戰，在混戰中斃命。

誰也不曾想到，百年不出的射雕手，京中竟還藏了一個。

射雕手極擅隱蔽，箭勢如雷一擊即走，若非捲入戰局，沒了騰挪的空間機會，幾乎無法應對。禁軍圍得再死，也擋不住數百步外不知在何處窺伺的冷箭。

皇上遇襲，人人自危，殿內瞬間亂成一團。

有隱在御駕左右隨身護持的暗衛撲上來，將皇上護入暗處。

常紀躺在地上，察覺到亂局失控，悄悄起了身。

他守在宮外，見刺客來襲，本想同暗衛一道應對，看見黑壓壓的禁軍進來，便知道了蕭朔用意，自覺叫人打昏了倒在地上。

連勝下手不重，常紀躺到此時早已醒透，扯住蕭朔，「殿下，如今情形……」

「如今情形。」蕭朔道：「他下一箭便會衝我來。」

常紀心頭一寒，看著蕭朔仍平靜的面色，「殿下可有法應對？」

蕭朔按了按右腕，沒有說話。

西夏人還有一名射雕手，縱然今日設法應對了，來日北疆一戰，只怕也要對上。

雲琅帶兵，定然要親上戰場衝鋒陷陣，若仍有射雕手未除，隱於暗處冷箭偷襲，風險重重。

若不能將射雕手在此地擒獲誅殺，來日北疆，便是心腹之患。

常紀看他神色，隱隱生出不安，皺緊了眉，「殿下？」

蕭朔搖了搖頭，凝神看著長箭箭勢。

要追出射雕手，只有順箭勢倒溯。

都虞候與連勝在周邊，追著箭來的方向，應當能追出大略所在。

「他也警醒，若看不見要射的人，只怕不會頻頻出箭。」

常紀擔憂道：「可皇上被護得嚴，殿下……」

常紀話音未落，看著眼前變故，錯愕焦灼，「殿下！」

蕭朔在窗前稍稍一站，迅疾避閃，一支長箭挾著千鈞之力，扎牢在殿中木柱上。

「殿下何必這般冒險！」常紀急道：「縱然今日捉不住這射雕手，叫他走了，也……」

蕭朔一言不發，凝神盯著窗外，千鈞一髮，再度險險避開一箭。

常紀忽然醒過來，也閉牢了嘴。

這名射雕手的箭勢準頭，更勝過那天混戰中擊殺的那一個，若今日不能捉住誅殺，來日危險的就是帶兵攻城的雲琅。

宮城之中，尚是禁軍主場，若叫射雕手回了邊塞大漠，便是活活縱走了一個殺星。

箭勢越來越沉，一箭比一箭凶狠，勁風颳得人背後生寒。

常紀眼看一支箭遙遙飆射過來，再忍不住，要拚死上去將蕭朔撲開。

才一動，卻忽然察覺出不對。

此箭的力道仍在，卻偏出了十萬八千里，斜刺裡直扎入牆面大半，稍偏些便是叫暗衛團團護著的皇上，

皇上臂間血流如注，叫暗衛扶著，眼中一片驚懼，臉色煞白。

窗外靜下來，再不見落雕長箭。

常紀心仍高懸，攔著蕭朔，低聲道：「眼力再準，豈會只憑這幾箭就能將人找著？還是那射雕

手佯作停手，其實誘我們出來。」

蕭朔不置可否，斂住披風被箭風凜破的邊緣，抬眸看過去。

常紀一怔，也跟著遙遙一望，不由瞪圓了眼睛。

雲琅立在殿頂，拍了拍身上灰塵，隨手將擊碎肩胛廢去雙臂、已然昏死的射雕手自殿簷扔下來，由禁軍撲上去捆縛結實。

簷下風燈黯淡，遠不如天邊月明朗。

雲琅不緊不慢在殿簷上坐了，翻出個不知藏在何處的暖爐在懷裡揣著，擦淨手，揀了塊點心朝下頭遠遠一晃。

蕭朔垂眸，在殿中掃了一圈，去取才沏好的一壺上等碧螺春。

上下一片寂靜，人人噤聲，看著殿簷上的人影。

皇上咬緊了牙關，神色變換不定，叫暗衛左右攙著，死死盯住那個無數次叫他夢魘的影子。

燈昏燭暗，月色清寒。

雲琅坐在簷角，眉峰冷且凜冽，朝他笑了笑，隨手掰去了屋脊的瑞獸遊龍。

殿中寂靜一瞬，暗衛圍攏處，忽然掀起一陣慌亂呼聲。

皇上叫肩臂處箭傷牽扯，連驚帶痛，一口氣喘不上來，竟昏厥了過去。

「傳太醫！」常紀疾步上前，對眾人高聲招呼：「扶皇上去偏殿歇息！快取傷藥過來，替皇上裹傷！」

文德殿內，人人面如土色，心驚膽戰奔走忙碌。

暗衛急著將皇上與太師攙走，金吾衛四處搜查遺漏，一時亂成一團。

「有勞禁軍兄弟們幫忙。」常紀接過連勝遞過來的酒囊，痛飲了幾口，長舒口氣，「今日若非殿下與少將軍來，只怕難免凶險。」

常紀擦了擦臉上的灰，朝殿中望了一眼，又忍不住笑道：「幸好這些年來，王爺也不輟苦練……當真比過去長進得多，竟連射雕手的箭也躲得過了。」

「豈止苦練。」連勝冷眼看著暗衛忙碌，漠然道：「這樣的冷箭毒鏢，琰王府這些年來，早已攢滿一個府庫還不止。」

常紀微怔，想起這些年的情形，神色黯了黯，沒能說得出話。

「今日這射雕手也頗古怪，往日十分本事，至多也只使出了兩三分。」連勝斂去眼底冷意，皺了皺眉，接過禁軍牢牢捆死的射雕手，「不是有意留手，只怕就是受了傷。」

「我等在外層搜尋，實力不濟，只眼睜睜看著少將軍追著一道黑影，沒能跟得上……不知具體情形。」

連勝半蹲下來，在射雕手身上尋了尋，伸手將人翻過來，「傷藥，白布。」

少將軍要留個活口審問，還得吊著一口氣，不能叫這人便沒了命。

一旁禁軍忙尋來傷藥，與白布清水一併，遞到連勝手裡。

射雕手一身夜行黑衣，方才看不大清，此時才看見肋間一片濡濕血色。

連勝伸手摸索，細細搜過一遍，果然觸見一支沒入大半的袖箭。

精鋼箭頭，烏身墨羽。

「這不是殿下的袖箭？」常紀親眼看見過此物，愣了愣，一陣錯愕，「那時在玉階上，我還曾撿過一枚。」

「是殿下的袖箭。」連勝道：「入宮之前，殿下給了少將軍。」

有射雕手出沒，在禁軍意料之外，並沒來得及防備。

連勝奉命守在周邊，看見射雕手發出第一箭，心便徹底沉下來。本想趁著其立足未穩儘快圍捕，卻還是差出一步，叫人逃了，沒能追得上。

正焦灼時，雲琅已將礙事的廣袖外袍扔在他手裡，一身俐落短打，掠過了重重殿簷。

連勝捏著那支袖箭，仔細查看過傷口，將傷藥撒上去，裹了白布，「派一隊人去醉仙居，買些好酒，抬回府上。」

「買酒做什麼？」常紀有些好奇，也俯身看了看射雕手那一處傷口，「這人實力也非等閒，少將軍的準頭，竟也只中了肋間不緊要處。」

連勝搖了搖頭，「少將軍不曾射偏。」

「不曾射偏？」常紀微怔，細看了看，疑惑道：「可射中要害處豈不更好？為何捨近求遠，奔著此處下手？」

「若射中要害，以袖箭威力，難以將其斃命。射雕手傷重隱匿退走，難以追查，又成後患。」連勝道：「少將軍只傷他肋間，叫他箭上力道不足，卻仍能張弓……便能追溯箭勢，將其擒獲。」

連勝起身，冷若冰霜的臉上難得緩和，透出些笑來，「殿下今日高興，多半會同少將軍對酌，早準備些，免得到時慌亂。」

雲琅親兵如今也已混在禁軍裡，彌缺補漏機動行事，聞言應了一聲，不再在宮中耽擱，飛快出去買酒。

常紀仍半懂不懂，看著琰王府的人喜氣洋洋出宮買酒，終歸想不透，失笑搖搖頭，也領著金吾衛去打掃收場了。

殿內。

雲琅接過琰王殿下親自倒的碧螺春，抿了一口，像模像樣皺眉，「燙。」

蕭朔看他一眼，將茶接過來，細細吹了吹。

桌傾椅倒，一片狼藉，四周盡是灌耳的吵雜喧鬧。

蕭小王爺認認真真吹著嫋嫋茶煙，眸色靜沉，像是叫月色拂過洗透。

雲琅細看他神色，心底徹底放下來，向後舒舒服服靠了，伸出左手接了茶。

今夜蕭朔入宮，是討的哪一筆債，雲琅心中自然比旁人更清楚。

他們這位皇上最擅誅心，這些年來，更以此拿捏敵我搬弄朝臣。蕭朔心志哪怕稍有不堅，便會被牽扯過往，種下心障。

兩人走的是條荊棘路，艱難險阻自然是難免的。雲琅知道蕭朔心性，也從不曾擔憂過蕭小王爺有天會因為怕路上艱難困險，便畏葸不前。

可往心上割的刀子，若他還能擋一擋，便終歸不想再叫蕭朔受。

「小王爺如今實在長本事。」雲琅抿著茶水，將念頭盡數拋開，上下打量蕭朔，「連以身誘敵的險也敢冒，看來身手當真今非昔比。」

「要訓我便訓，不必裝傻。」蕭朔伸出手，攏了他微涼頸後，「你從來府上那日起，便處心積慮藉故試我身手，今日有驚無險，你該比旁人更清楚。」

雲琅叫他戳穿，不自覺一頓，惱羞成怒，「誰說我處心積慮？我明明……」

蕭朔垂眸，視線在雲琅虛攥的右手上棲了幾息，伸手去握。

雲琅察覺，飛快將手背在背後，「哪來的規矩，幾時聽教訓還給摸手了？」

「少將軍最煩規矩，琰王府今後便不講了。」蕭朔道：「隨心所欲，百無禁忌。」

「……」

雲琅眼睜睜看著琰王朝令夕改至此，心情一時有些複雜，故意質問道：「這麼大的事，連將軍和老主簿知道嗎？」

蕭朔不容他打岔，握了雲琅背在背後那隻手，攏著輕緩展開。

雲琅掌心一片潮濕冰涼，叫夜風沁得幾乎青白，能看見生攥出的隱約血痕。

蕭朔拿過連勝送回來的袖箭，仔細擦拭乾淨，交回到雲琅手中。

方才閃避射鵰手發出的長箭時，他覺察出箭勢並非眼見那般凶險，便猜出雲琅已經到了。

襄王留下的黃道使，比他們預料的更凶狠、更豁得出去，竟在此時便冒險下了殺手。

雲少將軍心思遠比旁人縝密，察覺到端倪，或早或晚，一定會趕來宮中。

蕭朔誘射鵰手出箭時，還一瞬想過，千萬不可叫雲琅在此時出手。

「我不曾想到。」蕭朔拿過府內藏的上好傷藥，倒出些許，細細敷在雲琅掌心傷處，「我要誘敵，你會同意。」

雲琅叫他攏著右手，肩背微微一繃，低頭喝了口茶。

「太傅教我，若要不同你吵架，便不可口是心非，要將心裡想的如實與你說。」

蕭朔等他抬頭，望進雲琅眼底，輕聲道：「如實與你說，我此時胸中狂喜，半分不亞於將你從刑場搶回府中那天。」

「喜什麼？」雲琅扯扯嘴角，「高興我明知道你的盤算，竟還手下留情，給那射鵰手留了兩成的餘力，眼看你涉險？」

今日這射鵰手的身手，比上一個死在亂軍中的只強不弱，隱匿手段更十足高絕。

雲琅一路追至宮中，與連勝等人碰了個面，片刻不停地追上去，也只來得及在瞬息間發出一箭。兩人身手只差出一線，雲琅腕間帶傷，這一箭無論如何，都要不了那個射鵰手的命。

射中要害，射鵰手自會知難而退。

有襄王的黃道使掩護，一旦退走隱匿，便再難覓蹤跡。

或是……刻意不射中要害。

射鵰手傷得不重，不會立即退去。只要再張弓搭箭，沿箭勢倒溯搜尋，便能將人徹底揪出來，將後患徹底剷除乾淨。

雲琅追著射鵰手，右腕攥得筋骨生疼，頭一次竟險些在箭上沒了準頭。

「你來府上那日，趁刺客來襲，攜了鐐銬將我砸在地上。」蕭朔看著雲琅，「那時我衡量力道，猜你是要試我身手，看我能否躲得開這一撲，卻並無佐證。」

蕭朔道：「後來你屢次出手，又苦心設計，在簷上以盆雪偷襲……」

「那次的確不是。」雲琅有些歉然，如實道：「是真想給你個透心涼，精神精神。」

「……」蕭朔不接他話，替雲琅裹好右手傷處，「直到守金水門時，你已確認了我能避得開你三成身手，甚至出手反制，終於放心帶我去北疆替你暖床。」

雲琅臉上一熱，飛快打斷：「這個不必細說了！」

蕭小王爺聽了太傅教導，將心中所想盡數說出，並不覺得有什麼不妥，「為什麼？」

雲琅看著四周或謹慎或隱蔽投過來錯愕注視，一陣無力，按了按額角，「沒事了……你說，我聽著。」

蕭朔替他續了半盞熱茶，「好。」

蕭朔聽見殿中嘈雜喧嘩，想雲少將軍只怕多半嫌吵得頭疼，示意玄鐵衛將無關人等清出去，「你一路追來，見到射鵰手，便猜到了我的打算……要我看，你這支袖箭下手還是太重，稍有偏差，便會驚得他藏匿退走。」

「我還只嫌下手輕了。」雲琅苦笑，「再怎麼也是射雕手，傷了你怎麼辦？那箭頭上帶血槽，一下一個血窟窿。」

雲琅眼睜睜看著蕭朔以身誘箭，前胸後背盡數叫風吹得冰冷，凝了十分心神十萬火急溯箭找人，此時灌下去兩杯茶，胸腔內尚且半分暖和不過來。

他閉了閉眼睛，握住蕭朔的手，到底還是忍不住抱怨：「射誰不是射，你就不能拿皇上誘敵？多凶險……」

「如何以皇上誘敵？」蕭朔道：「將皇上打昏，綁了吊在房梁上，在窗口晃來晃去嗎？」

「……」雲琅乾咳一聲，訥訥：「不很妥當。」

「我並非以身涉險。」蕭朔不與他抬槓，輕聲道：「這些年來，也不是只知道在府中整日抱恨、怨天尤人，全無長進。」

蕭朔抬眸，神色平靜一如往日，「我生性駑鈍，天賦平平，自知資質有限……這些年來，就只在做一件事。」

雲琅扯扯嘴角，還想反駁蕭小王爺若是「天賦平平、資質有限」，只怕不知道要折煞多少人。聽見他最後一句，心底卻簇然一沸，叫熱意湧得沒能說出話。

蕭朔看著他，琰王的眉宇已遠比昔日的小皇孫剛硬凌厲，眼底也更深得多，沉著莽莽荒原裡獨自礪出來的千山萬壑。

可又好像什麼都沒變。

當初練武練得一身傷、埋頭苦讀到硬生生熬昏過去的小皇孫。

沒日沒夜咬牙死鑽醫術的端王世子。

這些年來幾乎是放縱刺客往來，能在他撲過來時便將他護住，以袖箭回擊斃敵的琰王殿下。

雲琅握住嵌了暖玉的雲紋袖箭，手上使力，慢慢收緊。

六年前，他要領兵出征，興致勃勃來同蕭朔道別，約了下次拿大宛馬拉著小王爺去戰場。

蕭小王爺不要大宛馬、不要漂亮的羽蓋輜車，深黑眸底迸出從未有過的亮光，投在他身上，

「我要同你一起上戰場，要和你並肩，同進同退。」

「祖宗……可快省省。」

六年前的雲少將軍還半分看不懂眼色，不迭擺手，頭搖成撥浪鼓，「你這二把刀的身手，能幹什麼？我護著你還不放心，光盯著你，哪還分得出心神打仗。」

那天的蕭朔沒再說話，沉默著看雲琅在書房裡四處霸道搜刮。直到雲琅走時，才開口要了一副袖箭，約好等雲琅回來便找人做了送他。

雲琅深吸口氣，慢慢呼出來。

「雲琅，我要和你並肩，同進同退。」

蕭朔看著他，慢慢將話說完：「生生世世，共赴一處。」

雲琅扯扯嘴角，壓著胸口滾熱向四處掃了一圈，看見失魂落魄軟在地上的樞密使，忽然起身，扯著蕭朔大步過去。

兩人好好在榻邊說話，眾人都盡力鼻觀口口觀心不打攪，忽然察覺變故，殿中也跟著靜了靜。

「看著。」雲琅低頭，對樞密使道：「這人身手俐落，能單槍匹馬殺上玉英閣、能以身誘敵，避得開匈奴射雕手的長箭。」

「我若據守城池，他能巡城布防，叫敵軍三日不敢擅動。我若與敵困戰，他能據守以待，出奇兵克敵制勝。」

雲琅：「我若不在，他一人領兵，也能擊退嘩變叛軍，死守右承天門。」

樞密使心驚膽戰，煞白著臉色抬頭，戰戰兢兢看著雲琅。

「還能一隻手將我抱起來，也能扛。」雲琅：「我還掙不動。」

連勝立在一旁，正聽得心潮澎湃，「……」

「我過幾日要去打仗，兵符不勞大人費心，我自己拿了。物資糧草若不方便，不知該如何往北疆送，自會有人來教大人。」

雲琅道：「本帥親自考量，挑中帳下先鋒官，帶來與樞密院報備一聲。」

樞密使抖得站不住，不迭點頭，「是、是，下官記得了……」

雲琅不同他多廢話，迎上蕭朔視線，眼裡透出明淨笑意，「先鋒官，戰場凶險，你我同去。」

蕭朔靜看他良久，抱拳俯身，緩聲道：「末將……」

「末什麼將。」雲琅道：「先去喝酒，再去點兵。」

蕭朔微怔，由他拽著走了幾步。

蕭小王爺哪裡都好，就是亂七八糟的規矩太多。

雲琅轟散了湊過來熱鬧鬧起哄的親兵，牢牢扯著蕭朔，再不管已糟蹋了不知幾次的殿閣，一路拽著人上馬，策馬並轡出了宮城。

【第五章】

蕭小王爺心裡藏的事太多，非要醉透了，才透出來些許

出宮不走官道，過舊曹門過牛行街，景德寺與上清宮後身有條隱在的寬巷，只儺儀祈福才用來布鐘呂鼓樂。

人跡稀少，道路平整，正好放開了愜意策馬。

雲琅少時坐不住，常拖著蕭小王爺跑馬解悶，內外城繞遍，閉著眼睛也能找到這一條路。

「往前走些，望京觀有通宵的素齋。」雲琅暢暢快快跑出一段，勒韁回身，等著蕭朔趕上來，「你這馬行不行，換我這匹？」

蕭朔與他並轡，「我騎術本就遜你一籌，換過來也是一樣的。」

蕭朔的黑馬也是大宛良馬，生性溫馴，善長途奔馳，卻不如雲琅那一匹白馬靈動驍勇。

雲少將軍向來最喜烈馬，若換過來，難免要嫌這一匹太過無聊乏味。

蕭朔催馬，叫黑馬跑得快了些，「慢些跑，你手上的傷不疼？」

「這也算快？」雲琅低頭看了一眼，不以為意，得意道：「你若准我去京郊，再給你看什麼叫正經跑馬。」

城內的巷子再清淨寬敞，也比不上京郊自在。出了外城城門，撒開了只管策馬狂奔，遠比這般小跑遛馬愜意暢快。

當初遇了戎狄探子，雲琅險死還生，京郊便成了先帝太傅與蕭朔聯手盯著的禁地，不帶足了侍衛隨從，等閒不可輕去。

雲琅不服氣，偷著溜出去過幾次。守城門的禁軍奉了聖旨，每日光是圍堵雲小侯爺，便愁得恨不得將城門封死，再將城牆壘高三尺、加厚一寸。

蕭朔記得往事，看了雲琅一眼，「你叫禁軍勸回去七次，氣得不行，於是含恨發誓，決心將城牆挖個窟窿。」

「你從哪兒知道的？」雲琅詫異勒馬，「我記得當初合謀，我們怕你太老實，大義滅親跑去同太傅告密，還特意沒告訴你。」

「景王同太傅告密時，我在邊上。」蕭朔道：「他沒背下來《尚書》，為了不被太傅用戒尺打手心，招出了你挖的洞。」

雲琅：「……」

「城西，宜秋門側五丈，挖了三尺，挖錯了方向。」蕭朔：「我本想去看，可惜去晚一步，已叫人連夜緊急填補上了。」

雲琅：「……」

「背信棄義。」蕭朔替雲少將軍出謀劃策：「該拿石頭砸他。」

雲琅眼睜睜看著自己挖的那個洞一夜間憑空消失，納悶了半年，至今才知道罪魁禍首，頗覺心情複雜，抬手按了按胸口。

他氣結半晌，抬頭看見這時候竟還出言攛攏的蕭小王爺，先沒忍住氣樂了，「誰說你規矩古板？分明比誰都看熱鬧不嫌事大……你老跟景王不對付幹什麼？」

蕭朔看他半晌，收回視線，一言不發打馬向前。

雲琅難得見著小王爺也有了脾氣，一時莫名，催馬趕上去，「就因為我要挖牆，瞞著你找了他？找你你還能幫我不成？」

「再說了，你那時候的脾氣，不拽著我去找太傅投案自首都是好的。」

雲琅滿懷餘悸，「真叫你知道了，多半還要將我扯去，數清楚挖壞了幾塊磚。叫我按數目賠，半塊算一塊，二一添作五……」

蕭朔抬眸，「你後來是如何出去的？」

「後來端王叔教了我飛虎爪啊！」雲琅道：「軍中攻城，誰從城下挖洞？都是以飛虎勾住城頭，翻上去的。」

「起初是跟著朔方軍連勝大哥他們練，步驟繁瑣些，容易被察覺。後來我輕功練得差不多，不用飛虎爪也行，便不謀劃地下，改飛出去了……」

雲琅說到一半，忽然醒悟，愕然勒馬，「這主意是你給王叔出的？」

「那時京城內外的戎狄探子盡數剿清，京郊已沒了風險。」蕭朔淡淡望了他一眼，「長輩們約好了一齊瞞著你，是想看你憋得轉圈。」

雲琅今日才知真相，痛心疾首，攥著韁繩停在原地。

「你若早來找我。」蕭朔道：「早就能出城。」

「話是這麼說……」雲琅心情有些複雜，訥訥道：「還不是你老管著我，把我管怕了？這種事哪敢同你說，你也少來同我翻舊帳……」

雲琅話說到一半，腦子裡靈光一閃，忽然回過神，「不對，你今日忽然翻這個舊帳幹什麼？」

蕭朔叫他問住，抿起唇角握了韁繩，掃他一眼。

「說話啊！」雲琅輕磕馬腹，叫白馬追上去，看著耳根莫名泛紅的蕭小王爺，「當了我帳前先鋒官，知道我一定不會拋下你自己跑去北疆了，陳年舊醋總算放心開罈了？」

「雲琅！」蕭朔聽見他「陳年舊醋」四個字，熱意轟的一聲衝上來，羞惱道：「你不要……欺人太甚。」

「我不過是約著景王一起去挖個牆，還是他動手我站著，他挖錯我看著，就值得你記這麼久。」雲琅搖頭感嘆，「位置都記準了，字字句句記著，只等翻出來同我算帳……」

雲琅壓著嘴角笑意，追他不放，「小王爺，誰欺人太甚？」

蕭朔說不出話，避開雲琅視線。

雲琅扯了下韁繩，白馬通曉人意，隨牽引去有意輕撞黑馬肩胛，笑問：「去不去挖牆？明晚三更，宜秋門見。」

蕭朔咬牙，「雲琅，你不要……」

話音未落，已不自控地往邊上讓了讓。

黑馬生性溫馴，被撞了也不計較，給橫行霸道的白馬讓出地方，又親昵地叨了一口白馬銀緞子似的鬃毛。

雲琅大奇，「你這兩匹馬一起養的？好乖，物似主人形……」

蕭朔忍無可忍閉牢了嘴，耳畔滾熱，打馬便走。黑馬尚有些猶豫，頻頻回頭，叫主人再三催促，只得四蹄生風，向前飆射出去。

雲琅滿心暢快，揚了聲淨鞭，風馳電掣趕上去。

兩匹馬都是蕭朔千挑萬選親自養的，矯健神駿，飛掠生風，踏著青石街道清脆有聲。

蕭朔這些年也已將騎術練得精湛，卻終歸比雲琅稍遜些，跑到巷尾，已叫身後雪影牢牢追上。

雲琅將自己的轡繩交到左手，探出右手，去拉蕭朔的馬轡。

蕭朔餘光掃見雲琅動作，心頭一懸，只怕兩匹馬跑得快慢不一，交錯間扯得雲琅墜下去跌傷，「放手！留神……」

雲琅笑道：「不放。」

蕭朔微怔，勒轡抬眸看他。

白馬跑得酣暢，一路追上來，興高采烈便去咬黑馬的尾巴。

兩匹馬膩在一處，皆漸漸停了步子。

「當初挖牆掏窟窿，帶了景王沒帶你，是我不對。」雲琅好脾氣道：「我知錯了，回頭就去拿石頭砸景王。」

「此事揭過，不必再提。」蕭朔皺緊眉，「我只是……」

雲琅好奇，「只是什麼？」

蕭朔肩背繃了下，沒有出聲。

只是……看景王很是不順眼，動輒便想在景王府門口叫人挖個陷坑。

「他與你相約，卻懾於太傅威嚴，和盤托出。雖有緣由苦衷，終歸不義。」蕭朔握了握韁繩，垂下視線道：「你今後……」

「絕不同他廝混。」雲琅痛快答應：「凡事只找小王爺，與小王爺喝酒，同小王爺睡覺。」

蕭朔：「……」

「胡說什麼？」蕭朔下了馬，沉聲：「你要領兵出征，我是要勸你，今後該有識人之明。若所託非人……」

雲琅眼看蕭小王爺腦袋頂上的醋罈子，停在街頭月下，笑吟吟輕聲：「蕭朔。」

蕭朔心頭輕滯，再說不出一個字。

雲琅朝著他一笑，抛了韁繩，也縱身下馬。

今夜三番兩地折騰，雲琅在酒樓時就已隱約覺出疲累。方才在宮殿頂耗盡心神追射雕手，此時徹底榨乾了最後一點力氣，落地才覺腳軟，晃了晃便往地上坐下去。

蕭朔撲過去，在他摔在地上前伸出手，將人牢牢接住，「胡鬧！」

蕭朔攬著雲琅就地盤膝坐下，往他脈間一探，眼底灼出沉色，「沒力氣為何不喊我？若是從馬上跌下來傷了……」

雲琅靠在他臂間，伸出手，拽了拽蕭小王爺的袖子。

蕭朔話頭一頓，蹙緊了眉沉默下來，扶住雲琅背後，要替他調息理氣。

「不急。」雲琅笑了笑，「我很久沒這麼痛快了。」

蕭朔微怔，手上動作停頓，迎上雲琅視線。

雲琅枕著他的手臂，臉色隱約是耗力過度的蒼白，眉睫都叫汗意濕透，眼裡卻盡是一片明淨朗徹的笑影。

他的手覆在雲琅後心，能察覺到胸腔裡怦聲激烈，一下接一下砸著掌心。

蕭朔靜默半晌，握了衣袖，慢慢替雲琅撚去額間汗水。

「你知道我為什麼……」雲琅本來不想告訴他，就想讓蕭小王爺醋著這件事一輩子，此時懶洋洋枕在蕭朔懷裡，沒忍住笑，「為什麼那時不找你，偏去找了景王？」

蕭朔蹙眉，「不是因為我總管著你，叫你心煩？」

「自然也是，不過不是最要緊的。」雲琅側了側頭，點點小王爺胸口，「你還來同我算帳……我問你，我養傷不能去學宮那些天，你是不是跟景王坐同桌了？」

蕭朔：「……」

蕭朔難得尋釁生事一次，已自覺夠不妥當，此時看著雲少將軍，一時竟有些複雜，「座位是太傅調的，說景王不學無術玩心太重，要我教他些。」

「不管。」雲琅道：「景王來探我傷時，說你與他同坐五天，對他說了整整三句話。」

雲琅切齒，「我那時仔細一想，那五天裡，我都沒同你說上三句話！」

蕭朔無可辯駁，扶著在宮裡昏睡了整整五日的雲少將軍，替他順了順胸口的氣。

「我那幾日好不容易好些了，想去學宮找你，先皇后前些天分明都應了，不知為什麼竟又忽然不准。」雲琅想想就來氣，「想叫你來找我，娘娘又說你課業繁忙，不能打擾。」

雲琅傷得太重，躺在榻上一動不能動。日日想著蕭朔與景王同桌一處，把酒言歡，氣得咬斷了三根竹筷子，第七日便從榻上站了起來。

傷徹底好全後，第一件事便是約了景王出去，扔一把鏟子，唬著景王苦哈哈挖了大半宿的牆。

「……」

蕭朔無論如何想不出「坐在一處，把酒言歡」的臆想是少年雲琅如何咂摸出來的，摸了摸雲琅汗濕的額頭，以袍袖護著將人抱起，「我不曾與他……言歡過。」

雲琅很是警惕，「把酒呢？」

「不曾。」蕭朔道：「學宮禁酒，違者罰戒尺五十，灑掃挑水二十日。」

雲琅半信半疑，勉強聽了他的解釋，「唔……」

琰王府的馬車始終在後面隨著，此時尋了個空，已跟了上來。

蕭朔將兩匹仍在互叨馬鬃的馬交給連勝。

他抱著雲琅上了車，果然在車廂裡看見了連勝備好的酒。

雲少將軍自小練武，要以藥酒練經活血，是唯一不受學宮這條規矩約束的。雲琅不嗜酒，卻喜歡佳釀新醅，京城裡叫得出名的酒樓好酒，都送來給少侯爺過過口。

蕭朔攬他靠穩，拿過一小罈酒，拍開酒封，濃郁酒香便撲鼻漾出來。

「新豐酒？」雲琅眼睛一亮，「我當初同你要的不就是這個？你信誓旦旦說好，定然給我買來，結果我傷都養好了也沒見酒影。」

「我當初的確買了，只是我才出宮你傷勢便反覆，又吐了一夜的血，昏睡不醒。」

蕭朔道：「至於先皇后不准你來學宮，我也不能去找你……大抵也是因為這個。」

雲琅茫然，「這又有什麼關係？我傷勢反覆，也怪不得你啊！」

蕭朔拭淨他額間潮氣，視線落在雲琅叫汗意沁得愈發濃深的俊秀眉睫間，輕聲道：「我那時帶了酒來，見你昏睡不醒，肝膽俱裂……做了些不妥當的事。」

雲琅：「唔？」

蕭小王爺那時言必稱《禮》，雲琅半夜跑去蹭他的床榻睡，都被小王爺的「七歲不同蓆、十三不同房」勸諫得啞口無言，悻悻往蕭朔的被子裡塞了幾十顆飛蝗石。

雲琅反思過往，實在想不出他還能不妥當到什麼地步，「你……十分不守禮數地摸了一下我的手指頭嗎？」

蕭朔凝他半晌，搖了搖頭，將雲琅攬著頭頸護起來。

雲琅迎上他視線，不由微怔，抿起唇角，喉嚨不自覺輕動了下。

「我那時聽聞你傷勢反覆，趕到宮中，見你昏睡不醒氣息奄奄，榻邊盡是血跡，又聽太醫說你怕是當真不成了。」蕭朔輕聲：「我不知道還能怎麼辦……血參都熬成湯給你喝了，梁太醫給你行了針，一群人圍著，說要看你造化、聽天由命。」

蕭朔道：「我想，我便同你一起聽這天命。」

雲琅隱約聽出他話中不祥之意，縱然早過去了，依然忍不住皺了皺眉，「聽這個幹什麼？你少信這些個。」

「如今不信了，天命要奪你，我便去奪天命。」蕭朔道：「那時年紀小，不懂事。見你已在生死之間，我只是……想餵你一口酒。」

蕭朔垂眸，「你曾對我說，新豐美酒斗十千。你喝了新豐酒，便能成頂天立地的少俠，繫馬麒麟閣，佩印明光宮。」

雲琅胸口一燙，扯扯嘴角，低聲道：「你……」

蕭朔：「我不知道，它也是《春宮良宵傳》的下半冊第一式。」

雲琅：「……」

蕭朔隨即含了一口酒，低頭吻住雲少將軍，將酒渡過去。

酒香醇厚沁脾，在唇齒間散開，入心入脾，牽出酣然的透胸熱意。

雲琅沒繃住，跟著叫鼓蕩滾熱撞得悶哼一聲，心道完了完了，「慢著，我如今沒力氣，手軟腳軟都不能動……」

蕭朔點了點頭，「這便是第二式。」

雲琅：「……啊？」

蕭朔定了定神，又含住一口酒。將雲琅攬定，仔細換了個地方，闔眼吻了下去。

深宮難測。

酒是好酒，香氣濃郁盈透，流溢出皎皎的琥珀光澤，火辣辣灼出燙來。

雲琅叫熱意撩著，要低頭又覺膽戰心驚，索性牢牢閉了眼。

第一式是口對口餵酒，才到第二式，其中一個竟然就已手軟腳軟動彈不得……這《良宵傳》的編者果然用心險惡。

說不定宮裡就藏了叫人不能動彈的迷藥。

雲琅越想越駭然，未雨綢繆扯住蕭小王爺，「出征前，你萬不可再進宮。」

蕭朔蹙了下眉，抬眸攏住他，「自然。」

兩人在一處，素來是蕭朔煞風景更多些。雲琅一向嫌他動輒說正事，每每都要挑理，嫌小王爺實在嚴肅無聊。

如今已到了這一步，雲琅竟還惦著宮中情形。

「是朝局仍不穩妥，害你擔憂。」蕭朔道：「此戰回來，我會設法敦促景王，逼他開始接手朝中政務。」

雲琅：「啊？」

雲琅良心有些虛弱，「也不是……」

「早晚的事。」蕭朔輕聲：「預先練手。」

雲琅一怔，想了半晌，「……也是。」

景王並非當真頑劣不堪，只是心思實在不在朝政，叫他安安分分讀書習武難如登天，琢磨起木工漆活卻廢寢忘食，從來樂在其中。

先帝朝時，景王不肯修文武藝，沒少叫德高望重的御史彈劾。

先帝接了奏摺，只是一笑，說文武韜略既已有兄長操心，景王生性靈動跳脫，不受拘束，如何不能挑些自己中意的事來做。

「太傅那時還說，景王命好，生來逍遙。」雲琅扯扯嘴角，低呼了口氣，「生來清正的入了朝局，生來剛直的結了私黨，如今生來逍遙的也……唔！」

他話未說完，叫耳畔熱意一拂，沒忍住出聲，睜大了眼睛。

蕭朔含了第三口酒，微冷的酒漿透出微燙唇齒，攙著冰涼月色，在他耳廓間染開一片薄紅。

雲琅眼前淌過些薄薄霧氣，徹底忘了自己要說什麼。

張了口低低喘氣，下意識攥緊了蕭朔的披風。

「生來意氣飛揚、灑脫風流的……」蕭朔攬著他，靜了片刻，又在雲少將軍叫潮氣沁著的睫間吻了吻，「嘴上說要學下半冊，到了此時，竟還走神到這個地步。」

雲琅軟在他襟懷間，聽見這一句，硬生生氣得樂出來，「你到底多記仇。」

蕭朔收緊手臂，將雲琅抱過來，吻住他的聲音。

雲琅察覺到背後力道，下意識屏息，攥著披風的手慢慢摸索，摸到了一處叫箭風裂開的破損。

蕭朔不惜以身誘箭，為的是什麼，沒人會比在沙場上衝鋒陷陣的雲少將軍更清楚。

北疆游牧部族，生在馬上死在馬上，人人驍勇好戰，膂力箭術皆出眾的太多，每一代的射雕手卻至多三人。

不只是因為射雕手既要考量箭法身手、隱匿功夫，又要心性沉穩狠厲，能沉得住氣一擊必殺。更因為射雕弓只有三張，相傳上古后羿以三弓九箭落九日，被草原部落代代相傳奉為神物，不可輕授。

拿了落日弓的才叫射雕手，代代射雕手要授弓，都要拿九枚敵軍將軍的頭顱來換。

射雕手，落日弓。這些人手上攢了不知多少敵方將領的性命，兩軍對陣，是最不起眼也最凶險的奪命索。

雲琅閉了閉眼睛，由著蕭小王爺端莊嚴肅地照本宣科，熱意如沸，自胸底一路汩汩透出來。

蕭朔察覺到他的動靜，緩下力道，輕聲道：「不舒服？」

雲琅搖搖頭，攢出力氣扯扯蕭朔，叫他傾下來，在小王爺唇上輕輕蹭。

蕭朔的氣息也帶了淡淡酒香，怡人微熱，拂在更加灼燙的頸間，反倒帶出來隱隱清涼。

雲琅不明章法，也懶得講章法，有一下沒一下輕輕咬著蕭朔唇角，含混嘟囔：「北疆……有燒刀子，比這個烈。」

「烈酒惑性，亂人心神。」蕭朔叫他撩得闔了闔眼，低聲道：「若一時不慎失控，帳內衝撞了主將，該當如何？」

雲琅答得極爽快：「自然是按軍法處置。」

蕭朔：「……」

雲琅看他神色，自己先繃不住樂，「小王爺桀驁不馴，除了世間正道胸中公理，剩下的一概無法無天，竟也怕軍法？」

「等閒軍法，自然不足懼。」

蕭朔目光落在他身上，定了定，輕聲：「至於——你雲少將軍的法……」

他這一句念得緩慢，最後幾個字含在唇齒間，叫酒香沁了，釀出三分全不同於往日的溫存柔軟。襯著眉宇間剛硬的清冷凜冽，竟平白撩得人胸中狠狠一抖。

雲琅受不住這個，眼看就要叫色所惑禍軍亂法，強行動心忍性壓了，「我的法有何不同？」

「你的法便是家法。」蕭朔望著他的眼睛，在雲琅眼尾一吻，「言出法定，自然認打認罰。」

不知哪家的新豐酒，沁得人處處滾熱，既灼又醇，釀進骨子裡，偏偏又化成纏絲軟柔。

蕭小王爺一個「認打認罰」說得輕緩，攙著熱辣辣的醺然酒香，懷中分明滾燙，連素來的清冷竟也叫酒隱約泡得酥暖了。

雲琅心知這次怕是真完了，眼看蕭朔將琥珀酒漿倒在掌心緩緩推開，絕望閉眼，蹬腿任人宰割，「嗚。」

蕭朔：「……」

蕭朔自覺已給夠了少將軍的威風，不知他為何在此時嗚，將人裹了披風仔細抱起來，親了親雲氏野兔的額頭，「只是給你舒筋活血，若要酒池肉林，三天三夜，酒遠比這個多。」

雲琅就知道自己這張嘴沒說過好話，軟綿綿躺在他臂間，奄奄一息，喃喃：「舒哪裡的筋、活哪裡的血？」

蕭朔聽得莫名，看他半晌，竟在雲少將軍眼底看出些堪稱黃暴的念頭，按按額角，輕嘆：「……不是。」

少將軍好生警醒，「不是？」

「不是。」蕭朔頓了頓，他盡力說得委婉，卻仍不自覺發熱，「酒雖能活血，卻性太烈……不同於脂膏，不很合適用在此處。」

雲琅盯著他，半信半疑挪了挪，抱緊了自己的小披風。

車內酒香氤氳，兩人熱滾滾對峙，身上叫酒浸得發酥，竟也僵持出了些說不清的旖旎意味。

「當真要行不軌，不必迂迴。」雲琅壯烈閉眼，「只管來。你我何等交情？一人做事一人當，你來做事我來當。」

蕭朔萬萬想不到「一人做事一人當」還有這等用法，靜坐片刻，往不可說處掃了一眼，作勢虛覆下去。

雲琅大驚失色抬腿就踹，想起不妥，堪堪收住力道，不及變招，已叫蕭朔輕握住腳踝。

「亂想什麼？」蕭朔蹙眉，「還在馬車裡，豈能行此狎昵之事。」

雲琅已被蕭小王爺含著酒嘗了個遍，無一處不燙，心道小王爺這個狎昵的標準實在詭譎非常，「那你方才……」

蕭朔叫他反詰，耳根一熱。

把雲將軍踹過來的腿放回去，以披風將他仔細裹嚴，密不透風抱起來。

雲琅眼看自己被裹成了個大號糖水糯米粽，動動胳膊，忽然明白了，「你不想叫人知道？」

只是尋常親熱，兩人都還壓得住，又有車廂隔著，外頭聽不見什麼動靜。

若是當真撩撥得過了頭，失了自制，只怕就當真要叫人知道琰王殿下英雄難過雲少爺關，叫人平白惑了心志了。

「先不論我。」蕭朔抱著雲琅下車，聞言垂眸看他一眼，「若叫人知道了，我下次再要找你，怕要去翻沒人認得中原文字的地方。」

雲琅叫他戳穿，咳了一聲，不大自在，「也沒這麼……連大哥他們都是自家人。」

雲琅肩背繃了下，攥了攥掌心薄汗，將臉埋進蕭朔胸肩。

他叫蕭小王爺裹得嚴實，一點風也沒吹著，仍熱乎乎著小聲道：「自家人，這些事有什麼？先帝與先皇后也同進同出，先帝宿在延福宮，也准起居舍人往細了記啊……」

「雲琅。」蕭朔打斷他，淡聲道：「看你此時放得開的架式，幾乎叫我懷疑，方才那一腳不是你親自踹的。」

雲琅：「……」

蕭小王爺有些日子沒這麼欠揍了，雲琅徹底拋了亂七八糟的心思，磨牙霍霍，只想給他咬個又大又圓的牙印。

「你平日再豁出去，也不會連這個都不顧慮。」

馬車一路進了王府，就停在書房外。蕭朔摒退了眾人，將雲琅抱進書房，凝眸望他一陣，「可是有什麼打算？」

雲琅心底一虛，不自覺咳了一聲，「我能有什麼打算？」

「不知。」蕭朔輕聲道：「我若知道，便直接將你鎖在榻上，你我捆在一處，彼此都省事。」

雲琅聽得駭然，仔細打量了半晌琰王殿下的神色，將手藏在背後。

酒後吐真言，蕭朔這念頭分明由來已久。

他今日確實還有謀劃，只怕也確實要多加小心，免得來日將琰王殿下惹惱了，真叫人做出來個能處處將兩人捆在一處的鐵鐐鎖銬。

雲琅心事重重走著神，想了一陣，察覺到蕭朔安靜得不同以往，「小王爺？」

「恰好。」蕭朔擱下剩的半罈酒，拿過兩只玉盞，給雲琅倒了一杯，忽地嚴肅道：「坐，我有事與你商量。」

雲琅聽他語氣，不由皺了下眉。

兩人交心後，早沒了半分隔閡，凡事憑默契便足夠，幾乎用不著特意商量交代。

難得聽見蕭小王爺換回這個語氣，雲琅心裡莫名有些沒底，握了那一盞酒，在掌心攥了攥，「商量什麼？」

蕭朔垂眸，「先坐。」

「不用。」雲琅瞄著還沒來得及拴上幾百個插銷的窗戶，隱蔽挪過去，同他客氣，「你說，我聽著……」

蕭朔擱下酒杯，抬眸靜靜看他。

雲琅叫鐵鍊鎖過一回，長了記性，當即從窗前原路退回來，一屁股坐在小王爺腿上，態度自然，「你說。」

蕭朔：「……」

雲少將軍這一招三十六計倒數第六計，如今已然使得愈發得心應手、全無窒礙了。

蕭朔伸手將他攬住，視線在雲琅勁窄俊拔的腰線棲了片刻，將微芒盡數斂回眼底，「我知你有自己的謀劃，有時情形緊要，你我雖心念相通，卻來不及互通有無交代盤算，只能應急機變。」

「還有些事，你執意一人去做……便是定了要獨自擔當這件事。」蕭朔繼續說道：「我知你心，不會攔你。」

雲琅叫蕭朔從背後攬著，看不見蕭朔神情，只能聽見低沉柔和的嗓音牽起微震，透過胸腔溫溫棲落在背上。

雲琅忽然有些後悔，撐了下，轉過來迎上蕭朔的眼睛。

蕭朔抬手，同他虛抬了下手中玉盞。

雲琅握著酒盞，澄透酒漿叫動作引得輕晃，涼涼潤潤貼在掌心。

「只一件事。」漾著的琥珀酒光裡，雲琅聽見蕭朔的聲音：「你我今夜放開醉透，同榻酣眠，醒來時仍看得見你。」

雲琅迎著蕭朔視線，彎了彎眼睛，將酒與應允一併仰頭灌下去。

蕭朔將自己那一盞飲盡，要去添酒，被雲琅按住，「不夠痛快，換個喝法。」

蕭朔抬起視線。

他的手覆在酒罈邊沿，雲琅的手覆在他手上，酒意由一個人分給兩個人，便多出一份酣然熱力，通肺透腑。

雲琅握了他的手，將酒罈拎起來，就著罈口飲得涓滴不剩。又從榻下摸了摸，撈起一罈連勝派人緊急買來的酒，單手拍開泥封。

蕭朔接過來，學著他的架式，喝了小半罈。

雲琅很是灑脫，徑直將剩下的一飲而盡，長舒口氣，拋了酒罈。

蕭朔第一次這般豪飲，酒才喝下去，便化作熱意自耳後泛上來，頸側一片微熱淡紅。

雲琅尚未好全，酒灌得急，也叫酒力在眼中激起些朦朧霧色，湛亮笑意透出來，「小王爺本事見長，酒量卻不行，這就醉了。」

蕭朔笑了笑，攏過雲琅後頸，慢慢吻他。

雲琅學以致用，再拍開罈酒，含了滿滿一口。

小王爺這些年不曾放心休息過一刻，今日終於將局面大略定穩，幾乎是放縱一般想要一場醉透，對他全不曾設半分防備。

雲琅伸手抱住蕭朔，慢慢渡給他酒，看著灌下去的酒漿化成紅暈返上來，在蕭朔唇畔親了親，「放心，有我。」

蕭朔已壓不住醉意，身上愈發沉了，眼皮想要合攏進暖融的黑甜鄉裡，卻又本能撐著，握住雲琅手腕。

雲琅柔聲道：「睡吧。」

琰王府的大印還在太師龐甘府上，被當成跳梁小丑掙扎的籌碼，處心積慮，仍設法牽絆拖扯住蕭朔。

他的事，朔方軍的事，連朝堂情形，蕭朔都已安排妥當。唯有這一樁舊日裡親手給出的把柄，還需將尾巴掃乾淨。

出征前，這一顆印必須拿回來。

雲琅酒量比蕭朔好得多，有心拿出對付開封尹的辦法將小王爺徹底灌倒，自己喝一碗醒酒湯，趁夜再去太師府走一趟，已事先交代了親兵準備。

若蕭朔下馬車時不將他裹得那般嚴實，便還能打個迷魂陣，叫人以為他們兩個正酒酣情濃，此行能更容易些。

眼下這般……倒也很好。

他趁著蕭朔睡熟了出去，只要趕在小王爺醒過來前回來，也不算失約。

看時辰，刀疤大抵已同連勝交代過，該在窗外接應了。雲琅扯扯嘴角，正要好聲好氣哄著小王爺躺下睡覺，卻被蕭朔握了手，「還有一事。」
雲琅微怔，「什麼事？」
蕭朔攬著雲琅，拿起酒罈。
雲琅：「啊？」
「你酒量勝我三成。」蕭朔道：「還該再飲兩罈，才能醉透。」
雲琅一陣愕然，「等……」
蕭小王爺不等，將酒罈穩穩端了，抵在雲少將軍唇邊。
兩人自小在一處，蕭朔常要給雲琅灌藥，手法極熟。他特意同梁太醫問過了雲琅的身體情形，雖然醉了，數偏偏又算得極好，不由雲琅抵抗，已將酒穩穩當當灌了下去。
雲琅措手不及，匆忙在吨吨吨咕嘟間搶出張嘴，伸手用力拍窗，「刀疤！快來救唔……」
窗外靜悄悄一片，竟不見半分回應。
雲琅盡力扒拉插銷，好不容易將窗戶推開條縫，不等扒開，便被連勝在窗外關上，「少將軍，今日該好好歇歇。」
「來日再歇有什麼不一樣！」雲琅咕嘟咕嘟咕嘟，一陣悲憤，「刀疤呢？是不是被你們綁起來了？將我的親兵還我……」
窗外頓了一刻，傳來刀疤滿是歉疚的聲音：「少將軍……的確該好好睡一覺。」
雲琅：「……」
刀疤在窗外半個時辰，被連勝徹底說服，攥緊了拳，滿懷歉然，「少將軍與琰王殿下對飲，該好睡一夜，來日要罰，屬下認……」
雲琅：「嗝。」

刀疤：「……」

雲琅醉眼昏花眾叛親離，來了脾氣，摸出飛蝗石雷霆驟雨砸了一遍，暈乎乎一頭扎回蕭小王爺懷裡，咚的一聲拍上了窗子。

老主簿守在窗下，心驚膽戰看著小侯爺倒空了飛蝗石的存貨，悄悄繞回來，將書房門推開條細縫往裡瞧。

雲琅千慮一失，叫琰王殿下嚴格按數目灌了酒，此時已徹底叫酒泡透了。

帳下不幸，少將軍痛失了忠心耿耿的親兵，化悲痛為力氣，昏沉沉一門心思往蕭朔懷裡鑽。

蕭朔也醉得不輕，他仍記著要照顧雲琅，將雲少將軍從懷間慢吞吞挖出來，拿了帕子投過熱水，替雲琅擦臉。

偶爾少將軍不配合得厲害，還會將人攏住慢慢晃，細細地吻著輕輕打顫的睫尖眼尾。

小侯爺沒防備，叫王爺親得軟了，十分沒面子。怒氣沖沖要離府出走，被蕭朔揉著頸後背脊哄得舒服，團成一小團，自帶著雪貂小絨毯回了王爺腿上。

老主簿凝神看了半晌，終於放心鬆了口氣，悄悄合了門。

次日一早，兩位小主人破天荒地都沒能起得來。

王爺與少將軍難得好眠，闔府悄無聲息，人銜草馬銜枚，車輪都用稻草裹得嚴嚴實實。

整個琰王府齊心協力，叫王爺與少將軍一覺睡透，在榻上躺了一整足日。

蕭朔睜開眼時，窗外天色竟已又盡數黑透了。

榻下零零散散扔著衣物，攪著亂在一處。

雲琅裹著絨毯，無精打采萎靡成一小團，在床頭貼了一份兩人隨身親兵的名冊，一顆小石頭接一顆小石頭的砸。

屋內靜得不知今夕是何夕，月色溶溶透進來，安寧得恍如隔世。

蕭朔靜躺了一陣，伸手去摸榻前箭匣。

「幹什麼？」雲琅叫他嚇了一跳，從半融化裡活過來，撲過去將蕭朔牢牢按住，驚詫道：「真醉傻了？」

雲琅酒量好，酒雖喝的多，醒得卻比琰王殿下還早出不少，原還切齒盼著蕭朔醒了，好同小王爺好好清算昨晚這筆帳。

此時眼看蕭小王爺這宿醉後癔癔症症的架式，雲琅一腔脾氣已瞬間折騰沒了半腔，手腳並用將人牢牢箍住，「醒醒，又魘著了？」

蕭朔握了袖箭，箭尖抵著掌心皮肉，蹙了蹙眉。

不曾有什麼夢魘，這些年來，這是他睡得最好的一次。

禁軍歸位，朔方成行。

朝局亂勢已成，大亂大爭，正可激濁揚清。

雲琅就在懷裡，安安穩穩，柔軟暖熱。

身心鬆透，經年累月死死壓進骨髓的疲憊忽然一齊不講道理地攻伐上來，將他淹透沒頂。幾乎不容蕭朔反應，便裹著人一頭扎進安穩深沉的睡意裡。

徹夜徹日，連半個夢也不曾做。

蕭朔此時回想，竟全然想不起自己是如何將一小團雲少將軍抱進內室、脫了兩人的衣物，插嚴封死了窗戶上的一百多個插銷，與雲琅一起倒頭睡實在榻上的。

「我記得。」雲琅幽幽舉手，「我拖著你的腰，讓你先睡覺，你不聽，一定要把每個插銷都再檢查一遍。」

蕭朔：「……」

「還要將你我鎖到一處。」雲琅：「我告訴你你拿的是硯臺，就算你把硯臺掰成兩半，也沒辦法把我扣在你手上。你聽了很是失落，不肯同我說話，自己去生悶氣。」

雲琅：「我好心安慰你，你竟還得寸進尺，要我幫你把硯臺咬個豁，方便你掰。」

蕭朔：「……」

雲琅放下手，嘆了口氣，「至於你醉酒後三兩下扒乾淨我的衣服，實在身手俐落、乾淨果決。這種事我自然是樂意的，可你扒我的衣服，是為了用毛筆沾朱砂，給我畫一條麒麟尾巴出來，我就不懂了……」

蕭朔實在聽不下去，倉促起身要往外走，被雲琅伸手攔住，「等會兒，還有。」

蕭朔頭一次這般放開來大醉，半分想不到自己竟會做出這些荒唐事。此時叫雲琅一樣樣翻扯，只覺無地自容，定定神低聲道：「還有何事？」

「還有你醉了，閉嘴葫蘆一句話不肯說。問得急了，便只知道一股腦地給我拿你這些年藏的好東西，不要還不行。」

雲琅手上使力，將蕭小王爺扯回榻上，「我要三千顆大中小類別各異的飛蝗石有什麼用，閒來無事，給你書房窗外鋪條平坦寬闊又漂亮的小石子路嗎？」

蕭朔眼前一黑，堪堪坐穩。

飲酒誤事，端王自小教訓下屬，這些年耳濡目染，竟半分沒聽進心裡。

分明警世恆言。

蕭朔只想出去找老主簿要桶冰水，此時叫雲琅扯著，半句話說不出，咬了牙死死按下赧意：

「是我失態，對不住——」

雲琅看他半晌，沒忍住樂出來，「對什麼不住？」

蕭朔微怔，抬眸看他。

「多大些事？我當初喝醉了酒，騎著你們家馬要上你們家房頂，你不也沒訓我？」

雲琅笑道：「還抱著我哄……說馬不安穩，你背我上去。」

蕭小王爺心裡藏的事太多，非得要醉透了，才能隱約透出來些許。

雲琅昨晚也醉得半傻不傻，同他費盡心思周旋，險些便當真被說服了幫忙咬硯臺一口。

玉麒麟的尾巴摔斷過，雲琅自己都早沒當回事了，還覺得鑲了金子很是精緻漂亮，反倒比之前還要好看。

小王爺看著悶聲不吭，平日裡提也不提，人都醉沉了，還惦著給他補上半條尾巴。

「下回再想知道自己是醒了還是夢。」雲琅笑了笑，「不用拿袖箭扎自己，也不用出去冰天雪地的澆冷水。」

雲琅翻夠了舊帳，伸出手，將蕭朔整個熱乎乎抱住，開心道：「我親你一口，比你自己胡亂折騰省事。」

蕭朔一頓，身體裡積沉的酒力竟又像是叫雲少將軍這一抱掀起來，湧成分明熱意。

雲琅湊上來，耗盡畢生所學，同蕭小王爺聚精會神親了個結實的，又在蕭朔唇畔不老實地胡亂蹭過一通，心滿意足向後退開。

蕭朔垂眸，伸手攬住雲琅脊背。

「睡了一天，起來吃些東西，有事同你商量。」雲琅順著他的力道，舒舒服服倚了，貼了貼蕭朔額頭，「今晚幫我個忙。」

蕭朔心頭微動，輕聲道：「什麼？」

「我有一趟要緊事，昨晚叫你與咱們家親兵聯手灌沒了，今日還得去。」雲琅道：「你今夜先去禁軍大營點兵，將你我要的盡數備齊，然後叫你們家黑馬跟著馬車，拉著你到處轉。」

「別轉太遠。」雲琅補充：「就在觀橋、宣泰橋、陳州門那一帶晃悠……」

蕭朔蹙眉，「你要去太師府做什麼？」

「我有個念頭，不知準不準……也是昨日宮中出事，我才忽然想到。」雲琅道：「此事你不可出面，只有我來。」

雲琅握了握蕭朔的手，「我有分寸，放心。」

蕭朔沉吟一陣，反扣住雲琅的手，低聲道：「你是說，襄王可能已接觸了太師龐甘？」

雲琅不料他反應這般快，怔了下，啞然點頭，「我到得晚，是在那射雕手發出一箭後才盯上他的……當時我便在想，他第一箭無人干擾，為何只傷了皇上的胳膊？」

縱然此時襄王也實力大損，無力在皇位空懸後出手搶奪，尚且不能直接要皇上的命，這一箭也本該能傷在些更要緊的地方。

能叫射雕手射偏，只會是因為殿內有必須要避開的人。

「那個時候，樞密使已經癱在地上了，殿內只有你們三人站著。」雲琅道：「他也想要你的命，不會是為了避你。值得他留手的，就只有老龐甘。」

雲琅看著蕭朔，「你記不記得？我們當初還說，龐甘是當今皇后的父親、皇上的老丈人，皇后專擅後宮引得皇上不悅，已動了納妃的念頭？」

「皇后所出的兩個嫡皇子，也因為辦事不力，近來屢屢受到皇上斥責。」蕭朔靜想一陣，點點頭，「龐甘以國本為由，再三上奏請立儲君，皇上卻都置若罔聞。後來皇上又與太傅談過一次，立儲一事再不准提，甚至已與閣老議過，是否要將兩個嫡皇子送出京封王。」

「老龐甘是棵隨風倒的牆頭草，颳東風便隨東風，颳西風便隨西風。」雲琅道：「如今情形不妙，若襄王主動招攬，他只怕已動了心思。」

兩人已沒什麼可瞞的，雲琅不同蕭朔打機鋒，索性徑直道：「他手裡能當投名狀的，就只有咱們家那顆大印。」

蕭朔正要開口，叫雲少將軍這一句堵得結結實實，抬眸看他。

「看我幹什麼？」雲琅扒著他，從桌上摸了塊酥餅，咬了一口，「我好歹也是明媒正娶、入了玉牒的琰王妃，莫非這大印沒有我的一半？」

「胡鬧。」蕭朔蹙眉，「這兩件事，如何能混為一談？」

「這兩件事，就是一談。」雲琅看著蕭朔神色，存心氣他，索性一口氣數：「咱們家大印、咱們家王府、咱們家親兵、咱們家毛筆、咱們家硯臺、咱們家酥餅不好吃……」

「……」蕭朔接過來，放在一旁，「隔夜了，我去叫他們換些新鮮的。」

如今朝堂勢力混亂，今非昔比。當初本是皇上為了牽制蕭朔，逼他押出去的那一枚王府大印，竟成了局勢中最關鍵的一樣東西。

襄王若也盯上了這枚印，雲琅去探太師府，只怕凶險非常。

「凶險歸凶險，這東西拿回來，你我徹底再無後顧之憂。」雲琅笑道：「再說了，我這不是提前拽了你，叫你替我放哨接應嗎？」

「你要誘那個射雕手，我可都出手幫忙了。」雲琅在這裡等著他，看著蕭朔回到榻前，伸手搭了蕭朔的肩，「小王爺，你給了我三千顆飛蝗石，我不去太師府砸幾個人，真的用不完了。」

蕭朔：「……」

雲琅苦哈哈砸了一早上石頭，如今還剩兩千八百八十八顆大小各異的存貨，看著難得吃癟的琰王殿下，身心舒暢，坐回蕭朔腿上等親。

蕭朔看他高高興興閉著眼睛，靜坐良久，終歸將雲琅輕輕一攬，在唇畔落了個吻。

雲琅心滿意足，也在小王爺唇邊叨了一口，「對了，你為什麼還給我攢了一摞紙？我覺得裡面像是有字，昨晚太黑了，也沒來得及看。」

「……」蕭朔心底一沉，耳後熱了熱，「我將那摞紙給你了？」

「給了啊。」雲琅點頭，「我放書架上了，回頭看。」

下人送了新做的點心進來，蕭朔拿了一塊，陪雲少將軍吃夜宵，不著痕跡下定決心，臨走前定然要託付老主簿連夜將《雲公子夜探琰王府》的手稿銷毀乾淨。

雲琅還被他強塞了不少東西，吃著點心，想了想，「對了，還有你那個天天動手揍、夜夜抱著睡的寶貝枕頭，我摸著也像是繡了字，也沒來得及看。」雲琅好奇，「繡的什麼字？」

蕭朔：「……」

「針腳細密，我摸著還是王妃娘娘的手藝。」雲琅當時沒摸出來，此時懶得起身看，興致勃勃，「究竟繡的什麼啊？」

蕭朔：「戒酒。」

雲琅：「啊？」

蕭朔端起腿上的雲少將軍，在榻上放穩。沉穩起身，拿了繡著少將軍名字的枕頭和將少將軍綁在榻上打屁股的手稿，踉蹌出了書房。

小王爺腳下生風，匆匆出門，轉眼已徹底沒了蹤影。

雲琅披衣下地，在書房外找了一圈。聽守門的玄鐵衛再三保證過王爺已出了府門，才放心回去換過夜行衣，收拾妥當，趁夜色悄悄出了府門。

上元佳節愈近，汴梁城處處張燈，網起一片光芒海。

開封府日夜連軸忙碌，燒毀的街道坊市已修補齊整，沒了戰火的痕跡。新築的青條石磚牆，混著糯米漿砌得平整。磚窯請大相國寺主持，每一窯都燒得仔細精心，磚身細細刻了賑災平難的神符。

街頭重新紮了掛燈的鼇山，竹架紮得比前次更氣派、更宏偉，鼇柱也比前次更高。三萬盞燈圍成燈陣，一層層疊上去，花燈挑在外面，文燈清雅，熱燈耀目，走馬燈叫熱氣烘得飛轉，真真正正的火樹銀花。

雲琅揣著老主簿塞的點心，坐在房檐上看了陣燈，將最後一塊塞進嘴裡，拍了拍手起身。

商恪已接了刀疤送的信，一身夜行衣，停在他身後。

「真叫我猜對了？」雲琅笑了笑，「你會來，說明奉襄王命接觸龐甘不是你……是那個招來射雕手的天英？」

商恪點了點頭，將三枚報信煙火遞過去，「這是用來召集黃道使的煙火令，煙柱極高，凡能看到的，都要來煙下聚集。」

襄王帳下九個黃道使，按北斗星位取名，各司其職。有人隨襄王逃亡隱匿，有人散在下方州府，整頓殘餘力量、伺機以待。

留在京城的，算上商恪一共有三個人。

襄王警惕，黃道使之間也只靠簡訊聯絡，互不相見。如今時局比此前更亂，要再召集聯絡，也只剩了這煙火令一種手段。

雲琅道了謝，將煙花接過來，「我若用了，會不會牽累你？」

商恪搖搖頭，「每個黃道使手中的煙火令都一樣，時常混用。前些天襄王府事敗，一片混亂，不慎丟失了十幾枚這東西，如今已無處追查了。」

商恪要召集楊顯佑留下那些試霜堂的寒門子弟，這些天四處奔走，竟盯漏了天英手中的射雕手。他已知道雲琅與蕭朔在宮中的變故，神色慚愧，低聲道：「若再有失……誤事便也罷了，只怕防備不及，再傷了人。」

「若真到要緊處，雲大人可先放一枚煙火令，調虎離山，方便脫身。」商恪道：「縱然脫不得身，襄王府那些嘍囉見了此物，知道是黃道使駕臨，也不敢輕舉妄動。」

雲琅聽得明白，看看手中的三枚煙火，已猜出這「不慎丟失」的十幾枚煙火令大致去向，笑了笑，「商兄給了開封府幾個？」

商恪正要給他帶路先行，聞言腳步一停，神色頗局促，「雲大人。」

「商兄拳拳之心，我自然明白。」

雲琅不與他打趣，收了調侃神色，緩聲勸道：「君王天下事，總有了結的一天……等事都做完，生前身後，還要再尋歸處。」

「如何敢想這個？」商恪嘆了口氣，苦笑了下，「若當真……」

雲琅問：「當真什麼？」

「沒什麼。」商恪搖搖頭，「此事不提，雲大人，你今日銜琰王府大印去，可有萬全謀劃？」

雲琅並不開口，將煙火揣進懷裡。

商恪知他素來靠得住，點點頭，前面帶路，「這邊走。」

雲琅點到即止，半句不再多說，隨商恪進一條偏僻小徑，繞開了街上主路。

太師府在城東南，藏風聚氣，水入不出，難得的好風水。

兩人不走正門，掠過府牆，穩穩落在灑掃乾淨的青石地面上。

「天英三月前便已開始同太師府接觸，意在琰王府印。」商恪低聲道：「起初幾次，龐甘還義正辭嚴凜然怒斥，說寧死也要忠於皇上，絕不會做這些苟且勾連之事。」

雲琅啞然：「就只是怒斥？」

商恪點了點頭，「甚至不曾將襄王派的人轟出去……那時楊顯佑便判定，太師府與宮中，定然已經生了嫌隙。」

雲琅正要開口，神色微動閃進樹影，避開一隊經過的巡邏衛兵。

商恪站在原地不閃不避，那群衛兵正要戒備，有眼尖的認出來，不迭俯身恭敬行禮，「商大人，您今日怎麼來了？尚不到會面的時候。」

「有些事。」商恪道：「你們太師呢？」

「書房。」為首的衛兵拱手回稟：「昨夜宮中出了刺客，連皇上都傷了，太師也受了驚悸，正叫宮中來的太醫看脈。」

商恪神色平淡，「宮中？」

衛兵首領想起他的來處，心中一凜，忙道：「請襄王放心，並非是皇上的人！是太師在宮中的眼線，布了多年了……打聽打聽皇上情形，絕無他意。」

衛兵首領瞄了一眼商恪，小心道：「往日都是天英來傳信，今日如何換了大人？深夜來府上，可是有什麼急事？」

「昨夜事出倉促，未及提前通告，叫太師受了驚。」商恪道：「楊閣老吩咐，來探望賠禮。」

衛兵首領連道不敢，恭敬道：「襄王爺有意留手沒傷太師，太師心中清楚，如何不感懷？豈會不知好歹……」

園中清淨，兩人說話的聲音不高，假山樹影後卻也能聽得一清二楚。

雲琅聽著話音，皺了皺眉，心頭微沉。

他與蕭朔已預料到了龐太師會動搖立場，可看如今情形，豈止是動搖這麼簡單。能與商恪這般熟稔說話，只怕這太師府是已徹底擺明車馬轉投襄王了。

龐甘苦心經營這些年，手中積攢的官員把柄、朝堂門路何止凡幾。若這些都是落在襄王手裡，哪怕已毀了襄陽鐵騎，也要在朝中攪起一陣壓不住的血雨腥風。

商恪只在三月前隨大理寺卿來太師府，露過幾面。如今聽著衛兵話中透出的意思，心底也緊了緊，蹙緊眉，「我找太師有要事，勞煩帶路。」

衛兵首領不疑有他，在前面帶路，引著商恪去了書房。

書房亮著燈，隔著窗子，能看見裡面兩道模糊身影。

衛兵將商恪引到門口，客客氣氣拱手，「大人稍待，末將去通報。」

屋內有客，衛兵輕敲了兩下門，聽見裡面應聲，才將門輕輕推開，「太師，有客……」衛兵一怔，回頭看了看商恪，又看向面前紫衣人，「天英……天英大人？」

襄王這些日子的確越來越重視太師府，尤其叛軍事敗後，隔幾日便會有人來太師府送信。可黃道使中的天英與天沖兩位居然一同現身，從三個月前襄王使節登門到如今，還是頭一次。

商恪心頭徹底沉下來，神色不動，立在門外。

昨夜去宮中行刺皇上，悍然用出了襄王帳下僅有的一個射雕手，險些將雲琅與蕭朔置於險地的，便是眼前這個黃道使中的天英位。

他原本還存了些心思，想試一試能否不必雲琅動手，設法從太師龐甘手中將這一枚印唬出來。如今天英一現身，只怕已徹底沒了希望。

「天沖，破軍。」書房內，天英盯著他，臉上疤痕隱隱透出陰戾，「你不去做你的事，來這裡搶我的功勞？」

商恪立在門口，平靜道：「你幾時來的？」

「我日日在這裡，昨晚也在這裡，前天晚上也在這裡。」天英冷笑，「我就只在這裡盯著，盯這老匹夫什麼時候把大印交出來，或是這大印太要緊，再釣來些別的什麼人。」

龐甘坐在桌旁，臉色青白，眼底一片驚懼。

太醫只在宮中替太師府與皇后娘娘傳信，如何見過這等場面，不敢出聲，瑟縮在一旁。

「我不曾想到……第一個釣來的是你。」天英上下打量商恪，陰惻惻道：「你一同衛兵搭話，我的人就看見了，來報給了我。我特意比你早到一步，先來等等你，看你深夜鬼鬼祟祟前來，究竟有什麼盤算……」

「天英。」商恪看著他，「你擅自帶人入宮行刺，已犯了黃道使大忌，如今不可一錯再錯。」

天英嗤笑一聲，「輪不到你來教訓！」

「昨夜事雖不成，好歹也傷了他一箭，報到主上那裡，也是我的功勞！」

天英盯住商恪，「我至少敢動手，你這些年可幹明白了一件事？每每叫你殺個人，你便推三阻四，要麼便是什麼要成大事先顧百姓，得民心，不能濫殺無辜、不能與虎謀皮……你以為你是開封尹，坐在大堂上明鏡高懸？」

「論才氣膽識，開封尹勝我百倍。」商恪沉聲：「開封尹是楊閣老門生，也是同僚，不容你隨意詆毀。」

天英神色盡是嘲諷，不屑冷笑，手中毒刃反手一劃，停在太師頸間。

商恪蹙緊眉，上前一步，叫射在腳邊的一支毒箭生生逼停。

「盯著這大印的人越來越多，不能再放在太師府上。」天英道：「今日這老東西拿也要拿，不拿也要拿，若交不出琰王印，這太師府最多一把火就能燒了。」

天英手上施力，看著商恪，「大印是我的功勞，沒有你的份，你也不必癡心妄想。」

天英看了一眼龐甘，眼底透出凶色，「至於你……」

龐甘懾得面色慘白，心膽俱裂，「貴使手下留情！老夫這就交出來，還請貴使高抬貴手……」

天英冷冷盯著他，匕首不近不遠貼著太師頸間皮肉，同他走到書架前。

龐甘冷汗涔涔，哆嗦著伸出手，扳開書架上的一處擺件機關，露出其下的錦盒。

商恪盯著屋內情形，眼底光芒一緊。

天英盯得滴水不漏，他詐出大印的計劃無疑已落空。雲琅雖有計劃，卻還不知是何等具體詳情，是否能應對此時的變故。

天英位主凶盜，貪狼神出鬼沒。若這枚印真落到天英手中，再要尋覓，只怕不亞於大海撈針。

琰王府的大印，落在任何有心人手中，都能設法折騰出來無數後患。來日照著大理寺的手段故技重施，仿造出一封琰王通敵的手書，蓋上大印，秉公持正的開封府也難以斷案伸冤。

商恪攥了攥掌心冷汗，立在門前，看著龐甘取出大印，顫巍巍捧著遞進天英手中。

【第六章】

琰王府報案，丟了王妃與兩千八百八十八顆飛蝗石

雲琅來時曾應過，說已有了萬全之策。

商恪聽衛准提過數次，雲將軍向來靠得住，做事穩妥心思縝密。若雲琅在外面有計劃施為，他也該在內設法接應……

念頭未盡，窗外忽然一聲巨響。

「怎麼回事？」天英剛將印拿到手中，神色一戾，扭過頭凶狠看過去，正要出手，愣然立住。

浩浩蕩蕩、大小各異的白色石子，轟隆隆破窗而入，四散撒在地上。

石頭不稀罕，但凡手上有些暗器功夫，都用慣了飛蝗石。可人人出門也就只隨身帶上六七顆，頂天十來顆，用來當暗器襲人便已足夠。

眼前的陣勢實在過於駭人，天英對著滿地亂蹦的小石子愣怔一瞬，不及反應，視野忽然一暗。

電光石火，天英倏而抬頭，蹬蹬後退，沉重風勢已劈面追到眼前。

天英倉促抄了匕首防備，鋒銳毒刃劃破了外面裹著的布料，竟又是一陣攜了沉重內勁的飛蝗石雨。天英叫飛蝗石砸得睜不開眼，身上陣陣激痛，「什麼人！」

哪怕入宮行刺，他也從未遇見過這般憋屈的時候，死咬牙關，氣得暴跳如雷，「動手！給我抓住這個賣飛蝗石的！有重賞……」

話音未落，一道雪亮刀光卻已穿過石雨，朝他電閃一般狠狠掣過來。

最等閒的侍衛腰刀，來勢太快，生生擦出刺耳爆鳴。

天英頸間幾乎已叫厲風割出疼痛，抬起匕首格擋，雙手牢牢護住喉嚨致命處。

他忙於自保，手上力道不足，只覺右手忽然一輕。

天英心頭狠狠一涼，衝過那一刀彷彿仍未散的凌厲殺意，衝到窗前。

右手空空蕩蕩，剛到手的大印，竟就這樣叫人截了胡。

太師府亂成一團，有幾處已隱約見了火光。

天英一把推開破爛窗戶，風一樣捲進了窗外院中。

襄陽王府的死士自四下裡撲出來，闔府追捕私販飛蝗石的盜印賊。火把燈籠與白磷火石一併掀起刺眼亮光，將太師府整個照得通明，映出四面攢動的影子。

商恪立在門前，胸前背後叫夜幕裡的冷氣浸著，沉沉向下壓扯心神。

天英來要印，決不會不做萬全準備。

埋伏在太師府的人比宮中行刺只多不少，個個都是深藏在襄陽王府最精銳的刺客死士。天英位至寒至陰的凶盜貪狼，最清楚怎麼將人凶悍撕咬拉扯，吞淨骨頭不死不休。

府上被圍得水洩不通，插翅難逃。雲琅的計劃再周全，也只能到搶印這一步，無論如何也不能全身而退。

天英已追了出去，他此時出手相助，身分難免暴露。可一旦奪了印沒能走得及，雲琅落在天英的手裡，斷然保不住性命。

商恪眼底叫焦灼凜著，幾乎忍不住要上前時，肩上忽然叫力道微微一按，將他攔回原地。

一柄尋常的佩刀隨著追上來，橫在他頸前。

龐甘已叫方才情形駭得坐在了地上，此時愕然瞪圓了眼睛，定定看著挾持商恪的黑衣人。

雲琅挾持著商恪，朝他客客氣氣一笑，「老太師，別來無恙。」

龐甘臉色慘白，死盯著雲琅，嘴唇動了動，沒能說得出話。

「太師好謀劃。」雲琅閒閒道：「我原以為太師不過是騎在牆頭兩方觀望，原來早已腳踏兩條船，替自己將退路也謀好了。」

「雲琅！」龐甘眼底滲出恐懼，嘶聲道：「這是太師府，不是你的琰王殿。有襄王黃道使在此，你今日能否活著出去都不盡然，不要得意忘形……」

雲琅抬眸，朝窗外不緊不慢一拱手，「閣下可聽清了？」

龐甘眼底驟然縮緊，倏而轉頭，向窗外夜色死死望過去，「什麼人？」

「參知政事門下的學生，我請他來，替我見證老太師一顆耿耿報國忠心。」雲琅道：「如今該聽的都聽見了，該看的也都看了，正好回去幫我同參知政事稟報一聲。」

雲琅笑了笑，以手中腰刀挾持商恪，不緊不慢道：「就說太師為了皇上，實在用心良苦。不止費盡心思將自己的心腹太醫安插進了太醫院，還與襄王的黃道使虛與委蛇、苦心周旋，甚至不惜將最要緊的我們家大印給出去……」

雲琅抬起視線，落在龐甘身上，眼底薄薄一層冰冷笑意，「這龐家出來的監軍，定然極為可靠，最合適跟著我們去北疆打仗。」

龐甘臉色青了又白，冷汗順著額頭流下來，冒著喊殺搜捕聲撲到窗前，向外盡力看了看。

雲琅說的是反話，龐甘還不至於連這個也聽不明白。

朝局走到如今這一步，皇上眼中已徹底不再有半個信得過的人，太師府看似還有些盛寵，其實早成了無根之萍。

後宮選妃，皇后之位已開始動搖，兩個皇子竟也隱隱有被排擠出京的勢頭。如今太師府在文德殿內，縱然勉強能說上幾句，也早已不再有當初一言專擅的資格。

倘若當真有參知政事的人埋伏在府中，聽見了他與襄王的黃道使暗中交易，甚至給出大印，轉述稟奏給皇上……

龐甘臉色難看得要命，朝窗外拚命探出脖子看了一圈，沒能看見半條人影。

龐甘回身，死死盯住雲琅，眼底晦暗，「你詐老夫？」

「天地良心。」雲琅抬起空著的手，「我可與太師打賭。」

龐甘眼角微微抽動，仍兀自死撐著，「賭什麼？」

「就賭太師府上，當真有個參知政事的得意門生，正親眼看著太師，聽著太師所作勾當。」

雲琅照書房裡四下掃了一圈，慢慢道：「你們家房頂作證，若我贏了……」

「若你贏了。」龐甘終歸半分承不住這種可能，盯著雲琅從容神色，嗓子愈嘶啞：「你肯揭過今日之事，老夫也會退一步。」

「琰王私通刑部、暗換死囚，罪證還有一封手書。」

龐甘啞聲：「老夫可藉襄王奪印為由，將那封作證據的琰王手書也一併交給你。再去同皇上回，只說老夫的侄子突發重疾，難以隨軍……」

雲琅搖搖頭，「不賭。」

龐甘臉上蒼老的皮肉微微一跳，臉上徹底失了血色，勉強站直，「為何不賭？」

「手書給與不給，無傷大礙，原本我也是打算一把火燒了你這書房的。」雲琅不以為意，「如今你已親口承認與襄王有染，再有我捉了的這人作證據，一併送給參知政事，轉報給皇上。你那侄子還用突發重疾，才不能隨軍打仗？」

龐甘背後透出森森涼意，「那你究竟想要什麼？」

「也不算什麼大事。」雲琅道：「我二人出征路遠，顧不上朝堂，想往政事堂插個人，要靠太師周旋。」

「政事堂從屬參知政事。」龐甘啞聲：「雲大人既能調得動參知政事的人，此事只要去說一聲就夠了，何必來找老夫……」

他話音未落，已叫一顆飛蝗石疾射擦過耳畔。

石子冰冷，耳畔風聲剛過，已撩開一片火辣辣的尖銳刺痛。

龐甘無論如何想不到他竟還有飛蝗石，疼得幾乎站不穩，勉強扶了，心中只剩驚懼膽顫。

雲琅慢慢道：「太師是真糊塗，還是裝糊塗？」

龐甘再不敢多說半個字，咬緊牙關低頭。

如今朝中情形，參知政事在皇上面前也討不了多少好。如今既不是選官推舉、也非科舉取士，貿然帶了個新人到自己所轄府內，定然要引皇上懷疑。

可如果這人是他推薦的，在皇上眼中，便成了太師府煞費苦心，替皇上往政事堂安插眼線。

「雲大人。」龐甘立了半晌，盡力攢出些底氣，「樞密院式微，政事堂已成朝局核心。老夫若往政事堂薦了人，今後朝中一旦生出風波，便與老夫脫不開干係……」

雲琅好奇，「事到如今，莫非太師還想脫開干係？」

龐甘動了動嘴唇，正要說話，迎上雲琅視線，忽然狠狠打了個激靈。

他忽然明白了雲琅叫他往政事堂薦人的用意。

襄王派人與太師府接觸，不只是因為太師府有琰王這一顆要緊的大印，更因為太師府這些年在朝中周旋，手中捏了數不盡的把柄、理不完的牽扯。

若太師府這些暗力交給襄王，哪怕只交出部分，只要操控得當，也能在朝堂掀起一陣不弱於叛軍攻城的動盪風波。

可雲琅今日挾持著黃道使，不講道理悍然相挾，這樣隨口一句，竟就徹底封死了這一種可能。

這一個人薦上去，今後政事堂便有了太師府的人。

襄王要為禍朝堂，暗中攪弄風波，太師府不止不能相助，還要盡全力攔阻，設法穩定朝局。否則在皇上看來，今日之事只怕仍難逃通敵干係。

龐甘喉嚨動了動，攥著掌心冷汗，悄悄瞄著窗外。

雲遮月色，通明燈火裡，襄王這些號稱精銳死士仍在拚命巡捕失蹤的匪類，竟無一人發覺這盜印賊自窗子出去繞了一圈，又神不知鬼不覺地回了書房。

只是府中無論如何搜不到人，書房處再燈下黑，也已有人慢慢搜了過來。

龐甘死死壓住心頭恐懼，瞄著窗外動靜，暗暗盼著天英儘快帶人搜到此處。

他若能及時示警，襄王人多勢眾，未必不能將雲琅留在這裡。

那個不知真假虛實的所謂「參知政事門生」，縱然真有這麼一個人在府上，這般鋪天蓋地搜捕之下，也難免要被揪出來。

總比從此將太師府交出去，叫人任意擺弄操縱得好。

龐甘心底飛快盤算抉擇，瞧了瞧，作勢低頭，「是、是，老夫這就寫保舉信。勞煩雲將軍來看一眼，是否合心意。」

雲琅抬眸，抵在商恪頸間的刀稍側了側，看著龐甘揮毫動筆，劫持著商恪一步步走過去。

往朝堂之中塞個把人，是太師府用慣了的手段，不比吃飯喝水更難。龐甘幾乎不用腹稿，筆下不停，一封薦書已順暢寫下來。

雲琅站在桌邊，看著他寫完最後一個字，擱筆吹墨。

龐甘低聲道：「薦書雖已寫好，卻還要用上太師府印，才能有用……雲大人高抬貴手，容老夫去拿。」

雲琅不置可否，側了側身。

龐甘深深吸了口氣，垂著眼皮，朝書架走過去。

他走得極慢，每一步都像是心事重重，慢吞吞走到窗邊，不著痕跡回頭看了看。

雲琅單手挾持著商恪，細軟織錦裹著的大印隨意放在桌上，空出的手拿著那張薦書，正從頭至尾細看。

龐甘眼底忽然豁出狠色，一頭撲過去，嘶聲開口：「盜印人在書房，快來！」

他喊出這一聲，立即撲倒在窗下，任憑毒針暗器雨打一樣自窗外鋪天蓋地追進來。

天英追著毒針暗器，飄進窗戶，一雙眼睛牢牢盯住挾持商恪的雲琅，凶色從視線裡滲出來。

雲琅手中佩刀鋪開雪亮刀光，密不透風護住全身，將暗器叮叮噹噹盡數擊落。

他終於看完了那一封薦書，刀身一轉挾回商恪，頷首抬眸，「不錯，請太師用印。」

「雲琅！」龐甘毫不在意此前狼狽，手腳並用爬起來，冷聲大笑，「你瘋了？你以為這般情形，你還能逃得出去？」

龐甘終於狠狠翻了一盤，一吐胸中惡氣，得意諷嘲：「無非緩兵之計罷了！還請我用印？做你的春秋大夢……」

雲琅嘆了口氣，看看那封薦書，點了下頭，「好。」

龐甘頓住，看他神色，皺了皺眉。

雲琅解開那顆被細軟織錦牢牢包裹著的大印，拿起來呵了口氣，沾些朱砂印泥，在薦書落款處仔細按實。

龐甘盯著他的動作，笑容突然凍在臉上。

天英忽然想透，看向龐甘，眼底一片駭人凶戾，「你拿假印來糊弄我？」

「也不算假。」雲琅好心解釋：「龐太師只是布了個疑陣，將自己太師府的大印放在了看著隱蔽的地方。若受了威脅，便拿織錦裹了交出去，趁機周旋。」

雲琅人不走空，挾著商恪過去，拾起拿來砸天英的包袱皮，將太師府如假包換的大印扔在裡頭，又將書房案前放印的木盒打開。

燈下黑，越是最容易看見的地方，越最不容易引人注意。

不知多少人來太師府找過這東西，光天英一個人，便已盯了不知多少日。

任誰打死也想不到，無數人盯著的這一枚琰王府大印，竟神不知鬼不覺與太師府的印鑑交換，始終就放在了太師府的桌案上。

天英看著他動作，眼中透出陰沉狠厲，「你如何會發現？」

「我自然能發現。」雲琅點點頭道：「我一入手就知道，大小分量雖然差不多，紋路、稜角卻都不對。」

龐甘苦心設了這一場局，自以為沒人會發現，卻不想被雲琅輕易戳破，臉色煞白，「不可能……你為何連這個也知道？」

雲琅道：「因為琰王府這一枚印，是我親手刻的。」

龐甘愕然抬頭，看著雲琅。

天英嗤笑出聲，「荒謬！」

襄王府自有這一枚印的描述。

天英看著雲琅，冷嘲道：「宮中大印皆有規矩，你當我不清楚？琰王府印是一枚羊脂白玉，上刻『浩蕩百川』篆字，明月雲紋，右角一處裂痕，內滲赤紅朱砂……」

雲琅道：「那不是朱砂。」

天英皺緊眉，「那是什麼？」

雲琅抬手，壓了下胸口叫寒意螫得微滯的傷處，並不作答，凝神運氣。

今日來太師府，本就不可能從容脫身。

雲琅早做好了涉險的準備，不論哪一種辦法，只怕都要結結實實打一場。

商恪不便出手，過會兒打昏了塞在桌子底下，大概也不至於牽連。

天英手下的都是刺客死士，最善暗殺，外面的夜色是天然掩護。老龐甘這一喊，將人都召到書房，反而幫了他的大忙。

雲琅將兩枚印鑑揣好，正要運力，察覺到商恪動靜，將他牢牢一按。

商恪蹙緊眉，與他對視一眼。

雲琅神色仍平靜，微微搖了下頭。

商恪已打定了主意要冒險出手，不論雲琅反應，手臂灌力要震開雲琅挾持，腰後大穴卻忽然一麻，力氣潮水般退去。

商恪看著雲琅，眼底飆出凜冽急色。

雲琅不理他，靜闔了下眼，凝神將內力游走周天，屏住一口丹田氣不散。正要先下手為強，忽然聽見窗外又起一陣嘈雜聲。

天英神色一厲，「什麼人？」

「太師！」衛兵跌跌撞撞跑進來，灰頭土臉，撲跪在地上，「是開封府的衙役，說開封尹接王府報案，丟了王妃與兩千八百八十八顆飛蝗石，找得很急。」

衛兵乾嚥了下，「恰好被路人看見，有人扛著好大一個包袱進了太師府，還有畫師描影畫了形。人證俱在，開封府一定要進來搜查，我等阻攔不住，已被他們進來了。」

商恪：「……」

雲琅：「……」

「荒唐！」天英咬牙怒喝：「去同他們說，此處沒人看見，叫他們自去別處搜……」

話音未落，開封尹衛准已叫衙役開路，推開了書房的門。

琰王身為報案苦主，隨開封尹指認，一併進了太師府書房，低了頭，靜看著滿地咕嚕嚕亂滾的飛蝗石。

「人贓俱在。」開封尹道：「何人帶來的這些飛蝗石？」

雲琅舉報商恪，「他。」

衛准：「……」

衛准同這些人混在一處，什麼荒唐事也做過了，閉了閉眼，橫下心豁出去，「……拿了。」

「主犯人贓俱獲，拿回開封府收押。餘者知情不報，隱瞞包庇，按律收監候審。」

衛准帶了枷鎖鐐銬，親手將商恪扣住，交給衙役，「琰王殿下？」

蕭朔同衛准頷首作謝，叫身後親兵收拾了滿地的贓物飛蝗石，過去將不慎丟失的王妃扛在肩上，出了太師府的書房。

開封尹，轄京城民政，主持獄訟、捕除寇盜。

鐵面無私，明鏡高懸。

龐甘一時生生愣住，眼睜睜瞪著眼前情形，直到蕭朔出門，尚沒能回得過神。

按本朝律法，凡人證物證俱在的，即為鐵案。

開封府辦案，不論府第門戶、權位高低，一律任意出入搜查。

前朝有國公的兒子當街打殺百姓，回府不過半個時辰，開封府上門拿人下獄，審理定罪，從頭至尾不曾有過稟奏請旨。

琰王報案，路人佐證，開封尹上門搜查拿人……處處荒唐至極，卻偏偏有法可依，竟尋不到半分錯處。

到這一步，狀況幾乎已有些詭譎。

龐甘心思全在叫雲琅順走的那兩方印上，顧不得擺太師的官威壓人，上前低聲：「衛大人，方才琰王帶走的人身上，還藏著老夫的東西……」

「開封府收理後，自會妥善搜身，查明始末緣由。」衛准道：「若有太師府之物，查實非贈予買賣，而是偷盜搶奪所得，會令衙役上門交還。」

龐甘如何敢讓他查始末，臉色一陣青一陣白，勉強陪笑，「衛大人想到哪裡去了……如何會是搶奪偷盜？只是老夫此前借了琰王府的印，今日與太師府大印一併拿出來，給雲將軍品鑑賞看。」

龐甘身居高位，已多年不曾這般小心逢迎。偏偏致命死穴叫雲琅拿捏著，只得硬著頭皮，不傻裝傻，「方才琰王將雲將軍……尋回，走得有些倉促，大抵是雲將軍一時疏忽，忘了將太師府那一枚印歸還老夫。」

「奇了。」衛准尚未開口，身旁開封府通判先出聲道：「官員印鑑竟也能借來賞玩，還能任意借用。」

「太師連琰王府的大印都能借用，果然交遊甚廣，神通廣大。」通判看向龐甘，視線冷淡鋒利，「下官想看看皇后娘娘的鳳印，不知老太師可否幫忙借出來，容下官一觀？」

龐甘額間冒汗，心頭倏而一寒，不敢再多說半個字，牢牢閉上嘴。

通判職權只在開封尹之下，與府尹彼此制約，還多了一項面君直諫之權，並不打怵這一位位高權重的太師。

掃他一眼，命人將書房情形據實詳盡記下。

記錄妥當，通判看了一眼衛准，見他沒有異議，便朝身後衙役揮了下手。

開封府上下祖傳六親不認，衙役冷了一張木頭臉，將主犯與贓物押走，又去拿知情不報的包庇同罪者。

天英立在窗邊，眼看鐵鐐手銬竟鎖到了自己眼前，不由大怒：「衛准，你敢！」

衛准斂袖立在門前，聞聲看過去，「閣下認得本官？」

天英已叫惱意衝沒了頭頂，幾乎要出言喝罵，被龐甘伸手扯住。

「在人前。」龐甘迎上天英擇人而噬的凶戾注視，心底一慌，倉促避開視線，悄聲懇求：「老夫嫡女外孫尚在宮中，刀俎魚肉，大人……稍微避嫌……」

天英叫他扯著，深吸口氣，盡力壓下惱火。

開封尹出身試霜堂，受楊顯佑栽培之恩，是天輔文曲的門生，按理不該在這時添亂插手。偏偏這個衛准性情剛硬，不知變通。平日裡便不甚配合，如今天輔不在，更無人能約束他。不止太師府要避嫌，黃道使尚在隱匿，又剛在宮中那一場行刺裡大傷元氣，必須休養生息。官府難纏，一旦招惹，再不得寧日。

天英腕上一沉，已被上了鐐銬，盯著眼前這一群油鹽不進的鐵秤砣，咬了牙，冷聲道：「……不認得。」

「大人走大人的陽關道，我走我的獨木橋，豈會認得？」天英盯著開封尹，陰沉沉寒聲道：「今日之事，在下記了。」

衛准平靜掃他一眼，不以為意，叫人將天英帶出太師府書房，又同龐甘一拱手。

「此事所涉頗大，開封府急案急辦，冒犯太師。」衛准道：「還望大人恕罪。」

龐甘看著他，口中含混應著客套，心底駭然。

開封尹向來對朝中百官不假辭色，今日忽然學會了客套，進退有度起來，竟反而比昔日更叫人心驚。

一柄寧折不彎的生鐵冷劍，尚可設法攔腰折斷，若這把劍又學會了斂鋒藏刃順勢周旋，便已堪稱可怕。

更可怕的……是如今這把劍，分明顯然已全不握在襄王手中了。

龐甘眼睜睜看著開封府眾人出門，看著眼前一片狼藉。站了一陣，又一步步挪到書架前，看了看已不再裝著大印的空錦盒。

琰王印，白玉雲紋，刻浩蕩百川，取的是前人名詞「浩蕩百川流」一句。

浩蕩百川流，浩蕩百川流。

鯨飲未吞海，劍氣已橫秋。

昔日文德殿中，群臣議琰王封賞印鑑。龐甘曾冷眼看著內殿送出這一頁染了血的紙，他那時只覺可笑，全然不曾放在心上。

當年是他們這些人一手造出的端王府血案，相關的人死的死、散的散。炙手可熱的權力一步步被拿在手裡，偶爾回頭時，心中也一閃念發虛，擔心來日敗露、擔心被人復仇、擔心蒼天有眼報應不爽。

可事做得越來越多、越來越狠，那些心虛也越來越消弭淡化，連入夢也不再有了。

後來留下的困於高牆深府，遠逃的遁入山野荒川，看似諸事已定。

誰也不曾想到，這諸業諸孽，竟還都會返還回來。

龐甘勉強撐著書架站立，看著窗外枯白寒月。

屋內有隔風暖牆，他站在原地，冷意卻順著脊梁骨纏上來，心中一分分徹底寒透。

宿命難逃。

宮中逐利，襄王求權，太師府保皇后與兩個嫡出皇子，竟還要摻一腳沒影子的爭儲。

這些從死地裡蹚出來的對手，卻分明個個無所顧忌無所求，不論規矩、不講章法。

凡事都能拋捨，諸般皆無禁忌。

寧肯將自己淬成一柄寒泉劍，只為親手將他們盡數誅滅了。

❖

琰王府內，月色清皎。

雲琅被琰王殿下扛回榻上，看著一地得而復失而復得的飛蝗石，心情有些複雜，喃喃道：「宿命難逃……」

命中有石。

躲不開，逃不掉。

蕭朔看著他，並不搭話，倒了一盞參茶遞過去。

雲琅接過，抿了一口，到底琢磨不透蕭小王爺這個甚野的路子，「你到底是怎麼想到報官的？開封尹竟也陪著你演，你是給他吃了什麼藥？」

「不然如何？」蕭朔道：「你不准我燒太師府的鋪子。我若硬燒，你又要說我叛逆，去買《教子經》。」

雲琅膝處一痛，伸手揉了揉。

蕭小王爺記仇的本事，當真前不見古人、後不見來者。

雲琅念天地之悠悠，滿腔感慨，喝了口參茶，「小王爺，是我做的每一件事，你都要這般日日記著，念叨個沒完嗎？」

蕭朔拿過雲琅懷裡的包袱，擱在榻邊，「我能知道的事，自然會記得。」

雲琅一怔，竟隱約覺得他這句話裡仍有話，抬頭看了看蕭朔。

蕭朔神色平靜，轉開話頭：「我不曾給開封尹吃藥。」

「我點兵回來，將諸事安置妥當，只等明日出征，回府見你已去了太師府。」蕭朔道：「我按你所說，在太師府外暗中布置車馬，卻無意撞破了潛行的襄王死士。」

「多虧你撞破。」雲琅扯扯嘴角，「你是如何說動開封尹的？」

蕭朔道：「我對他說，商恪有傷，又兼心事鬱結氣血瘀滯，有性命之憂，今夜卻被你一併拐去了太師府涉險。」

雲琅：「啊？」

「開封尹聽罷，呆坐一刻，忽然衝進通判房內，將通判死命搖醒。」蕭朔道：「我也才知道，開封府雖然秉公執法，編出一個全然合律法又不講道理的案子，竟也只要一炷香的工夫。」

雲琅一時竟不知該質問哪一句，按著胸口，稍覺欣慰，「你還知道不講理……」

「我講理做什麼？」蕭朔平靜道：「道理無用，我要的是你。」

雲琅今夜總覺他話中有話，聽見這一句，更不知該如何接，蹙了蹙眉抬頭。

蕭朔靜了一刻，伸手解開包袱，拿出那一枚琰王府印，遞在雲琅面前。

「給我做什麼？」雲琅愣了半晌，把印推回去，笑了下，「拿去收好，省得回頭再丟。若叫天英給設法偷了，就沒今日這麼好找了。」

「琰王印。」蕭朔道：「浩蕩百川。」

雲琅話頭一頓，身側的手微微攥了下。

「這枚印送來時，右角便有一處裂痕。」蕭朔垂眸，將印放在一旁，「先帝同我說，是玉質天然有裂，太過細微，刻時未曾發覺，沾了印泥才滲出裂痕……只這一枚，叫我將就著用。」

雲琅就知道他多半聽見了這幾句，攥了攥拳，低聲道：「先帝好生小氣……」

蕭朔問：「疼嗎？」

雲琅眼底倏而一顫，靜坐良久，側過頭笑了笑。

放在以前，他絕不會承認這個。

哪怕是當初叫景王提起了先皇后，參知政事還了玉麒麟，蕭朔再設法問，也總要插科打諢糊弄過去。

朝堂權謀紛爭，步步皆是有形刀劍，蕭朔不容分說，已攔在了他身前。

無形的、往心上割的刀子，但凡他能擋上一擋，便分毫不想叫蕭小王爺受。

雲琅坐在榻上，看著地上的飛蝗石、飛蝗石與飛蝗石，沒繃住樂了下，閉了閉眼睛。

當年。

當年端王歿後，蕭朔受封琰王。

雲琅困在文德殿裡養傷，不由分說，硬搶了刻琰王府大印的差事。

他其實不會刻什麼印，憑著手上練暗器磨出的功夫準頭，臨時抱佛腳，埋頭學了幾日。

說印是他刻的，其實大頭也都是將作監玉雕匠人的功勞。

雲琅只下手刻了那四個字，還不慎刻壞了幾回。玉印尺寸不能改動，無法修平重來，備用的羊脂白玉糟蹋到只剩一塊，終於出了一方成品。

那些天裡，雲琅一個人坐在榻上，對著一方印，不眠不休刻了整整三日，刻出最後一個「川」字。雲琅將紙遞出去，同先帝交代這四個字的出處時，寫了「鯨飲未吞海，劍氣已橫秋」，以表曠達豪邁、吞吐風雲之意。

可這一首詞按聲韻詞律，其實本不該這麼斷，浩蕩百川該是前一句的收尾。

原本完整的那一句，雲琅寫了數次，終歸作廢，付之一炬。

蕭朔慢慢道：「喚起一天明月，照我滿懷冰雪。」

雲琅想要笑笑，終歸無以為繼，抵著胸口隱痛處低低呼了口氣。

喚起一天明月，照我滿懷冰雪，浩蕩百川流。

你該見我胸中冰雪。

你該知我……不辭冰雪。

不辭冰雪，敢熱君心。

六年前，少年雲琅坐在榻上，對著那一方終於刻好的白玉印，生生嗆出心頭血，一頭栽倒。

白玉印磕在地上，撞裂了條縫，浸在血裡，被他恍惚著抱緊，死死抱在胸口。

蕭朔坐在他身前，身影隔住燭火，一動不動，靜覆在雲琅身上。

雲琅闔著眼，低聲抱怨：「疼。」

蕭朔俯身，慢慢吻雲琅的眉宇。

少將軍學會了說疼，肩背反倒繃得比平日更緊。

蕭朔伸出手，抱著雲琅，放緩力道將他平放在榻上。

雲琅躺下，睜開眼睛看著蕭朔。

蕭朔將手覆在他心口，透過衣料，察覺出夜露浸出的涼意。

即便屋裡已備了暖爐暖榻，榻上也密密實實墊著深絨厚裘，雲琅躺在他的掌下，身上依然涼得暖和不過來。

像在文德殿的榻下，浸在血裡的那一塊羊脂白玉印。

玉與血本不相合，深宮內那一枚玉璽沾了多少人的血，仍剔透潤澤，看不出半點腥風血雨、劍影刀光。

一方印生生滲出血痕，雲琅一個人在冰冷榻下昏著，不知躺了多久。

或許昏到先帝先後回來，或許昏到了老太傅來探望。

或許就昏在榻下，所有人都忙著替朝堂之事善後，焦頭爛額，各方奔波，無暇再回內殿。

一直到被少侯爺強行摒退的太醫們終於再坐不住，憂心忡忡懸心吊膽，壯著膽子推開殿門。

雲琅靜躺著，迎上蕭朔眼底光影。

他猜得到蕭朔在想什麼，小王爺向來聰明，腦子又快，放任這樣想下去，要不了多久就能猜得到最接近真相的可能。

他肯疼，卻不是為了這個。

雲琅抬手，去握蕭朔袍袖，想要打斷他的念頭。才握住蕭朔袍服的布料，微涼微燙的柔軟碰觸也逐著那隻手的去向，棲落在冷得青白的指節間。

雲琅呼吸微滯，胸肩輕輕一悸。

蕭朔垂眸，細細吻著他的指節，觸碰過每一道早全然癒合、淡得徹底看不見了的，被刻刀劃出的細小傷口。

親吻覆落的溫熱同微涼氣流攪在一處，繞指盤桓，將熱意一點點傳過來，沿每一個指節向上。掌心的薄薄劍繭，鋒利瘦削的腕骨，微微搏動著的、筋骨下盤著的血脈。

雲琅側了側頭，不知來由的熱意悄然自胸底炙烤起來，難耐地屈了下手指。

蕭朔察覺，稍稍向後撤開，靜深目光落在雲琅的眼睛裡。

雲琅：「蕭朔。」

雲少將軍的嗓音比平時啞，又像是灼著某種不易覺察的微微熱度。冰涼指腹與掌心貼在他腕間，稍稍施力，略一猶豫，又慢慢放開。

放到一半，蕭朔忽然伸手，將他整個抱起來。

雲琅被攬進勁韌胸口，裹在覆落的融融暖意裡，打了個顫，微微一怔，「怎……」

蕭朔單手俐落解了衣物，一隻手牢牢護在雲琅背後，將他整個焐在懷間，一併躺下。

近於激烈的心跳無聲應和，怦怦撞在胸膛上，撞在另一處胸口，激起一般無二的應和。

雲琅呼吸微促，肩背腰身反倒一點點放鬆，緊繃著的線條軟化下來，落進蕭朔襟懷胸肩。

「我會守著，一直守著。」蕭朔收攏手臂，嗓音暗啞：「不會再丟。」

雲琅熬過胸口那一陣尖銳痛楚，扯扯嘴角，又扯了扯小王爺的嘴角，「一直守著像什麼話。」

出征在即，明日點將發兵，他的先鋒官要披掛帶前鋒軍，不該在這時候英雄氣短。

雲琅反抱住他，在蕭朔背後慢慢順撫，身上手心一點點暖和起來，「都過去了，你我不是好好的？如今……」

他話說到一半，心念微動，忽然抬手將蕭朔用力向下一護。

蕭朔反應竟比他更快些，將雲琅牢牢護進懷間，順勢翻了個身，握了雲琅右腕，扣動他腕間袖箭機簧。

一排泛著精鐵寒光的短弩擦著榻沿，齊刷刷狠狠扎在地上。

袖箭破窗而出，窗外悶哼一聲，緊隨著便傳來了玄鐵衛的圍捕聲。

雲琅心中一凜，披衣便要起身，才一動，卻叫蕭朔攔回懷間。

「府上應對刺客，如今已能自主。」蕭朔道：「你我要去北疆，叫他們自己應對一次，免得來日慌亂。」

「別的刺客也就罷了，這一撥怕不好對付，我還是去看看。」雲琅總歸不放心，低聲道：「老龐甘早沒了這個血性，開封尹將天英鎖了，他那群手下只怕是兵分兩路，一路去開封府劫牢、一路衝咱們來了。」

玄鐵衛固然訓練有素，對付刺客也已熟得不能再熟。可要對上襄王手下千挑萬選的頂尖刺客死士，只怕還不是對手。

雲琅想著書房外那個小花園的好景致，心疼得忍不住倒吸口氣，咬了咬牙。

這一架既然早晚要打，還不如在太師府打完，省得將人引回府來，平白糟蹋東西。

雲琅挽了袖口，正準備出去助玄鐵衛一臂之力，卻又叫蕭朔攔回了榻上。

「怎麼了？」雲琅皺了眉，低聲道：「你不要太小看他們，這些人身法詭異奇特，最擅縱躍騰挪，一旦叫他們往上走，我應對起來都有些吃力。」

雲琅去太師府搶印，已在房頂上同這些人周旋過一次，都險些吃了這詭異身法的虧，「玄鐵衛不熟這個，難免要落下風……」

「不妨事。」蕭朔道：「府上做過些準備。」

雲琅一愣，「什麼準備，我怎麼不知道？」

蕭朔靜了片刻，將雲少將軍伸手抱回榻上，遮了眼睛。

雲琅：「啊？」

但凡凶險，兩人都想替對方一肩擔著，彼此有瞞著的事，撞上時心虛些，原本也是難免的。

只是……今日的蕭小王爺，未免已心虛過了頭。

雲琅隱約猜出定然有事不對，叫蕭朔遮著視線，凝神聽外面情形，暗暗運力右手，在蕭朔背後穴位上不輕不重一按。

蕭朔肩臂一麻，力道不自控地懈下來，蹙緊眉，「雲琅……」

雲琅撐起身，正要說話，外面忽然傳來一聲尖銳呼哨。

人影紛紛拔地而起，直奔房頂。

殿簷錯落，處處都可隱匿，這些人一旦上了房頂，便要比在地上難對付百倍。

雲琅面色微沉，顧不上哄手麻的蕭小王爺，便要出去幫忙。

蕭朔叫他按了穴道，攔之不及，眼看雲琅披衣起身，將窗子俐落推開，

窗外府中，刺客個個身法詭異奇絕，已輕而易舉甩脫了玄鐵衛，躍上房頂。

躍上房頂，被一張碩大的捕兔網迎頭直落，結結實實罩了下來。

玄鐵衛蓄勢以待，齊刷刷撲上來，將刺客掀翻在地，捆得結結實實。

雲琅：「……」

「小王爺。」雲琅眼看那張大到喪心病狂的網，心情一時很是幽微難言，「我能問問，你做這張網，一開始是準備拿來網什麼的嗎？」

蕭朔靜了片刻，將少將軍從暖榻上抱起來，拿披風細細裹了，抱進內室。

「晚了。」雲琅叫他氣樂了，任由蕭朔抱著，按了胸口痛心疾首，「洛陽親友如相問，一片冰心在破網。」

蕭朔：「……」

「醉裡挑燈看網。」雲琅：「夢迴吹網連營。」

蕭朔：「……」

雲琅雖說慣了高來高去，也無非只是著急時容易上房些、害羞時容易上房些、氣急敗壞時容易上房些……無論如何想不明白怎麼就值得小王爺煞費苦心，往房頂上藏一張這麼大的網。

雲琅越想越想不通，質問道：「你整日裡忙到腳不沾地，幾時竟還有工夫弄這個？弄這個出來做什麼用？」

「沒什麼。」蕭朔靜了片刻，輕聲道：「只是……」

雲琅：「只是什麼？」

「只是月黑風高，靜夜良辰。」蕭朔垂眸，「想被你輕薄。」

雲琅一愣，到了嘴邊的話沒能說出來，目光落在蕭小王爺身上。

輕薄的事一般都是他張羅，蕭朔素來克制隱忍，雖也配合，卻總顯得不是很行。

雲琅有時甚至隱隱懷疑，蕭小王爺是不是當真對那種事全然不感興趣。

如今看來……分明是動心忍性，已忍得增益其所不能了。

雲琅坐了一陣，氣消去大半，繞回來看著蕭朔。

平日裡越是看著嚴肅淡漠、凜然不可侵的，一板一眼說起這種話，越有種莫名冷清勾人的意思。蕭小王爺嗓音低緩，視線落在他身上，逐字慢慢說出這一句。

人在月下榻前。

……幾乎能叫人忘得差不多，這人剛竟還打算著拿一張網把他從房頂上扣下來。

雲琅一時受眼前情形所惑，沒能撐得住氣，咳了咳，硬著頭皮道：「我也不是次次輕薄你，都會把自己輕薄得羞到上房……」

「地下的路障、絆馬索、陷坑也在做。」蕭朔道：「還需些時日。」

雲琅：「……」

雲琅：「啊？」

蕭朔素來實事求是，不覺得這一句有什麼不對，摸了摸雲琅的髮頂，起身道：「我去看看外面情形。」

雲琅坐在榻前，叫他掌心溫溫落在頭頂，看著蕭朔神色，心底卻忽然一牽。

蕭朔叫他扯住，順力道停下，半跪回榻前，「要什麼？」

「去看什麼？」雲琅道：「你我……」

雲琅耳後一熱，咳了一聲，「要去北疆……叫他們自己應對，免得來日慌亂。」

蕭朔叫他拿自己的話還了回來，怔了下，沒說話。

雲琅深吸口氣，咬咬牙根，「這事你惦記了多久了？」

蕭朔看著雲少將軍的架式，有些啞然，搖了搖頭，「沒有多久。」

他抬手覆住雲琅頸後，放緩力道揉了揉，慢慢道：「我只是隨口一說，你不必多想。今日晚了，你先休息。」

雲琅叫他攏著，舊傷牽著微微一疼，扯了下嘴角。

小王爺……也學會說謊了。

雲琅呼了口氣，將他按住，「小王爺，你知我那時昏過去前不甘心，一定要將印抱在胸口，是為了什麼？」

蕭朔蹙眉，抬眸看他。

「沒胡鬧，正經同你說話。」雲琅催促：「快問我，為了什麼？」

蕭朔心底沉澀悶絞，面上不顯，輕聲問：「為了什麼？」

「那時沒開情竅，一知半解，只知其然不知所以然。」雲琅一本正經道：「可其中的指導思想……如今看來，卻大致不差。」雲琅莫測高深，「附耳過來。」

蕭朔縱著他，點了點頭，配合垂眸傾身。

雲琅探身，親了親蕭小王爺的耳廓，慢吞吞磨蹭了兩下，忽然一咬。

蕭朔不及防備，眸底無聲一深，牢牢壓了，啞聲：「雲……」

雲琅扯著蕭朔，他原本也素來說不出這等話，總覺得狎昵過了頭。今日叫那鋪天蓋地的大網一激，再忍不住，深深吸了口氣。

「小王爺。」雲琅已然徹底暖和過來，熱乎乎靠在他臂間，心跳微促，含糊低聲：「你知道印鑑這東西……是拿來幹什麼的嗎？」

蕭朔靜了須臾，胸口叫奇異熱度狠狠一撞，抬眸看著雲琅。

雲琅臉上已灼得滾熱，深吸一口氣，伸手在榻下拾起兩枚飛蝗石，在手裡慢慢攥了攥。

「給我蓋個章……」雲琅輕聲：「小王爺，你比印穩妥。」

蕭朔半跪在榻前，聽著他慢慢說完這一句話，火花劈啪點過脊柱。

熱意呼嘯，自肺腑滾沸上來，激起直透心胸的火燙熾烈。

雲琅胸口起伏，耳後滾熱，眼神比他更亮。

蕭朔啞聲道：「明日出征，淺嘗輒止。」

雲琅笑笑，「好。」

「你若不適，隨時同我說。」蕭朔：「不准強忍，你如今心脈暗傷，仍需調養。」

雲琅：「好。」

蕭朔靜了片刻，握住雲琅一隻手，闔眼，「若疼了……」

「我便大聲哭著給你咬一排牙印，跳上房頂轉三圈再踩著絆馬索跳進陷坑裡把自己埋了。」雲琅犯愁，「小王爺，人家話本上都是被蓋章的那個約法三章，你究竟行不……」

話未說完，蕭朔已將他結結實實扣在榻上，燭火落在漆黑眸底，劈啪一跳。

雲琅手中飛蝗石射出，熄了兩盞燭燈，如水黑暗沁下來。

蕭朔抬手，扯了床幔束繩。

月色發燙。

窗外透進新雪的涼潤氣息，在夜色裡沁成微溫水氣，屋內像是漸漸燒起來。

北疆風凜，過千溝萬壑，過重巒疊嶂，不遠千里趁月色歸鄉，融進靜待的山高水長。

融成一片霧濛濛的煙雨水色。

撲頭撲面，漫地漫天。

蕭朔從漫地漫天的煙雨裡脫身，看了看緊閉著眼睛、一動不動的人，輕輕碰了下雲琅。

雲琅有骨氣，悶哼一聲，仍直挺挺躺在榻上。

既沒破窗上房也沒奪門而出，咬著牙一聲不吭，不比景王做的木頭人軟上多少。

蕭朔收手輕聲，「還是不舒服？」

「做你的。」雲琅咬緊牙關，盡力擠出半句話：「我沒……」

「不疼。」蕭朔攏著他，吻了吻雲琅額頭。

他胸口燙，灼著心神，嗓音也不同往日地沙啞下來：「不做那些……不疼。」

雲琅使了全力，在蕭朔手中勉強逼著自己放鬆下來。

電光破開靜謐暗色，眼前茫然，只剩一片寧靜空蕩。

像是水牢中冰水沒頂時的白芒，又像暗牢裡彷彿永恆的死寂。

雲琅咬緊下唇，摸索著攥住被子布料，在掌心攥緊。

蕭朔幾乎以為是圖冊上的內容出了差錯疏漏，他也是第一次，心中實在沒底，按圖索了幾處，看著雲琅的反應，慢慢蹙起眉。

雲琅的反應……太煎熬了些。

心底沸湧著的渴望是離得更近些，再無阻隔，坦誠相待。可少將軍的情形，卻分明差出了十萬八千里。

蕭朔停下，「雲琅。」

雲琅微微一激靈，察覺到自己不自覺繃緊，又要盡力放鬆。

「不急……」蕭朔攬著他，輕聲道：「別怕。」

雲琅在骨子裡打了個顫，睜開眼睛。

「我在。」蕭朔吻他的眉宇，吻過眉睫，護著雲琅眼底的隱約水光，「怕的話，就抱著我。」

雲琅氣息微蹙，側了側頭，努力想朝他笑笑，「無妨，我……」

蕭朔拿過隨身帶著的玉瓶，倒出一顆護持心脈的玉露丹，餵到他唇邊。

雲琅停了下，蹙了蹙眉，眼底掀起一點自己都不曾察覺的煩躁。

他閉上眼，低聲道：「沒事，我好全了，吃這個幹什麼……」

話未說完，微溫的唇貼上來。

雲琅被蕭朔攏著肩頸，暖意熨貼著，那一點莫名的煩躁焦灼稍稍壓下去，唇齒間忽然被哺進來半丸藥。

雲琅一滯，側頭要躲。

「請太醫重做過，加了甘草，不苦。」蕭朔輕聲：「我心中煩躁，牽連心脈螯痛難熬，你陪我吃半顆。」

雲琅如何聽不出來，抿了抿嘴角，扯了下，「胡說什麼……不吉利，快呸一聲。」

蕭朔不打算照做，一隻手護在雲琅心口處，替他慢慢推揉紓解。

雲琅向來扛得住，情形越艱難到近於死地，反倒能逼出骨子裡的瀟灑疏狂來，懾得宵小在絕境處仍不敢招惹。

可也正是因為扛得住，越是徹底到不能自控時，雲琅便越難熬。

此時身不由己的失控茫然，縱使能激起更深處的反應，更令雲琅先想起的，卻是大理寺地牢裡的那些日子。

不可軟弱，不可放鬆。

不可懈下那一根弦，身心有一處守不住，就要進了對方的套。

守不住，就要叫琰王府一起傾覆下來，一併陪葬……萬劫不復。

這些年來，雲琅多少次生死一線，熬傷煎刑，能靠一口心氣死撐過來，這樣的念頭只怕早已死死扎根在心底。

越茫然恍惚，越像是放手便能得解脫，越半步都不可退。

雲琅次次要逃，每到這時候不是上房便是入地，並非只是源於害臊局促、不通情事。

蕭朔慢慢吻著雲琅，將熱意分過去，低聲道：「抱著我。」

雲琅沒有應聲，側開頭。

「不會萬劫不復。」蕭朔：「你抱住我，我便不會萬劫不復。」

雲琅胸口狠狠一震，猝然睜開眼睛。

蕭朔的眼睛裡映著他，黑眸朗利堅硬，平靜得像是只說了句最尋常的話。

雲琅伸手，他已分不出心神控制力氣，敞開胸口，不顧一切死死抱住蕭朔，向懷裡豁命似的勒進去。

蕭朔以同等力道回抱住他，吻上雲琅微微打著顫的泛白唇畔。

浪千堆，花六出。

耀眼白亮的雪光茫茫裹住整個天地。

生機從筋骨深處透出來，同心血一道蓬勃，鮮活得呼之欲出。

老主簿聽了王爺的吩咐，將熱水悄悄擱在門外，躡手躡腳守回府門口。

雲琅躺在榻上，想要說話，迎上蕭朔的視線，眼底光芒微微閃動了下，順服疲倦地合攏眼睫。

蕭朔將溫熱布巾放回水盆，輕輕吻上雲琅的睫根，吻淨睫間沁出來的隱約濕氣。

將他抱進懷裡，一點一點，慢慢填實在了胸口。

一夜風雪未停，夜過天明，雪霽雲開。

琰王府靜悄悄的書房外，終於隱約有了玄鐵衛四處巡邏走動的聲響。

雲琅睜開眼睛，蕭朔坐在榻前。

一隻手腕還叫雲少將軍牢牢扣著，對著一座紅泥小火爐，空著的手拿了勺子，正慢慢攪裡面的東西。

熱騰騰咕嚕出熱氣，不是什麼不墊饑的精細粥飯、湯湯水水，泛開半點不虛的誘人肉香。

雲琅腹內空蕩，不爭氣地咕嚕一聲響。

「醒了？」蕭朔聽見動靜，將勺子放開，單手探進被子裡，試了試雲琅身上溫度，關心詢問：「還疼嗎？」

雲琅心神尚且遨遊在重巒疊嶂之外，茫然一刻，豁地驚醒，「什麼！」

雖說昨夜的事大抵已全無懸念的斷了片，可雲琅好歹記得，小王爺此前口口聲聲，說的分明是今夜領兵，淺嘗輒止。

主帥出征，雲琅今日還要親自祭旗成禮，至校場點兵。

若是當真出了狀況，連馬鞍都沒法坐，豈不只能蹲著彎弓搭箭……

雲琅越想越憂慮，當即推開虎狼不可貌相的蕭小王爺，匆匆轉回去查看。

「……」蕭朔看他，「問你的心脈，你在看什麼？」

雲琅：「……」

雲琅叫他問住，張口結舌，面紅耳赤嘴硬：「自然……自然也是心脈……」

「你的心脈長在尾巴上？」蕭朔握住雲琅手臂，將擰了個麻花的雲少將軍抻回來，放平在榻上，指腹按在雲琅腕間。

昨夜只是初次，分寸本就不可太過，雲琅又今日要騎馬，總不能蹲在馬上紮馬步。

蕭朔只替雲琅紓解過，自己去沖過冷水，回到榻前時，卻發覺有些不對。

雲琅力竭昏睡，心神渙開，暗傷沒了壓制，又有隱隱反覆。

蕭朔不放心，在榻邊守了半宿，一點點替雲琅按拿推揉心脈各處大穴，直到他臉色好轉氣息綿長，才在榻前稍躺了躺。

「已比之前好得多了。」

雲琅愣了一會兒，伸手按按胸口，有些心虛，「是這幾日沒好好歇著，有點累，才會稍許反覆……等發兵啟程，路上倒頭睡兩天就沒事了。」

蕭朔道：「有點累？」

雲琅乾咳，「有……點點點。」

蕭朔看他一陣，將肉湯舀出半碗，細細吹溫，擱了調羹遞給至多五歲的少將軍。

那一場宮變，雲琅單人獨騎力挽狂瀾，耗盡氣力昏睡，算是歇息得最久的一次。醒後，雲琅去約見了商恪，設法摸清了襄王的黃道使。趕進宮裡處置刺客，捉了身手超絕隱匿本事一流的射雕手，竟還閒不下來，又拉著他放縱跑了一通馬。

好不容易給灌醉了，倒頭睡了個囫圇覺，才爬起來，便又馬不停蹄去了太師府取印。

縱然是個半點傷都沒受過的好人，這樣三番五次透支折騰，只怕也要熬不下來。

少年時兩人一處，雲琅總要往外跑，蕭朔還只當雲小侯爺是性情活泛，不喜久坐枯燥。

如今看來，只怕就是閒不住。

雲琅喝著熱騰騰的三鮮大熬骨頭羹。

眼看蕭小王爺看自己的神色有異，愈發警醒，「又想什麼呢？」

「想你我出征。」蕭朔道：「你會不會半夜躺得無聊，偷跑出去，給戰馬修馬蹄鐵。」

雲琅：「……嗯？」

琰王殿下實在天馬行空，雲琅不清楚他這念頭又是哪來的，有些費解，「我修馬蹄鐵幹什麼，我不能給馬梳毛洗澡嗎？」

蕭朔一時大意，不曾想到這個，看著雲少將軍沉吟。

軍中戰馬頗多，雲琅若找這件事來打發時間，三兩個月再閒不下來。

雲琅被他若有所思打量，背後莫名一涼，三兩口灌乾淨了湯，翻下榻便往外跑，「時辰不早了，我收拾收拾，去陳橋大營看看，你再睡一覺。」

蕭朔抬手拉住雲琅，一道起身。

「你起來幹什麼？」雲琅莫名，「我只是去看看，點兵時辰還早，不用先鋒官一起。」雲琅將他推回去。

「一宿沒睡，還不快闔眼睡一會兒？快去榻上……」

蕭朔紋絲不動，攏著雲琅手腕，一言不發。

雲少將軍最受不住這個，叫威名赫赫能止京城小兒夜啼的琰王殿下看著，心裡一息軟透，朝令夕改：「……不去榻上也行。」

雲琅同老主簿交代了一聲，叫老主簿套了馬車，抱了兩床厚實的裘皮塞進去，扯著小王爺一道上了馬車。

【第七章】

掙的是賣酒的錢，
操的是天下鎮家國的心

陳橋大營離琰王府還有些路程，此時日色還早，該準備的已由先鋒官準備妥當，不差路上這點時候。

雲琅與他一併上了車，將蕭朔塞進厚實暖和的裘皮堆裡，三下五除二俐落裹嚴，「好了，閉眼睛睡覺……」

雲琅話頭頓了頓，仔細看看蕭朔，一陣氣結，「還不行？」

雲琅耳根發燙，咬牙戳他肩膀，「怎麼這麼多事？」

老主簿跟在一旁，從頭至尾沒見王爺神色有半點變化，想不通小侯爺究竟是從哪兒看出來的，又悄悄仔細望了望。

王爺與少將軍要出遠門，帶的東西早準備好了，卻畢竟還是處處覺得不夠周全。有什麼要的，該趁此時提前找齊。

老主簿幫忙往車上送熏香，邊低聲操心：「王爺還要什麼？僕從在外面，我帶他們去拿。」

雲琅滿面通紅，囫圇擺了擺手，扯開裘皮，坐進蕭朔懷裡。

老主簿愕然，瞪大了眼睛。

蕭朔垂眸，眼底浸過些極淡溫色，抬了下唇角，將雲琅暖暖護住。

雲琅舒舒服服依著他，自發尋了個姿勢，「好了，快睡……」

蕭朔輕聲：「好。」

小王爺身上太暖和，掌心推碾背上各處穴位，力道不輕不重，疼後便是一陣難得的釋然輕鬆。

昨夜的些許痠痛，也跟著煙消雲散。

雲琅叫他攬著，在車廂裡晃悠悠走了一陣，打了個哈欠。

蕭朔吻了吻他的額頭，「我在。」

雲琅已忘了自己是為什麼坐過來的，跟著馬車晃晃蕩蕩，聽見這一句，心底鬆了鬆，點點頭。

他嫌車廂外光線刺眼，挪了挪，擰了半個身，熟練埋進蕭朔肩頭衣料，閉上了眼睛。

蕭小王爺這套衣服，說不定熏了二十斤的靜心凝神安眠香。

雲琅睡得沉，他這些天的確心力體力耗得太過，仗著底子勉力折騰，這些天來府上養得好，倒也尚能支撐。

昨夜身心陡然鬆下來，卸開心防，只覺走路都是睏的。

不用琰王殿下設法哄，少將軍上車就沒再折騰，將臉埋在王爺肩頭衣料裡，蓋著王爺的袖子，自己安安生生睡了一整路。

車到陳橋大營外，已能聽得見隱隱操練聲。

「殿下如何來得這般早？」都虞候特意出來迎，見了琰王府馬車，忙撥馬跟上，「都已準備妥當了，照著殿下吩咐，不會有差。」

都虞候跟著馬車，猶豫一刻，低聲道：「今日出征沒那些繁瑣，不用皇上祭天、不用樞密院念軍誓，靜悄悄就能走。少將軍能多歇一刻便多歇歇，不差在這一時……」

出征在即，營前停了十數輛馬車，調撥物資聚攏糧草，人人安靜地穿梭忙碌。

原本緊鄰著營盤，叫軍大爺養起來的那幾處繁華坊市，已經盡數清空，平成了一塊塊習武搏殺演練戰陣的校場。

蕭朔叫停馬車，看了看校場上仍在操練的一隊隊兵士。

「連將軍說禁軍闇弱太久，戰力實在不濟。既然要拉去打仗，哪怕今日出征，也不能怠惰了操練。」都虞候終歸難堪，臉熱了熱，「這些年混沌度日，太過荒廢……愧對殿下。」

蕭朔搖了搖頭，「這些年來混沌荒廢、愧對旁人的，不只你們。」

都虞候一怔，抬頭看他。

蕭朔不再多說，將校場上操練架式一一記了，又命人拿過雲琅這幾日百忙裡抽空理出的陣圖，交到都虞候手裡。

都虞候認得雲琅筆跡，眼睛一亮，忙雙手接了，匆匆打馬去同連勝碰頭商議。

禁軍從樞密院下剝出來，交到琰王手裡，時日雖不算太長，卻已盡數整頓一新。

大營內外，校場戰意昂揚高漲，人人奮力，分明不是往日氣象。

無論侍衛司與殿前司，能留下來的，都見過那一場幾乎吞沒汴梁城的戰火，早被砍到面前的刀鋒逼出血性，再沒了往日得過且過的糊弄應付了事。

校場之上，軍旗戎聲獵獵，刀戈湧出森森寒氣。

蕭朔看了一陣，要叫雲琅醒來。

回過身時，少將軍已經睜開了眼睛。

蕭朔伸手，攬雲琅起身。

「練得不錯。」雲琅借力坐起來，挑開車簾看了一陣，笑了笑，「小王爺治軍也是一把好手，現在的氣象，與之前天差地別了。」

蕭朔搖了搖頭，「外強中乾。」

他見過雲琅領的兵，不說當年赫赫威名、橫穿北疆千里斃敵的流雲騎，就是追著雲琅潛回京城的那些親兵，都沉默凶悍殺意內斂，跟在雲琅身後，能輕易鑿穿西夏的銅牆鐵壁。

如今的禁軍，能練出來帶走補充給朔方軍的，滿打滿算不過一成。

帶去邊疆真刀真槍地廝殺見血，還要再練，才看得出是否能戰。

「你當年被端王叔拎起來晃晃晃，不晃開竅不鬆手，如今怎麼也添了揠苗助長的毛病？」雲琅失笑，伸手將車簾合上。

「禁軍闇弱久了，要重新整頓起來，豈會在一時一地。」

雲琅帶多了兵，親眼見著昔日端王練軍，心中有數，「打下朔州城，雁門關收回來，中原不會再有大的戰事。禁軍拱衛京城，戰力不高不行，太高了卻也不行。」

蕭朔稍一沉吟，點了點頭。

雲琅側過頭看他神色，很是好奇，「這你也聽得懂？當初端王叔這麼和我說，我不明白，翻來覆去想了半個月。」

「你我那時年少，只知道禁軍越強，越能護衛京城安定，將戎狄的探子盡數揪乾淨。」蕭朔道：「父王是擔心軍中令行禁止，極容易只奉軍令不問其他。禁軍若練得太過精銳驍勇，落在別有用心的人手裡，便是一把刀。」

雲琅扯扯嘴角，在他肩頭抻了個懶腰，舒展開筋骨，輕呼口氣。

如今看來，端王叔昔日的這份顧慮，顯然不是杞人憂天。

朝中這些年黨派相爭，主戰主和看似涇渭分明，真細細追究，卻並不能全然分得清晰。

樞密使投了當今的皇上，對先帝說要弱兵強國，轉頭就給這位怕死的皇上精心練出了支最精銳的暗兵營，刺殺朝臣滅口世族，無往不利。

端王叔主戰，卻反而親手壓制禁軍，斷了這一把原本能最為倚仗的利刃。

人心難測，朝局向來最易變換。禁軍弱了，京城空虛便會遭人窺伺，易生動盪。戰力太強，卻又容易為別有用心者所用，反成其害。

要想叫朝堂穩定，從軍隊這一處下手遠遠不夠。先帝朝叫各方牽制，設法壓制一家獨大的念頭是對的，只是中途錯了方向，如今變法仍要再撿起來。

禁軍如今叫時勢倒逼出的赫赫軍威，將來的主事之人至少也要能鎮得住。

「此事交給我。」蕭朔道：「不會有差池。」

變法有參知政事師生操心，雲琅就是閒來一想，聞言愣了下，「什麼事？」

蕭朔搖了搖頭，並不多說，握住雲琅腕脈，「方才睡得如何？」

雲琅已習慣了他隨時隨地把脈，將手腕大大方方交出去，「不錯。」

兩人各有操心，蕭朔既然一時不打算說，想來是椿還要細緻盤劃的事。

雲琅心寬，將方才滿腦子的家國天下順手扔了，看著分明守車待兔的蕭小王爺，沒忍住樂，說道：「先鋒官，你若再這麼唬我睡覺，休怪本帥……」

先鋒官全不受威懾，手臂攬著主帥的勁韌腰背，仍坐得穩妥。

雲琅：「……」

他話說到一半，剩下的在唇齒間打了個轉，迎著蕭朔的視線，慢慢將後半句吞了嚥回去，自耳後返上微熱。

也不知小王爺是看誰都這般架式，還是只在看他的時候堂皇，將他整個人不講道理地填進眼底，像是世上除了這個便再沒別的要緊事。

雲琅一向最覺得蕭朔這個架式欠揍，偏偏叫蕭朔這樣靜看著，又從來半分也扛不住。

哪天一衝動，說不定會叫禁軍追著狼煙繞軍營跑步，就為了逗蕭小王爺笑一笑……

禍國殃軍。

雲琅心中駭然，瞪了多半是能蠱惑人心的琰王一眼，挪得離他遠了些，「給你下二十斤蒙汗藥，叫你一頭睡到仗打完。」

蕭朔：「啊？」

雲琅防患於未然，不叫他再侵蝕心志，抱著琰王殿下的暖爐，披上琰王殿下送的披風，下了琰王殿下的馬車。

走到一半，又倒折回來，拉開馬車上精巧的暗匣，抱走了琰王殿下特意叫人準備的、滿滿一整匣少將軍最喜歡的點心。

校場上，禁軍仍在操練不停。

「用力！沒吃飯嗎？」連勝厲聲呵斥，劈手奪下一名兵士手中的長槍，槍桿反磕在那人胸口，將他生生摜出數步坐在地上。

連勝死死皺著眉，攥了槍桿，沉聲：「站起來！」

兵士已叫他懾得腿軟，撐了幾次，勉強爬起身站穩。

「你們要去的是沙場，刀劈下來見血，槍捅出去就是個窟窿！」連勝寒聲道：「以為見過一次叛軍攻城，混了幾個人頭，就算見過血，能上戰場了？若沒有雲麾將軍在，西夏鐵鷂子只怕早站在汴梁城頭上了！」

出征在即，禁軍能給朔方軍補充的兵力卻仍有限。

勉強能帶上的，殿前司那些本就是朔方退下來的老兵還好些。這些新兵沒打過一場正經大仗，與叛軍作戰時又有雲琅護著，手下功夫徒有其表，其實盡是軟綿綿的花架子。

連勝心中日復一日地焦灼，想要對蕭朔與雲琅提，卻又清楚以朝局如今情形，出征時日不可能再向後推遲。

都虞候知他心事，叫那兵士下去休息，攔住連勝，低聲道：「也莫要操之過急。」

「如何不急？」連勝昔日跟著端王，比旁人更清楚朔方軍情形，緊皺著眉，「樞密院胡亂折騰，朔方苦撐戍邊這些年，軍力早已疲憊。偏偏禁軍能帶過去的就這麼幾個……竟還大半皆是新兵，連千鈞一髮的要緊關頭是什麼樣都不清楚。」

連勝咬了咬牙，「殿下與少將軍豁出命拚，才拚出如今這一方天地，如今朝堂上下都在盯著這一場仗，若是……」

他察覺到自己這話說得不吉利，生生剎住，用力呸了一聲，打了自己一巴掌。

「誰心中不焦灼？」都虞候叫他挑起心事，重重嘆了口氣，「無非……盡人事罷了。」

禁軍闇弱了這些年，並非如朝堂一般，旦夕之間風雲變幻，說整肅便能整肅。要將軍力提上來，少說也要先挑出精裝甲兵，七過八篩，再拉去不引人注意的寬闊平原草場紮下大營，苦練個三五年。

這般練出來的兵，還是不曾真刀真槍上過戰場的。見過血、被殺意臨過身，才知道畏懼生死，知道了怕死，才能再練出不畏生死的強悍精兵來。

都虞候感嘆低聲道：「當年朔方軍那般強悍，好水川一戰折戟後，也要一年苦練，才熬出一支鐵騎……」

連勝自然也明白這些道理，只是終歸心中焦急，抬頭還要開口，忽然一怔。

都虞候看他視線，跟著轉過去，心中一喜，「少將軍！」

「連大哥好大的火氣。」雲琅抱著琰王殿下的點心匣子，一路閒散看過來，笑了笑，「我剛走到校場，就叫連大哥一嗓子吼得酥餅都掉了。」

連勝：「……」

都虞候咳了一聲，回頭瞄了一眼連勝，板住嘴角低聲道：「少將軍不知道，連兄這火可不止一天兩天了。」

禁軍操練了幾日，連勝便吼了幾日，都虞候這些天日日跟著挨吼，耳朵到現在還嗡嗡個不停。但凡朔方軍出身的，沒人不同少將軍親近。

都虞候看琰王殿下不在，同雲琅在一處，放開自在不少，「您快勸勸連兄，叫他消消火。事情固然很急，可咱們也當真不能再在路上練兵了。」

雲琅壓了壓笑意，咳嗽一聲，點點頭。

都虞候回頭看了一眼，低聲報備：「還弄壞了三杆槍、四柄刀，刀修修還能用，槍是真叫連兄給撅了，銀子才賠了一半……」

連勝眼睜睜看他當面告狀，一口氣堵在胸口，「少將軍！」

「無妨。」雲琅停了與都虞候的嘀嘀咕咕，誠心安慰：「儘管賠償，找琰王府銷帳。」

連勝：「……」

都虞候這般欠削的夯貨料子也就算了，王爺昨日來了軍營，調度妥當後看過一遍練兵，什麼也沒說，只安排妥當了要帶走的輜重糧草與各營名單，便回了府。

如今連少將軍來了，竟也半分不知道著急。

竟還吃點心。

連勝滿腔焦灼憋得要命，來回踱了幾步，上前道：「少將軍！這豈是兒戲的事？王爺縱然不知兵，您心中總該有數……」

雲琅收了笑意，慢慢抬頭正色，「誰說王爺不知兵？」

連勝一怔，察覺到自己說錯了話，閉緊嘴立在原地。

「連大哥，你跟在端王叔身邊的時間最久。」雲琅道：「我知道，你並非有意偏見，只是小王爺當年的確於行兵打仗的事不很開竅，你長久看著，心中就有了消不去的成見。縱然琰王殿下與我一起平叛，在你心中，此戰勝數也盡皆在我。」

連勝知錯，咬緊牙關愧然道：「屬下不該。」

「我也知道，你當年教蕭朔練槍，險些叫世子一招百鳥投不著林的槍法扎了端王叔的腿。」雲琅慢慢道：「從此心有餘悸，嚴防死守，再不准世子習武。」

連勝：「……」

都虞候倒是不知此事，謹慎道：「可王爺如今……身手分明很好啊。」

「從此世子不能在王府練習。」雲琅唏噓，「就去我的雲騎營，百鳥隨緣投我的腿了。」

都虞候：「……」

連勝忍不住，低聲攔著：「少將軍。」

雲琅沒多懷念往事，笑了笑，又收斂了神色看向連勝，緩聲道：「我知你心中憂慮。」

雲琅抬頭，掃了一眼校場上的禁軍，「你擔心這些年朔方軍軍力已被京中拖累得疲弱，禁軍又不能補充戰力，到時對上西夏大遼兩方夾擊，未必能拚得過馬背上長大的騎兵。」

連勝心頭一提，「正是，此事若不處置妥當，只怕……」

雲琅看著他，「你憂慮這些，可曾對王爺說過？」

連勝一怔，張了張嘴，沒說出話。

「昔日王府一場家變血案，有太多人從此困在裡面，年年歲歲，不得解脫。」雲琅語氣很淡，眸色卻朗利，「可連大哥，你要知道，是有人一直在往前走的。」

「我二人走到今天這一步，靠的不是我，是他。我們能走到此處，是因為這五年來，他沒有一刻停下來歇過。」雲琅：「你該看見，他早走出了端王叔的影子。」

連勝心底震盪，終歸說不出話，重重叩首，「屬下知錯。」

「好了，我也只是替他說幾句話，自家人犯不著這個。」雲琅笑笑，俯身將連勝從地上扯起來，轉向都虞候，「還有槍沒有？借我一柄。」

連勝怔了怔，「少將軍，你要做什麼？」

「不就是沒見過千鈞一髮的大場面？見識見識就行了。」雲琅活動了下手腕，「連大哥，帶你的人結陣護旗，我來奪。」

都虞候倏地反應過來，滿心欣喜，忙去要了一柄無人用的白蠟杆大槍，「少將軍要多少人馬？屬下這就派人去調……」

「要什麼人馬。」雲琅啞然，「當初我原本盤算，是你們這些人一個也不帶、一個也不告訴，我自己去北疆，帶著朔方軍把朔州城拿下來，從此年年歲歲鎮著雁門關。」

他這番話說得語氣尋常，卻分明可見其下的凜凜慘烈。

連勝心口狠狠一擰，低聲道：「少將軍……」

「說這個不是叫你難過，連大哥。」雲琅道：「是提醒你，我太多年沒領兵攻城，你大概忘了我的仗是怎麼打的。」

「不是要你練好兵，跟我去北疆。」雲琅朝他笑笑，「是北疆之地蒼茫廣闊，戈壁綿延千里，帶你們去，正好練兵。」

連勝微怔，看著雲琅，心頭忽然一跳。

雲琅單手解了披風，連點心匣子一併拋進都虞候懷裡。

他身上的悠閒自在一分分淡了，眼底透出金戈鐵馬映著的寒泉冷光。雲琅立在原地，將那柄槍在手裡握了握，抬頭望了一眼演練戰陣的陣中帥帳。

「連將軍。」雲琅道：「你若輸了，帶你的人繞整個大營跑三圈。」

連勝心懸到嗓子眼，擰身撲回去，「結陣！金鼓在後，薄中厚方，護住主帳陣旗……」

雲琅身形已驟然掠起，踏過倉促頂上的生鐵厚盾，手中長槍絞開襲到身側攔阻的兵器，直奔了帥帳前那一杆格外顯眼的大旗。

禁軍之內，凡見識過那一場血戰的，沒人不清楚雲麾將軍的威名。

鎮著汴梁的軍神，今日忽然朝校場大旗出手，不少人甚至沒能反應得過來，已聽見了身後結陣禦敵的金鼓齊鳴。

這些天來，禁軍往死裡搏命操練，聽見鼓聲本能反應，飛快結成禦敵圓陣。

連勝一陣風捲回主帳，翻身上馬，抄過隨身佩刀。

訓練有素的步卒跟著鼓聲，潮水一樣湧上來，外厚內薄，中間藏著精銳的輕甲騎兵。

雲琅呼哨一聲，清脆馬嘶隨即應和，雪白駿馬自校場邊飛馳過來，箭一樣射到陣前。

眾人尚不及反應，只看見一道流雲般颯白影子直飆過來，下一刻，以逸待勞的盾牌陣忽然狠狠一亂。

雲琅手中只是杆尋常白蠟槍，槍桿韌過於堅，此時卻像是灌了千鈞之力，擂開近人高的沉重盾牌，將外陣生生豁開一道口子。

「連兄撐住！」都虞候在校場邊壓陣，壓了笑意高聲喊：「少將軍當初破敵陣，最快用了一盞茶，一去一回茶水尚溫。你好歹撐過一袋煙，回頭也有說法。」

「閉嘴！」連勝焦頭爛額，「我若跑圈，你也逃不了！」

都虞候看見雲琅在，心中安定再無憂慮，朗聲笑道：「捨命陪君子，莫說跑三圈，跑三十圈我也陪了！」

連勝恨不得將這夯貨腦袋擰下來，一閃神再回看，竟見雲琅已破開了第二層步卒圍拱，再顧不上鬥嘴。

「弓箭手！盾牌上前弓箭在後，穩住陣腳！」

操練時用的箭會拗去箭頭，箭杆填石灰，人身上若有白點，便是中箭，不可再戰。

雲琅單人獨騎破陣，用箭陣已是勝之不武，若是上了弓箭手還攔不住，跑的圈數怕還要再翻一番。連勝背後滿是冷汗，牢牢盯著戰局，傳令擊鼓後撤，箭矢齊發。

箭折了尖，來勢已緩去大半。雲琅不以為意，槍身回轉掄開箭雨，輕振韁繩催馬，直闖入圓陣內藏的鋒銳錐尖。

騎兵營是侍衛司的精銳，當初高繼勳手中最得意的一支強兵，人人配寶馬良駒，隨身的武器都是專門由精鐵打造，無堅不摧。

眼看雲琅闖到眼前，騎兵營的新營校用力眨了眨眼睛，深吸口氣掣出腰刀，策馬直取雲琅。

來勢太強，一味只守不攻，整個陣都要攪亂。

他身後就是大帳，輕騎兵守不住，連將軍與禁軍便敗了。

新營校凝神咬住牙關，握緊了手中腰刀，催馬快衝，直取雲琅要害。

兩人迎面，雲琅橫槍攔刀。

噹啷一聲，精鐵腰刀撞上白蠟木杆，藉著這一衝之力，竟將尋常的木質槍桿生生攔腰斬斷。

都虞候在陣外看得清楚，不由跺腳，「糟了，就該給少將軍拿自己的槍！」

雲琅用慣的那一杆虎頭亮銀槍，是宮中將作監精心鍾煉打造，槍尖鋒銳槍身堅固。

這尋常白蠟槍只是普通木頭，連將軍生氣時，尚且抄過來一撅就折，拿來擋刀，自然半分也擋不住。

這般比試簡直要賴太過，都虞候要去給雲琅找把好槍，才轉回身，卻被人抬臂攔住。

都虞候看清來人，心頭一突，「殿、殿下……」

這般比試，過去在朔方軍與禁軍裡常有。一來較量實力，二來也給那些沒上過戰場的新兵長長見識，免得到時忽然慌亂無措，自亂手腳。

只是外人不懂，旁觀看來，未免顯得太過胡鬧。當初樞密使來陳橋大營，見殿前司這般練兵，就曾勃然大怒，再三斥責，還扣了殿前司三月的餉銀。

都虞候固然知道蕭朔絕不會這般昏聵，可琰王殿下素來冷淡嚴肅，此時貿然撞上，仍心虛得不敢抬頭，「少將軍，少將軍試煉禁軍戰力，並非玩鬧……」

「我知道。」蕭朔道：「看著便是。」

都虞候沒能反應過來，聞言一愣，「什麼？」

「不必去拿新槍。」蕭朔視線落在場內，淡聲道：「等你拿回來，他大抵已奪下那杆旗了。」

都虞候聽得愕然，心道連將軍若聽見這句怕是要跳起來惱火撅斷三杆槍兩把刀外加一張一石弓。他素來敬重蕭朔，此時迎上殿下視線，終歸不敢多說，只得駐足，重新轉回場上。

雲琅勒住韁繩，看了看那柄軟塌塌一碰就斷的槍，隨手拋在地上。

他手中已沒了兵刃，新營校眼底微微一亮，強自壓了，穩住腰刀再度催馬，直取雲琅沒有鎧甲護持的胸口。

雲琅不閃不避，饒有興致看著掠近的刀鋒。

都虞候急道：「少將軍這是在幹什麼？萬一……」

蕭朔回身，一言不發，自都虞候手中接過雲少將軍亂糟糟團成一團的披風，仔細理順了，疊齊整搭在臂間。

新營校衝到近前，雲琅鬆開一側馬鐙，身形滑在馬側，穩穩當當避開了那一刀。

兩馬交錯，都在疾馳，對面那一匹的背上卻忽然空蕩蕩沒了人。

營校愣了下，不及反應，雲琅扶住馬鞍手腕翻轉，在地上一點，身形已輕巧掠回馬上，手裡握了個黑漆漆的烏鐵物事。

都虞候一眼認出來，「刀鞘？」

營校心底慌了慌，向腰側看過去，原本掛在那裡的刀鞘竟不知何時沒了影子。

仗兵器之利，已然勝之不武。雲琅方才能在他腰間順走刀鞘，營校身在馬上，卻連對方半個影子都沒能察覺。

若雲琅趁那時出手擊殺，他早該跌下馬死透。

雲琅勒馬，笑吟吟看他。

營校滾鞍下馬，將腰刀舉過頭頂，「是末將輸了。」

「你很好。」雲琅道：「叫什麼名字？」

營校低聲：「韓從文。」

雲琅點了下頭，將刀鞘抛回去，「發兵啟程後，去先鋒官帳內領職就任。」

判定陣亡即可奪刀，營校看他策馬入陣，急追了幾步，「雲將軍！刀……」

雲琅直入陣中，輕騎兵見營校落馬，未戰先帶了怯，前排的倉促舉槍還擊，卻已來不及。

雲琅避開槍尖來勢，抬手攥住槍身，順勢向身後一扯，左手撐著馬背旋身，將他踢離了鞍韉。

長槍舀起一捧銀光，點點寒星落處，刺戳點掃，再不留手。

輕騎兵圍攏禦敵，叫鐵槍森森寒氣自喉間掃過，只覺竟像是已生生丟了條命，一時人人自危，徹底潰散了戰意。

連勝橫了橫心，豁出去耍賴到極點，策馬上前，親自將雲琅攔住，「少將軍……」

雲琅眉睫間沁著薄汗，目光明朗，朝他一笑。

連勝心知不好，不及防備，雲琅已鬆了馬韁腳蹬，踏鞍騰身，徑直掠過了他，直奔點將臺上那一面大旗。

守旗的衛兵年紀不大，看著不過十七、八歲，自知難敵，閉緊眼睛牢牢抱住了旗杆。

雲琅落在他身前，隨手拋了槍，一步步走過去。

少年衛兵身上瑟瑟發抖，卻仍死命抱著旗杆，半步不退。

雲琅笑了笑，「你要同這面旗一起死？」

他身上不帶殺氣，鋒銳的戰意卻實在太過鮮明，少年衛兵一時幾乎忘了只是演武，顫著站直，「連、連將軍說，人在旗在，人亡旗亡……」

雲琅點點頭，抽出他身側腰刀，在手裡掂了掂，徑直朝那少年衛兵劈下去。

少年衛兵臉色蒼白，緊緊閉上眼睛。

刀攜風雷之勢，堪堪停在他頭頂。

少年衛兵滯立良久，仍沒能等到滅頂殺意，胸口微微起伏，睜開眼睛。

「我的兵，不必守一面旗。」雲琅將刀遞回去，「我奪的也不是旗。」

少年衛兵聽得似懂非懂，跪下來雙手接過腰刀，怔怔看著他。

雲琅走到點將臺前，向下看了看。

點將臺是禁軍大營最高的地方，從這裡可以俯瞰整個陳橋大營，再向遠看，能看見汴水流遠和巍峨宮城。

當初端王叔執掌禁軍，要在這裡帶人立軍誓、定軍規。

雲琅當初太淘，不小心弄壞了戰旗，端王叔氣得火冒三丈，繞著軍營追著揍他。蕭朔卻出來攔了父親，說旗不如人，是人打仗不是旗打仗，不該本末倒置。

端王叔火冒五丈，當即將雲琅忘在一邊，揍了一頓突然出現的蕭小王爺。

這座點將臺，雲琅拍遍過每一根欄杆，每一處痕跡都認得。

「旗在人在。」雲琅豪氣萬千慢慢道：「旗若沒了，再做一面就是，琰王府有很多布料，還能做很多面。」

校場演武，須臾工夫已傳遍了整個陳橋大營，此時幾乎全營禁軍都已聚過來，密不透風擠在點將臺下。

方才被雲琅輕易擊垮的幾支隊伍，也已拾起掉落的鎧甲兵器，重新慢慢匯攏站直。

「北疆苦寒，地廣人稀。大半的游牧部族連字都沒有，靠描畫記事，沒人會認一面旗。即使是我的流雲旗插在地上，若邊上沒人守著，戎狄的三歲小兒也要偷偷過去拿拳頭揍。」

雲琅看著臺下，「可你若活著，你站著的地方，就是疆界。」

「六年前，有人請命過發兵燕雲。樞密院說，兵戈有傷天和，不該為了擴充疆土勞民傷財，不用刀劍，用銀子也一樣能換來和平安定。於是北面的敵人靠著連年歲貢，買了良馬、買了精鐵，部族和野心一起壯大。」

「如今我們的銀子已填不飽他們的胃口。北疆部族人人知道，南朝軟弱富足，過著夢一樣的好日子，酒肉的香氣飄過每條街，夜晚的燈火能將天色映得如同白晝。」

雲琅慢慢道：「而這裡的人從上到下，從官到民，從朝廷到百姓，都是被美酒佳餚浸酥了的軟骨頭。只要鐵蹄長驅直下，就能輕易將這些富足繁華攬盡。」

臺下隱隱有了騷動，禁軍蹙緊眉峰，年輕的面龐開始染上怒氣。

汴梁安逸得太久了，他們從小聽著四境的畏懼，看著年年進貢的使節花車，只知道中原是泱泱大國，沒人聽過這些。

就連所謂的朔方軍、燕雲和北疆，對大多數百姓來說，也只是個極為遙遠的傳說。偶爾有人記起那裡有最驍勇的士兵，卻不知為何不肯回來，年復一年駐守在滴水成冰的苦寒邊城。

直到西夏的鐵鷂子攻破汴梁城，黑色幽靈一般，擊碎了這幅美酒聲色搭起的幻象。

「汴梁美酒太香，聲色入骨，或許有些人已忘了。」雲琅：「燕雲十三城原是我們的。」

雲琅垂眸，一下接一下，輕輕拍著面前欄杆，「先取山西十二州，別分子將打衙頭。回看秦塞低如馬，漸見黃河直北流。」

這是前朝的戰歌，沈括所作，本該還配有戰曲，卻已在連年戰火裡遺失了。

朔方軍人人記得牢靠，出征之前，戰歌會同遺書一併交給親眷，來日叫馬革裹著還家時，用來作墓前的碑刻。

都虞候立在場邊，眼睛一點一點紅了，血絲壓在眼底，逼出頸間分明青筋。

禁軍內，有退下來的朔方老軍，用力抹去臉上水痕，扯著嗓子嘶聲應誦。

先是零零星星幾個人，再是一群。

戰火消弭，狼煙已熄。

西夏鐵蹄踏出的傷痕已在城牆上被徹底抹平，坊市被重新搭建起來，寬敞漂亮，求平安的符咒埋在新磚的深處，大相國寺最德高望重的老主持祈福加持。

那一戰的陰影卻仍在，禁軍一擊即潰、被敵軍輕易叩開城門的恥辱還在，面對黑色鐵騎時滅頂的徹骨恐懼也還在。

西夏的國主死了，西夏的鐵鷂子亡了，可遼人還在。在遼人疆域的深處，有比鐵鷂子更可怕、金人的鐵浮屠，正一塊接一塊蠶食著遼國的疆土。

宮中卻還要求和，哪怕國破家亡的恐懼就藏在臥榻之側，藏在滿街的繚亂花燈、點心美酒的香氣裡，夜夜入夢。

歲貢，割地，遷都，一步步退出祖宗的疆土，將大好河山拱手於人！

誦到第三遍時，整個陳橋大營已響起震天憾地的怒吼。

回看秦塞低如馬，漸見黃河直北流。

天威捲地過黃河，萬里羌人盡漢歌。

莫堰橫山倒流水，從教西去作恩波。

雲琅與登上點將臺的先鋒官一頷首，任他替自己束上披風，扶著欄杆，目光鋒銳如電，落在遠處死死攥著明黃聖旨的樞密使身上。

樞密使緊攥著那封無詔不准出兵的聖旨，打著顫，臉色慘白立在原地。

雲琅伸手，自蕭朔手中接過長弓，搭了支箭，遙遙瞄住樞密使。

樞密使臉色驟變，拔腿要跑，徒勞掙扎半晌，才發覺兩條腿竟已軟得半步也走不動。

弓弦震聲嗡鳴，鳴聲淒厲。

百步之外，白羽箭呼嘯而至，狠狠穿透了樞密使頭頂束髮的紫金冠。

雲琅將弓遞回去，拍了拍掌心浮塵，轉身道：「點將，發兵。」

軍禁喧、馬止嘶。

校場前禁軍迎風整肅不動，刀槍林立，大旗獵獵。

雲麾將軍在點將臺上，親自點了先鋒官。

禁軍仍需拱衛京城，都虞候代都指揮使事留守開封，兼照應糧草兵事。連勝領兵馬督監，曉行夜宿先赴燕雲察山川地利，整兵備戰。

連將軍沒能守住大旗，願賭服輸，拖著都虞候帶隊轟隆隆繞大營跑圈，在樞密使眼前踏起了一片遮天蔽日的滾滾塵灰。

新任的先鋒官被雲將軍抓差，還需去大營議事，將乾淨布巾遞給雲琅。

「忽然叫他們跑圈做什麼？」

雲琅眼睛裡笑意晶亮，他方才沒留餘力，額間透出些薄汗，不以為意，接過布巾隨手拭了，「想知道？那得先聽將令……」

蕭朔抬眸，端詳雲琅神色，「什麼將令？」

雲琅咳一聲，裹了披風湊過去，笑吟吟公然調戲先鋒官，「給本帥笑一個。」

蕭朔就知這人定然沒什麼好打算，看了雲琅一眼，不同他胡鬧，將暖爐拋進雲琅懷裡，舉步便朝臺下走。

雲琅抱著暖爐，攏在懷間熱烘烘焐著心口，快步追上去，「不鬧，說正事，你知不知道那個侍衛司騎兵營的新營校？」

雲琅特意問了名字，此時尚記得，跟上蕭朔，「叫韓從文的。我見他不錯，雖說嫩了些，心性天資卻都不差，若他願意，歷練一番正好戍邊……你走慢點行不行？」

蕭朔一言不發，腳步不停，徑直走到最近一處暖帳前，單手挑了厚實門簾，回身等著雲琅。

雲琅叫他平靜視線一掃，莫名有些心虛，清了清喉嚨，抱著暖爐進了大帳。

蕭朔停在帳門前，召來親兵，要了一碗參湯。

「要這個幹什麼？」雲琅剛坐下，看見他手裡熱騰騰的湯碗，臉色立時跟著一苦，「我當真好透了，能跑能跳能打仗。我方才嚇唬連大哥，一人挑了一個營，總不能一點汗不叫我出。」

蕭朔走過去，將參湯放下，「下次他們再說了我什麼，便叫他們說，不必動怒。」

雲琅微怔，話頭跟著停下來。

蕭朔細看了一陣雲琅臉色，垂眸端過參湯，慢慢吹了吹。

這六年間，他若能再奮力些，再不計代價不遺餘力些，不困囿於往事前塵，不縱著雲琅，將人早強搶回府上，關起來綁在榻上養傷。

六年前，若他能再拚些命，再爭些氣，能擔得起王府與禁軍。不必叫父王母妃在臨終之前，將所有擔子都壓在雲琅肩上。

這座點將臺上，原本早該站著他的少將軍。

蕭朔吹溫了參湯，朝雲琅遞過去，緩緩道：「他們其實並未說錯，我這些年的確……」

蕭朔話說到一半，已叫腕間刺痛生生攔住。

他手裡還端著參湯，堪堪端穩了，看著雲琅輕嘆口氣，「此時若有人進來，怕要以為雲將軍長身體比旁人晚些，在琰王府缺肉吃了。」

雲琅不為所動，仍牢牢叼著琰王殿下的手腕，刀光劍影凝眸瞪他。

蕭朔接了少將軍的眼刀，將參湯換了隻手端穩，垂眸道：「我並無此意，只是人言傷不得人，你不必……」

「你的事。」雲琅放開蕭小王爺的手腕，沉聲道：「有什麼是我不必的？」

雲琅罕少有沉下臉色的時候，此時半真半假冷了語氣，眉宇間凜凜戰意未散，嚇得入營來送校官名冊的少年衛兵險些跌了個跟頭。

蕭朔將右手隱在桌下，左手接過名冊，「回去同連將軍說，雲帥要借你過來，另有指派。」

雲琅神色仍冷，「我有什麼……」

蕭朔看他一眼，靜了一刻，將手在桌下覆住雲琅手背，賠禮似的慢慢握了握。

雲琅難得被小王爺在桌子底下偷偷把手，臉色好了些，「……我有指派。」

蕭朔將他那隻手翻過來，攏在掌心，將參湯端過去。

雲琅接過參湯，喝了一口，不再給先鋒官拆臺。

少年衛兵立在案前，叫眼前情形引得心頭微沉，攥了攥掌心冷汗。

方才演武時，他吃了熊心豹子膽阻攔雲琅奪旗，自知只怕已冒犯了上官。此時處置他事小，只擔心上官遷怒，牽累了連勝。

少年衛兵咬了咬牙，低聲道：「王爺，小人知錯……」

「並非責罰於你。」蕭朔道：「此番出征，景王隨軍監軍，要你做他護衛。」

少年衛兵愣了愣，「景王？」

蕭朔點了下頭，「拿出你守旗的本事，景王在則人在，景王……」

雲琅一口參湯嗆在嗓子裡，轟轟烈烈咳起來。

蕭朔頓了下，將「景王亡則人亡」這半句不吉的略去，淡聲道：「總歸，不論他說什麼、做什麼，是何反應，都不准他離開戰場。」

少年衛兵似懂非懂，稍一猶豫，應聲：「是。」

蕭朔：「他若暈了，便用水潑醒。」

少年衛兵：「……」

蕭朔抬頭，視線落在他身上。

「……」少年衛兵：「是。」

蕭朔：「去罷。」

少年衛兵暈乎乎磕了個頭，想著莫名多出來的新差事，飛快小跑著出了營帳。

「你叫景王跟著去幹什麼？」雲琅見人走遠，扯著蕭朔壓低聲音：「咱們兩個去還不行？難得清淨清淨，帶他還不夠添亂的……」

「禁軍如今軍威。」蕭朔道：「將來的主事之人，至少也要能鎮得住。」

雲琅：「……」

雲琅倒也的確有此一念，只是還沒有蕭小王爺這般敢作敢為，「景王是新參軍這件事……景王現在知道了嗎？」

「他若知道，連夜便會逃出京城。」蕭朔道：「此事眼下尚是機密，大軍啟程時，自會有人去接他。」

雲琅心情有些複雜，點了點頭。

蕭朔問：「還有不妥？」

「倒不是。」雲琅訥訥：「只是……」雲琅也不知自己要只是些什麼，靜了片刻，扯扯嘴角，「如今連他也保不住，非拉去戰場不可了。」

「你當初拉我去戰場，不是這般語氣。」蕭朔道：「不止興沖沖要拖我去，還整日裡嚇唬我，說戎狄人兩丈高，青面獠牙，脅生雙翅。」

雲琅尚在走神，聞言啞然，「你哪能一樣……」

蕭朔道：「有什麼不一樣？」

雲琅正要順口回答，忽然反應過來，握著琰王殿下的手抬頭，笑問道：「小王爺，你這是在要我誇你嗎？」

蕭朔的天賦心性，雖然開竅稍晚些，卻是璞玉其中，璀璨內含，自然比景王要強出許多。哪怕當初端王叔日日犯愁，雲琅也早知道蕭小王爺不是池中物，早晚是要從雲化龍的。

雲琅握了蕭朔的手，靜了片刻，扯扯嘴角，「不瞞你，時至今日，我仍在想是不是該我一個先去賣酒，等一等你……」

蕭朔平靜道：「我原本也不是當皇帝的料。」

雲琅沒想到他這般直白，怔了下，失笑道：「你不是，難道景王是？」

「如今看來，他最合適。」蕭朔道：「你我受往事糾纏，身負血債。如今無論做什麼，都彷彿帶了『復仇』二字，天然不具公允立場。」

雲琅從未聽他說過這個，蹙了蹙眉，慢慢坐直。

「無論變法變成何等地步，如今朝中的官員，勢必不可能盡數裁撤。況且即便是如今，在當今皇上手下，也是有得力能辦事的官員臣子的。」蕭朔道：「這些人未必參與了當年的事，可在那場黨爭裡，卻也的確站在了父王的對立面。」

雲琅靜了片刻，點點頭，「不錯……還不少。」

雲琅從商恪那裡拿到過官員名錄，在心中過了一遍。

「當今朝中，從三品之下，少說要有一半。」

「試想。」蕭朔道：「若你我來日弒君共掌天下，這些人會如何？」

雲琅扯扯嘴角，「如芒在背，坐立不安。」

「整日裡提心吊膽，怕被清算舊帳、怕被報復尋仇，如何踏實下心來做事？」蕭朔淡聲：「歷來君權更迭，都伴隨著血洗宮廷，朝野動盪少說要三五年來休養，才能穩定。」

「你我如今，若求的是位及至尊、共登極聖，這樣做自然沒什麼不妥。」蕭朔看著雲琅，「無非百姓多苦幾年，朝堂元氣大傷，根基多損幾年罷了。」

雲琅點了點頭，緩緩道：「若要物阜民安、天下大治……」

「若要天下大治。」蕭朔道：「來日執掌君權的，必須是個在當初那場血案裡，至少在明面上兩不相靠的人。」

這個人不是當今皇上一派，故而有資格坐到這個位置上，承襲大統。可也同樣沒在那場血案裡被端王牽連，同朝中派系對立的臣子並沒有不死不休的刻骨血仇。

甚至這個人也不能直接參與變法，因為變法改弦更張牽扯太廣，若要立法護法就要雷霆鐵腕，勢必樹敵無數，註定不能再得眾心。

「況且……你我如今為後世一試。」蕭朔見雲琅不動，端了參湯抵在他唇邊，低聲道：「若你我這一次能將朝堂理清盤順，連景王這等平庸資質監國，也能如常運轉，不必非要依靠明君強臣才能治世……」

雲琅胸口牽扯，回握住蕭朔的手，低頭喝了兩口參湯。

蕭朔輕聲：「從今以後，或可不必再有摯友知己，重蹈你我覆轍。」

雲琅壓下眼底澀意，呼了口氣，吹毛求疵找茬，「摯友知己？」

蕭朔抬了下嘴角，將尚且溫熱的參湯含了，單手攏住雲琅脊背，慢慢哺給他。

雲琅喝淨最後一口參湯，呼了口氣，抵在蕭朔胸肩，「這條路要走很久……比我收復燕雲久得多，比打場勝仗難得多，到了最後也未必能成。」

「姑且一試。」蕭朔道：「你我同去同歸，人生一世，路並不長。」

「還以為是跟你賣酒享福。」雲琅忍住笑，搖搖頭，像模像樣嘆氣，「原來掙的是賣酒的錢，操的是安天下鎮家國的心。」

蕭朔抬手，在少將軍背後攬住，「是我牽累你。」

「天地牽累你我。」雲琅笑了笑，闔眼緩聲，「賣賣酒，順手為天地立個心。」

……為天地立心。

為天地立心，為生民立命，為往聖繼絕學，為萬世開太平。

前朝先賢張載的橫渠四句，學宮裡人人被先生教著背過，真記進心裡，化作胸中千岩萬壑、山高水長的，就只有琰王殿下一個。

「故而，」蕭朔道：「景王那座醉仙樓，該賠給你我。」

雲琅：「……啊？」

雲琅上一刻還在心裡告慰端王叔端王妃與先帝先后，轉達蕭小王爺如今已志存高遠、胸有丘壑，下一刻就又聽見他惦記人家的醉仙樓。

「你能不能別老盯著景王一隻羊薅？」

「能。」蕭朔道：「你方才與我說的那個韓從文，是兵部尚書的嫡子。昔日朝堂議和，對邊境納貢，他悲憤立寒潭三日以抗，與兵部尚書大吵一架，隱瞞身分來了禁軍。」

蕭朔：「兵部尚書給高繼勳塞了不少銀子，只求叫他兒子不要受苦，抄家時一併抄沒了。」

雲琅：「啊？」

「此事畢竟事出有因，暫且隱匿下來，以待朝局穩定後再罰，贓銀必須有個去處。」

蕭朔揣摩雲少將軍大抵是嫌酒樓一處不夠，摸了摸雲琅髮頂，將銀票遞給他，「來日買了爆竹，你我同放。」

「……」雲琅一時有些虛弱，按按胸口，「我不是……」

「琰王府這些年，還攢了兩個屋子的銀子，都給你，任意花銷。」蕭朔：「老主簿還有三十兩紋銀，存在帳房……」

雲琅實在聽不下去，摸過點心匣子，翻出片酥瓊葉塞進蕭小王爺嘴裡。

蕭朔嘴占著，嚼作雪花聲，從袖子裡摸出一小錠銀子，放在雲少將軍手心。

雲琅深呼深吸，閉了閉眼睛。

雲少將軍如今執掌一軍，忍住了沒把銀子放在琰王殿下腦袋頂上，在帳內轉了兩個圈，將點心匣子抄在懷裡，抱著暖爐穿好披風。

出征在即，理當祭天祭地，奉八方神明，慰祖宗之位、先人之靈。

這事本該皇上做，他們這位皇上如今氣數將盡，沒有半點福分，做不了這般要緊的差事。

聖旨還揣在樞密使的袖子裡，禁軍沒能看見，只當有人攪擾出征誓兵，一併拖走扔出了大營，已揉得不能再看。

君失其責，傾其位，按古書律例，就該統兵主帥代行祭禮。代祭天地，代慰先人。

營中帳外已配妥馬匹，衣甲器械盡數齊備。連勝整軍已然妥當，同都虞候盡數交接了營內事宜，禁軍軍容齊整，候在陳橋大營門外。

樁樁件件一應完備，只等祭禮告慰天地先祖過後，整軍開拔。

雲琅按著胸口，跌跌撞撞晃悠出帳，去禁軍大營後的祭壇，給各方神明送點心、給端王叔燒小紙條去了。

景王人在府上，銀子數到一半，被禁軍客客氣氣破門而入，捂著嘴蒙上了眼睛。

恭恭敬敬，三人一組將王爺扛出王府，上了停在門外的馬車。

禁軍的精銳小隊，嚴謹俐落，半句多餘的話也不多說。馬車一路軋過乾淨的青石板路，上了寬闊平坦的官道，橫穿大半個開封，入了陳橋大營。

為首的營校沉默堅硬，不理會景王爺的奮力掙扎，將人拿細軟綢布捆了手腳，扛進了雲帥與先鋒官的大帳。

營帳安靜，能聽見木柴在火裡炙烤的嗶剝爆響。

景王甚至沒來得及看清被誰綁了票，更不知自己被帶到了哪個山頭營寨，遇上了哪個不講理的山大王。

他此時什麼也看不見，眼前嚴嚴實實遮著黑布，手腳捆得動彈不得。

他哆哆嗦嗦，「壯壯壯士……」

山大王的腳步聲頓了下，沒有應聲。

景王見沒上來就燙香滾釘板斷手指頭，大喜過望，忙撐起來，「壯士圖財？我府上要什麼有什麼，都可拿走，萬貫家財千張地契……地契就在我袖子裡，還請放我一條生路。」

壯士山大王仍不開口，大抵是視線往他身上落了落，匕首鋒刃蹭著銅鞘，輕微的一聲響。

「真的！」景王打了個激靈，不迭補充：「我這衣服袖子裡有個夾層，就藏在夾層裡面！」

景王生怕他殺人越貨，努力動了動右胳膊，殷勤道：「您自己找來拿，絕沒有什麼陰謀暗器。我有個帶兵打仗的朋友，老往袖子裡藏飛蝗石，還戴袖箭，不僅自己戴，還給他相好的戴袖箭，很不光明磊落。」

景王說起此事，還很是生氣，「不止不光明磊落，還暴殄天物。他從南疆拿回來那塊暖玉是難得的寶貝，我說幫他賣了，抬一抬價，少說能賣萬兩銀子。他竟說拿來做袖箭便做了……」

山大王緩聲道：「嶺南玉。」

「正是！英雄也知道？」景王連連點頭，「但凡戴著不涼的，我們一律叫暖玉，可嶺南的其實卻是種奇石。與尋常暖玉不同，自來便會發熱，十數年方止，鎮著穴位能益氣養脈，千金難求。」

「只可惜這東西得來艱難，生在地脈根處，不是峭壁懸仞便是毒瘴林深，能得一塊都是九死還生的運氣。」

景王怕他想要，重重嘆了口氣，「我那朋友的玉已用了，做了個破袖箭，全用沒了。」

山大王靜了片刻，低聲問：「為何不破開，做成兩副？」

他這次的話說得多了些，雖然壓低了嗓音，不易分辨，語氣卻仍叫人隱隱聽來耳熟。

景王無暇細想，先頓足嘆息，「我如何不曾勸過？只是那暖玉破開，效用便要折半，我那朋友不捨得，說與其兩人牽扯，一起遭罪，不如捨一個保一個。」

景王聽不懂這話，隱約覺得是在說石頭，卻又覺得不是。他此時自身難保，也顧不上探討一句話的深意，飛快懇切自薦，「英雄若想要這個，不如將我放了！我向來不畏凶險殺機，視生死若等閒，正好替英雄去那嶺南找一找……」

山大王：「不畏凶險殺機，視生死若等閒？」

「正是！」景王當即挺胸，正要再說，忽然停住，皺著鼻子聞了聞。

山大王不語，過去以匕首將他右手袍袖夾層劃開，果然看見一疊地契，盡是京城的酒樓商鋪。

景王細查氣息，勃然大怒，「蕭朔！」

「我好好的，沒招你沒惹你，你叫人綁我還裝山大王嚇唬我？」景王：「放開我！我認出來雲琅的寶貝折梅香了！今日我便要去同列祖列宗說！你個目無尊長的不肖侄子……」

蕭朔叫他喊得頭疼，蹙了蹙眉，伸手扯了景王的蒙眼布，拿走了醉仙樓的地契。

景王心頭滴血，「還我！這是我最掙錢的一家，你就不能拿邊上那個糖葫蘆攤子的？」

蕭朔不多費口舌，將一枚參軍腰牌拋過去，回到帥位旁坐下。

他放下那張醉仙樓地契，左手覆上右腕，碰了碰雲少將軍趁夜偷偷摸摸戴回他腕間的墨玉龍紋袖箭。

暖玉難得，蕭朔自然知道，卻並不清楚嶺南玉原來難求到這個地步。

雲琅逃到南疆時，蹤跡太過隱祕，連他派出去暗中護持的護衛也只能勉強追著些冷火殘燼，再要找便又找不著人了。

「你還要我給你做參軍？」景王目眥欲裂，雖然仍捆著手腳，卻當即從地上蹦起來便要跳著逃跑，「我不去打仗！你們自己去，我就在京城……」

蕭朔低聲：「他為何要去南疆？」

追兵追得再緊，也可往潼川路跑。

蜀中封閉卻富庶，追兵難過蜀道，入成都東路便安逸得多。

哪怕入川百步九折，也好過去斷山絕嶺毒蟲瘴氣的嶺南。

景王哪裡知道雲琅為什麼去南疆，他此時也很想去南疆，攥著參軍腰牌哆哆嗦嗦，「大抵……是嶺南風景好？」

景王聽人說北疆霜刀雪刃滴水成冰，滿心畏懼，乾嚥了下，「你是想叫我也學學打仗嗎？將來給你們搭幫手？非要去北疆學嗎？南疆不打仗？我泱泱中原上國豈會只有北方一面受敵……」

「四面楚歌、八方受敵，還叫中原上國？」蕭朔蹙眉，「你的書如何讀的？」

景王一滯，盡力往國土西南面想了一圈，想了半天，才發覺原來盡是些每逢年節千里迢迢來納貢、稱臣乞官的邊陲小國。

他仍不死心，瞄了蕭朔一眼，小聲道：「東邊……」

「東邊是海。」蕭朔：「入海屠龍？」

景王：「……」

「南疆也作過亂，雲琅帶兵平叛，若非先帝及時召回，險些不小心將越李朝打穿了。」

蕭朔守好地契，叫人解開景王束手綁布，平靜道：「你不畏殺機，等閒生死，敢去嶺南找玉。如此驍勇，去南疆豈不可惜。」

景王一陣氣結，「雲琅當初怎麼沒被你氣死。」

蕭朔眼中驟然一寒，眸底結出一片薄而鋒銳的冰色。

景王忽然察覺自己犯了哪個字的忌諱，用力打了自己兩個巴掌，連連「呸」了好幾聲，「我說錯話，天罰我、天罰我。」

「去披掛。」蕭朔沉聲道：「出征一日方能用馬車，你若搶不到馬，就蹲在糧草車上。」

景王不敢再多話，氣得牢牢閉著嘴，原地蹦了三圈，惡狠狠抬拳，將蕭朔十步外的氣場無聲揮拳揍了一頓。

蕭朔不理會他，快步出帳，去了祭臺。

雲琅蹲在祭臺邊上，燒完最後一張小紙條，拍拍手站起身。

風捲薄雪，他身上披風裹得嚴實，懷裡有暖爐熱乎乎烘著，倒不覺得冷，「怎麼跑過來了？」

雲琅回了蕭朔身旁，看了一遍他身上齊整披掛，無處下手，只能勉強將暖爐貼他臉上，「我的鎧甲帶來了，穿上就能走。」

蕭朔視線落在他身上，見雲琅氣色尚好，點了點頭。

祭臺旁有簡便的行軍帳，裡面一樣熱乎乎燒著火盆，備了飲食清水，還有不少香燭供品。

雲琅叫人守著，引著蕭朔進了帳篷，替他撣乾淨肩頭的薄薄雪水，「你把景王綁過來了？他沒跟你求饒？」

「求了。」蕭朔拿過鎧甲，替他穿上，「說要把萬貫家財、千張地契都給我。」

雲琅看著蕭朔，一時竟有些擔憂，「小王爺，我們當真沒窮到這個地步，不必真做打家劫舍綠林好漢的勾當。」

「……」蕭朔道：「我只同他要了醉仙樓。」

雲琅長舒口氣，拍了拍胸口。

鎧甲穿脫都麻煩得要命，雲琅一向懶得折騰，大大方方張開手臂任蕭朔忙活，忽然笑了笑，「你要醉仙樓，也是怕給他惹麻煩吧？」

「醉仙樓出了襄王的刺客，宮中現在成了驚弓之鳥，寧可錯殺，不會放過。」雲琅也是在祭臺燒紙條時忽然想透，「醉仙樓放在景王手裡，哪怕一時還無礙，等咱們這位皇上嚇瘋了，凡是看著有威脅的一律剷除，景王只怕未必能護得住。」

蕭朔平靜道：「放在你我手裡，皇上不敢動，還安穩些。」

「帶景王去北疆，也是因為不把人帶在身邊不放心。」雲琅點了點頭，叫蕭朔替自己束護腹甲，「畢竟咱們這位皇上素來沒什麼兄弟情義，叫這一連串的事嚇得草木皆兵，腦子一熱，說不定把景王也給不可放過地錯殺了。」

蕭朔將絲絛束牢，聞言抬眸看他。

「小王爺。」雲琅無奈道：「你這對人好又不肯說出來的毛病，幾時才能改一改？」

蕭朔搖了搖頭。

雲琅自年少起日日見他犯強，嘆了口氣，戳戳蕭朔護心鏡，「說真的，你上上心……」

「同別人學的，」蕭朔道：「我思他慕他，日日描摹仿效，積習難改。」

雲琅：「……」

祭臺就在邊上，雲琅乾咳一聲，厚著臉皮，轉頭給諸天神佛與兩人父母長輩低聲解釋：「他這話是說我。」

蕭朔看他一眼，將鑲了銀虎頭的雙帶扣拿過來，在雲琅腰間扣合。

雲琅頂著張大紅臉自誇了一句，熱乎乎低頭，問蕭小王爺：「你這是又翻著哪段舊帳了？」

蕭朔來時便不對勁，雲琅瞞他的事多了，真寫出來能寫一整本書，也不知蕭朔翻扯出來的是哪一段。

總歸債多了不愁，雲琅道歉早道成習慣，將人拽過來百鳥投林一頓亂親，「好了，消消氣，我知錯了。」

蕭朔：「錯在何處？」

雲琅：「……」

端王叔英靈在上。

小王爺越來越得寸進尺了。

【第八章】

不開竅的原來是我，叫你守了我這麼久

雲琅自詡已夠體貼，歉也道了禮也賠了，此時竟還要反思。他嚥不下這口惡氣，切齒準備絆先鋒官個大跟頭，才抬腿，便被蕭朔俯身握住了腳踝。

雲琅一激靈，耳後倏地滾熱，要將腿收回來。

「我沒有生氣。」

蕭朔伸出一臂，攏了雲琅坐下，輕聲道：「我只是在想，那時你我都在做什麼。」

雲琅駭然，「你想就想，捲我褲腿幹什麼？」

蕭朔拿過梁太醫特製的護膝，替他套上，又去拿脛甲。

雲琅瞪圓了眼睛，「五十歲了才戴這東西！」

「五十歲戴的是羊毛，內襯黑布。」蕭朔摸摸少將軍的髮頂，「你這一副是兔毛，內裡襯了蜀錦，比外祖父的好看。」

雲少將軍隱約覺得不對，卻不由自主仍被說服了，被握住另一條腿伸直，讓蕭朔仔細戴好了那一副護膝。

兔絨溫熱，內裡襯著厚實的蜀錦，已鞣製得柔軟貼合，戴上了之後再活動，也幾乎察覺不到半分阻滯。

隱約透著寒意的痠疼膝髕，竟真像是被一股暖融融熱意烘著，舒服了不少。

「北疆乾燥，雖冷些，卻反而比京城利於調養。只要保暖得當，日日再以艾灸熱敷，拔除了寒濕之氣，便不必戴了。」蕭朔道：「都是能養好的，別怕。」

雲琅失笑，「我怕什麼，你當我是景王？」

「別怕，我的毛病也能養好。」蕭朔迎上他視線，繼續緩聲道：「御米之毒的確害人心神，我知你去嶺南，是要找茶晶。」

雲琅微頓，視線在他眼底停了停，順著向下，看見蕭朔腕間袖箭，瞬間想明白了緣由，「就不能找景王辦事……」

「南人將御米叫罌粟，其果漿最毒。我當初中毒不深、及時拔毒，仍有些後患，要慢慢調理。」蕭朔道：「但那時京中傳聞我曉驚夜悸，頭風將死，的確誇大了。」

「……」雲琅訕訕，「我知道。」

蕭朔看他，「你知道？」

「我如今知道了！」雲琅惱羞成怒：「你這人怎麼這麼煩人？」

蕭朔垂眸，替他仔細扣好脛甲，套上牛皮靴。

「傳言嶺南茶晶可治頭風驚悸，定神止渙，是百越族神物，不貢中原。你是為了這個轉道南下去的嶺南？」

「別提這個了，我到了人家百越才知道，這是以訛傳訛瞎扯的。」雲琅扯扯嘴角，「茶晶不是茶，就是種好看的透明石頭，連玉都不是。人家百越小姑娘人人脖子上一串，沒人要的東西，所以才不往中原進貢。」

雲琅被他裝束妥當，起身活動了下，接過蕭朔遞過來的披風，「況且我如今也知道了，要治你蕭小王爺，得本將軍捨身，親自來當這個藥引子。」

蕭朔不語，視線落在雲琅燦白鎧甲上。

雲少將軍白袍銀甲，胸前鎏銀護心明光鏡，尚且不必持槍上馬，全不掩飾的鋒銳已流溢出來。

雪飛炎海，萬里歸來。

蕭朔來時有許多話要同他說，此時竟一句也不想了。他眼底烙著雲琅的影子，安定暖意暖熱熨著，應和凜凜戰色，視野裡再不剩其他。

蕭朔起身，抱拳俯首聽命。

雲琅稍一怔忡，隨即反應過來，笑影在眼底一漾，伸手扯住蕭朔，將他拉過來。

冰冷的鐵甲碰在一處，鐵甲下胸肺滾熱，血燙得能呼嘯出一片沛然真心。

蕭朔伸手，用力回攬住雲琅，吻上來。

他從未這般熾烈主動過，雲琅眼睛稍稍睜得圓了圓，嘴角不由跟著抬了下，抬手探進蕭朔披風下罩著的鎧甲縫隙，輕輕一摸。

蕭朔呼吸猛滯，視線釘住雲琅，眼底掠過暗色。

「這裡……不夠合身，若有兵戈趁虛而入，不安全。」雲琅並指成刀，在先鋒官的背後慢慢劃過，觸到左肋，輕輕一點。

指腹下，是琰王殿下近乎激烈的有力心跳。

「君王不早朝，將軍要早趕路。」雲琅將手收回來，彎了下眼睛，低聲道：「先鋒官後行壓陣，記得來帳中侍寢……須得趁早。」

蕭朔握住他那隻手，慢慢握實，用力攥了攥。

雲琅甩開披風，旋身出帳上馬。

一聲淨鞭，朝來迎的連勝一頷首，策馬當先率軍出了陳橋大營。

守境護國，拒敵覆土。

本朝不見軍隊赴邊，朝堂昏聵裝聾作啞，任憑邊界受鐵蹄踐踏，竟已有五六年。

禁軍隨主帥出金水門，走到外城城郭，路上已擠滿了送行的百姓。

樞密使揣著聖旨有去無回。

宮中發了詔令，禁軍威嚴，不准百姓私自犒軍，違者按當街滋事論處。

皇命不可違，開封府的衙役抱著水火棍殺威棒，打著哈欠，闔了眼皮懶洋洋立在路旁。無人鳴鑼宣告，街道兩側隔些地方便隨手糊上張紙，貼了軍威不可侵、不可擾、不可私自犒軍的皇榜告示。

告示下擠滿了公然犒軍的百姓。

人人懷抱家中富餘的糧食布匹，盡力向押送糧草輜重的後軍裡塞。

「誰說是給禁軍的？」

為首的老者斷了條胳膊，鬚髮皆白，見將官始終推辭不受，瞪圓了眼睛，「這是給朔方軍的東西，莫非也不行？也要被那什麼鳥皇命管著？」

這話已有些大不敬，旁人咳了幾聲提醒，壓低聲音道：「老哥哥慎言，叫侍衛司的暗探聽見了，是要發配充軍的。」

「充軍便充軍！」老者不以為意，大笑道：「老王爺嫌我斷了條胳膊，非要我給婆娘兒子留條命，將我轟回了汴梁。若充回朔方軍，還跟小將軍、小王爺打仗！」

連勝壓著中軍，聽見這一句，勒馬看過去。

說這話的老者已年過半百，一臂自肩頭齊齊斷去，卻仍矍鑠精神，一眼就知是軍中錘煉過的。

前些年朔方軍退下來的老兵，有端王親自安置，盡皆妥當。後來端王府出事，朔方軍歸給了樞密院，所有人都以為那些傷殘老兵們的生路自此斷絕了，

年復一年，兵部的補給贍養卻始終不曾間斷。

「兵部不說，誰不知道那些補給都是琰王府出的？除了琰王府，誰還記得老軍和遭了冤枉的小將軍？」

老者道：「如今小將軍竟也回來了，親自帶兵回北疆打仗，誰知道這等好夢還能成真……」

有沒見過朔方軍的少年，在一旁小聲問：「甘叔，你說的可是琰王與雲將軍嗎？」

京中傳聞都是琰王能止小兒夜啼，少年們自小聽到大，此時仍覺畏懼，「那琰王不凶？我娘說，犯了錯便要被琰王爺抓起來打屁股。」

「荒謬！」老者不屑嗤道：「琰王打過你？」

少年連忙囫圇搖頭。

老者又轉向另一個，「你家那姊姊，皇上說賜給琰王府為奴婢，琰王府收了？」

那少年猶豫半晌，也搖了搖頭，小聲道：「不曾。」

官府強征的奴婢，再賜出去，命就成了主家的。父母攔不住，正哀切垂淚時，琰王府已將人連奴籍一併冷冰冰退了回來。

連夜進的家門，玄鐵衛凶得叫人不敢說話，當著他們的面將奴籍燒了，拋下一錠銀子，叫他們給姊姊自尋去路。

官府入過冊，這一燒，就當是姊姊已經死了，從此再不必將命給貴人們隨手拿捏。

後來他姊姊偷偷改了名，與鄉下一家農戶成親，日子過得極好，如今還生了個小外甥女。

少年日日被父母嚴厲告誡，從不敢多說。他牢牢閉著嘴，攥緊了袖子裡姊姊給縫的荷包，朝後軍遠遠飄著的蕭字旗跪下磕了個頭。

「世人以訛傳訛，這種事多得是。有些最該長命百歲的忠良，就是叫這些流言害苦了。」老者沉聲道：「你們年紀尚小，辨黑白明事理是萬事先，讀書時要記得。」

少年們無人敢再多說話，齊齊低頭，老老實實聽訓。

其中一個膽子大些，瞄了瞄威風凜凜的禁軍，悄聲道：「甘叔，雲將軍是不是當真像傳聞那般厲害？」

「自然是。」老者道：「你們可知道當年跟著雲小將軍，仗都是怎麼打的？」汴梁安逸，一群少年人只經歷過叛軍攻城那一仗，還是被爹娘牢牢捂著眼睛、堵著耳朵，死死護在屋子裡，聽著外面拚殺的聲響提心吊膽過了一夜。

此時聽老者說起雲琅，少年們沒有不想聽的，眼睛倏而亮了，紛紛湊過來。

「只要豁出命聽令拚殺，什麼都不必想，也用不著怕。」老者掃了一眼身邊屏息凝神聽著的年輕後生，不緊不慢道：「總歸沒有打不贏的仗，沒有攻不下的城，只要旌旗指著那塊地方，跟牢了雲字旗，就定然能拿腳站上去。」

「遼人凶不凶？西夏人凶不凶？那鐵鷂子你們也見了，像是殺神臨世，見了雲騎一個比一個跑得快。」老者笑道：「若是你下手不快，打完一仗回去，領賞的人頭都未必能拿著一個。」

少年們聽得心血激蕩，眼底的畏戰怯色漸漸淡了，目光也跟著亮起豪氣。

為首的一個忍不住，攥了拳道：「等我成年了，也想從軍。」

「輪得到你？」老者拍了拍他的背，大笑道：「若不是不到年紀禁軍不收，我連兒子都要塞進車隊裡，給些糧食布匹算什麼！」

連勝壓中軍緩行，到他面前，拱手抱拳，「閣下是朔方軍故人？」

「驍騎弩手，甘勇！」老者一挺肩背，「小將軍缺人扛弩，老骨頭還剩一條胳膊！」

連勝看著他，冰冷面龐上透出一絲和緩，拱手還禮，「龍營，正參領，連勝。」

老者目光灼灼，仍盯著他。

「老軍金貴，來日朔方軍得勝回京，還要請老哥哥喝一杯酒。」連勝下馬，叫人接了糧食布匹入冊，緩聲道：「到時候，埋在邊城的屍骨斂了，一併好生帶回來，風風光光凱旋回京。要請老哥哥們點燈，引故人袍澤歸家。」

老者眼底狠狠一燙，倉促閉了眼睛，用力點了點頭，朝連勝深深一禮。

「我只是來傳殿下與少將軍的話，老哥哥這一禮，我也代為收了，去還殿下與少將軍。」連勝抬手還禮，「還有一句。」

老者下意識站得筆挺，空蕩蕩袖管叫風捲著，飄在身側。

「今日發兵相送，不夠暢快，委屈諸位。」

「邊關收復，大捷之日。」連勝：「有勞諸位將酒釀好，再來犒軍。」

一旁少年人聽得再壓不住，大聲道：「朔方軍苦守北疆，才叫委屈！我家酒樓的酒，到時請朔方軍盡情流水的喝！」

這一聲出來，人群紛紛跟著高聲呼喊相送，再壓制不住。

開封府的衙役有些猶豫，不知是否該出言喝止，進退兩難時，正看見一道人影。

「大人！」

開封尹抬了下手，示意不必鳴鑼，在街頭站定，遙遙拱手。

連勝代殿下與少將軍還了一禮，翻身上馬，出了西門。

軍行三日，要人侍寢的雲將軍不止沒顧得上見先鋒官，連營帳都沒怎麼顧得上回。

出兵不奉詔是自古大忌，宮中手段伎倆使盡，沒能攔住雲琅與蕭朔，京郊是最後下手的機會。

皇上曾與雲琅打過數次交道，比任何人都清楚，一旦叫雲琅帶兵出了京郊，徹底離了汴梁城，放虎歸山縱龍入雲，無論如何也再攔不住這兩個人。

「少將軍。」連勝將披風遞給雲琅，輕聲勸道：「三日三夜，我們也已走得夠遠，應當不會再有暗衛襲擾……歇息吧。」

「如何不會？」雲琅將暖爐擱在一旁，接過披風，「擾敵以疲，若我要朝你們下手，就挑第三天夜裡。」

連勝低聲：「若少將軍來下手，我們早死透了，還等得到第三夜。」

雲琅叫他滿當當慪氣一衝，沒忍住笑了，將披風束上，「你們殿下叫你來訓我的？」

「殿下比少將軍還忙，末將都沒見到人。」

連勝皺緊眉，「還以為離了汴梁，能叫殿下與少將軍從那搏命一般的局面裡鬆快些，如今若是還累成這樣，日日操心操肺，豈不……」

「誰說我們還要操心操肺。」雲琅笑了笑，「你當我們這幾日在做什麼？」

連勝一怔，愣愣看他。

「小王爺這幾日忙，是叫景諫去打通你們的通關路引。」雲琅道：「出兵不奉詔，叩不開路上的關口，不能紮營停宿、不能修整，步步維艱。」

兩人出京前，雲琅便察覺到蕭朔在忙活這件事，眼看這幾日景諫帶回來的牒文越來越多，心裡已有了數。

「過了今日，你帶兵急行軍，日百里直奔雁門關，不會再有阻礙了。」

親兵立在雲琅身後，沒忍住，咳嗽了數聲。

「……」雲琅回頭，「你們又咳什麼？」

「無事！」刀疤忙站直，「只是……頭次聽見少將軍說急行軍，日百里。」

「以往咱們日行一百五，少將軍都要說這是烏龜爬，一天不跑到三百里都不算趕路。」刀疤瞄了一眼雲琅，咧開嘴嘿然道：「蒙古馬憨，讓跑就跑。那群大宛馬見了少將軍，個個倒在地上蹬腿吐舌頭裝死。」

雲琅眼看著這些人越來越以下犯上，脾氣上來作勢虛踹，被刀疤一閃身飛快躲開了。

雲琅深吸口氣，按按額頭，「不必管他們……你們走你們的。」

「我當初帶雲騎行軍，沒有步兵，不帶輜重。弓騎兵每人帶兩匹馬，日夜奔襲，同你們不一樣。」雲琅看了看連勝身後的幾個將校，添了些耐性，繼續道：「有了路引，你們無論行軍還是紮營整頓，都不會再有阻礙。」

「至於來攔路的那些宵小雜碎，最多追出一二百里，過了今日多半再追不上。結陣禦敵的辦法，我也盡數帶你們演練過了。」雲琅道：「我再替你們攔最後一夜。今夜之後，若再有人來侵擾，你們自己應對。」

他話說得竟已有安排諸事之意，連勝本想勸他不要事必躬親，眼睜睜看著少將軍竟一件事也不管了，不由愕然，「可是……」

雲琅抬起視線，帶了笑看他，「可是什麼？」

「可是……這樣一來，少將軍便將事情都安排妥了。」連勝道：「我等急行軍，少將軍與殿下要做什麼？」

雲琅壓了壓嘴角，正要開口，神色微動。

他搭在身旁的銀槍沿腕間轉了大半個圈，穩穩落在手心。

這裡已是最偏僻的京郊，京城裡偷偷將馬牽出來跑，放縱打馬，最遠能跑到這一處。

更遠就是峭壁懸崖，跳下去會砸進冰冷的山澗，要端王府最好的山參才能把命吊回來。

這一片荒林之後，有間破舊的城隍廟，亂石叢生，最適合布置伏兵。

雲琅曾經走過這一條路，能清晰猜得到，倘若是那位九五之尊的皇上來攔截，會將伏兵布置在什麼地方。

他甚至能猜得到，那位九五之尊的皇上會在什麼地方。

連勝聽見喊殺聲，神色一凜，起身便要去支援。

他才一動，卻被雲琅抬手攔住。

連勝愕然，「少將軍？」

雲琅握著槍，仍坐在原地不動，「有殿下在。」

這句話說得太過簡略，連勝愣了半晌，卻仍不甚明瞭雲琅的意思，遲疑著慢慢坐回去。

雲琅靠了身後的樹幹，靜坐著，聽著不遠處刀戈碰撞出的刺耳聲響。

老主簿曾對他說，王爺一個人，來過許多次這處破城隍廟。

每一塊亂石、每一株殘椿，甚至城隍廟裡每條磚石縫隙，蕭朔都找過。

可雲琅除了一灘血，什麼也沒留下。

蕭朔去的時候，已隔了些時日，那灘血深黑著覆在城隍案桌與地下的青石板上，冰冷乾涸，碰不到半點肺腑間的熱意。

從城隍廟回去，蕭朔開始有了第一場醒不過來的夢魘。

「他說的對。」雲琅睜開眼睛，握了槍起身，「都能養好，沒什麼可怕的。」

連勝愈發雲裡霧裡，「什麼？」

「有些傷好了，有些還沒好，沉在不察覺的地方，遺憾餘悸，夜夜入夢。」雲琅道：「我要同小王爺一道去養傷。」

他向來盡力避諱叫蕭朔知道這五年間的任何事，也盡力不讓蕭朔重走他走過的任何一個地方，可越是這樣避諱隱瞞，反而越叫人牽腸掛肚，難得解脫。

可這些年雲琅走過的地方，分明也有好的。

有往人懷裡撞的兔子，能煎茶的柔嫩新葉，有會頂著通緝令冒險開門，給他遞一張餅子、捧一碗熱湯的淳樸山民。

有山高水闊，有朝霞日色，有溫柔得像是王妃攬著胸背拍撫的風。

朔州城邊，就有一處斷崖，風景好得他一瞬想要記下來，等來世投在尋常人家，去琰王府敲敲門，將琰王拐出京城去看一看。

……不必等來世。

「我若隨軍，不用到朔州城下，敵軍自然會警惕提防。」雲琅：「到時攻城，難免麻煩。」

連勝不解，「既如此，為何不一開始便隱匿蹤跡，低調急行軍？」

「隱匿蹤跡，低調急行軍，與我往日用兵有何不同？」雲琅啞然：「他們的斥候眼睛極毒，禁軍如今練得不夠，隱匿蹤跡瞞不住他們，只會叫他們起疑。」

「反倒是……鬧得盡人皆知，他們派出的斥候在軍中卻見不到我，會懷疑我傷勢未復強行迎敵平叛，此時已無力再戰。」

雲琅走到林邊，看了看情形，「京中鬧得沸沸揚揚，只是虛張聲勢，仗我名號。」

連勝聞言恍然，看著雲琅，心底卻又一揪，「可少將軍傷勢的確也未復……」

「故而要藉這一路再養養傷。」雲琅主意已決，「我們兩個單獨走，不隨軍，朔州城下見。」

連勝怔了怔，不驚反喜，起身追了兩步，「少將軍要和殿下私奔嗎？」

雲琅：「……兵分兩路，一明一暗。」

少將軍與王爺要兵分兩路，不走明道，暗中私奔，帶王爺去沿途侍寢。

連勝明白，欣然點頭，「是。」

雲琅隱約覺得他臉上的欣然不很對勁，看了連勝一眼，接過刀疤牽過來的馬，「軍中主將，就挑個我們走後官銜最高的，日日戳在馬上撐場面就行了。」

連勝俯身，「是。」

雲琅不再多說，策馬直奔城隍廟，去尋小王爺兵分兩路了。

連勝回身，詢問身後將校：「如今軍中，論官銜最高的是哪個？」

「本朝重文抑武，文官無論職權，一律比同級武官高。」韓從文是兵部尚書嫡子，自幼耳濡目染，垂首稟道：「故而論起官銜，也是文官高些。」

「我知道。」連勝點點頭，「只說哪個最高就是了。」

「從軍文職由樞密院派發，王爺與雲將軍出兵時，未經樞密院，軍中文職混亂。」韓從文道：「很多職位……尚且空缺。」

「如何這般麻煩？」連勝皺緊眉，繼續追問：「不管這些，現今軍中文武職位，有人的一併算上，哪個最高？」

韓從文：「景王。」

連勝：「……」

樹林之後，喊殺聲漸消，已能聽見禁軍看見雲少將軍親自施展身手的歡喜呼聲。

連勝立在原地，進退兩難，深吸口氣。

轉回頭，去輜重營的押運糧草的車裡找人了。

永興軍路，河中府。

巍峨秦嶺沉默在暮色裡，兩騎駿馬一前一後飆過，踏在雪上，濺開一片撲面的清涼雪粉。

雲琅抹了把眉睫間的淋漓汗水，勒了韁繩，堪堪收住跑得暢快的白馬，回頭等蕭朔追上來。

蕭朔跟上，勒馬與他並轡，「到了什麼地方？」

「秦嶺。」雲琅抬袖拭了汗，解下水囊灌了兩口，拋過去，「翻過去，就進峭山了。」

山路陡峭，稍不留意就要墜落山澗。蕭朔始終守在道路外側，不能徹底放開了跑，這些天跑下來，終歸還是較雲琅慢出了幾個馬身。

黑馬不爭勝，過來蹭蹭白馬的頸子，貼一貼雲琅掌心，溫馴地打了個響鼻。

雲琅扒拉開不滿頂撞的白馬，揉了一通黑馬的鬃毛，餵過去一把甜玉米粒。

前朝的都城就在永興南路，到如今仍置京兆府轄諸縣，關中平坦沃野千里，歷代相傳的天府之土。峭山險峻，多高山絕谷，守在關中平原邊界，與函谷關共成天塹，是兵家必爭的要塞。

兩人隨軍走到第三天，在城隍廟將別有用心的尾巴一併了結，便不曾再跟著大軍，只管放開韁繩痛快策馬。渴了餓了就著山泉吞乾糧，睏了找棵樹，席地幕天倒頭便睡，竟反倒比京城暖榻更踏實得多。

蕭朔喝了兩口水，細看著雲琅氣色。

這樣幾天幾夜的縱馬疾馳，極耗費體力，對雲琅來說並不輕鬆。

可雲少將軍除了臉色蒼白些，鎧甲披掛穩坐馬上，一雙眼睛卻亮得透徹分明，笑意滿蘊在眼底，一晃便能漾出來。

雲琅叫他盯個不停，有些好奇，低頭看了看自己，「有什麼好看？」

兩馬並行，蕭朔探身，將水囊繫回雲琅身側。

他如今已很清楚該怎麼治雲將軍，不急不緩，垂眸慢慢道：「你。」

雲琅張了張嘴，耳後驀地一燙，紅通通自馬背上洩了氣，閉上嘴老老實實滑下來。

「梁太醫說，鬱氣盤踞，不亞於病傷磨人，如今看來的確不錯。」

蕭朔與他一併下馬，將兩匹馬韁繩繫在一處，「若早知這樣跑一跑，便能叫你心胸舒暢，我年前就該陪你出來跑馬。」

「你早出來，我也未必跑得動。」雲琅扯了下嘴角，搖搖頭，「再說了，跑馬固然暢快，值得高興的也不是這個……」

蕭朔問：「是什麼？」

雲琅抬頭，看著蕭小王爺當真等著銘記於心的專注神色，沒繃住樂，以牙還牙：「你。」

蕭朔腳步微頓，抬起視線看他，眸底映住雲琅身影。

「此天此地，此景此人。」雲琅將韁繩從他手中抽了，隨手扔出去，由黑馬帶著白馬閒逛吃草，「你只看我心胸舒暢了？小王爺，我帶你出來是散心的。」

這些年，守京城的是蕭朔，守著家等他回來的是蕭朔。

繁花錦簇無間深淵，最該扯斷禁錮砸了籠子，出來好好透透氣散散心的是蕭朔。

他四海為家，從天涯海角回來，見了好的東西，想給蕭朔看。

雲琅有意叫他舒心，將蕭小王爺拉過來，一併站在山脊上。

隆冬才盡，春寒尚且料峭，秦嶺北面尚有積雪，南坡已覆了滿滿當當的蒼翠葉色。

目力所能及處，經冬霜雪，一片鬱鬱蔥蔥生機勃勃。

「《括地志》裡說過，當年文王避風雨就在東崤山。幽深可蔭，谷深坡陡，來往行人畏懼，不敢輕入。」雲琅攏住蕭朔的手，一本正經地背了半段，側頭朝他笑了笑，「在這種地方紮個營，住上十天半月，遠比京城逍遙……」

「佑和二十八年，你自北疆回轉，遇守關駐軍追擊，墜落山谷。」蕭朔問：「就是此處？」

雲琅一僵，氣急敗壞：「這麼好的氣氛，你就不能說點別的？」

蕭朔垂下視線，看著兩人腳下的陡峭懸澗。

「你以為我掉下去，摔在石頭上摔碎了，又自己把自己淒淒慘慘地拼起來，哭著在石頭上刻到此一遊？」

雲琅戳過去一排眼刀，呼哨一聲示意黑馬跟上，扯了蕭朔的手，朝一處看似險絕的斷徑過去。

蕭朔不問，只由他扯著，踩過及腰高的叢生雜草，一路向下。

「你那時在宮中，叫先帝押著拔毒，還沒來得及派人出來找我吧？」雲琅拽著他，一路念念叨叨：「早同你說了，侍衛司那些消息就信不得。十條有七條是我放出去的假消息，剩下三條是他們連假消息都沒找著，硬著頭皮回去編的……」

「函谷關守軍是我的舊部，替我遮掩了蹤跡，說我墜崖不知所蹤，其實在崖底幫我偷著蓋了木屋，讓我養了大半個月的傷。」

雲琅站定，回手來拉蕭朔，「有句話我不曾騙你。我這個脾氣，從來不像有些人那樣自討苦吃，能過得多舒服就多舒服。」

蕭朔借了他的力跟上，抬起視線，「你這個脾氣，話裡若不損我一句，夜裡都睡不安穩。」

雲琅樂得頭暈，叫蕭朔反扶了堪堪站穩，扶了把身旁古樹，扯著他轉過幾個急彎，「莫非我說得不對？整日自苦，就該扳扳你這毛病……到了。」

這條路看似險峻，腳下卻意外的穩當。只是叫草蓋得半分也看不出來，又九折縈回，若非事先走過，絕發現不了。

不止兩人下來得順利，黑馬叼著白馬的韁繩，不用人牽，竟也跟著一路跌跌撞撞順了下來。

「可惜急著趕路，此處不是養傷處了……天色晚了，住一宿再走。」

雲琅繞木屋轉了幾圈，尚算滿意，點了點頭，「這裡有條近路，沿洛水河谷過去，不必翻山過函谷關，一路能直插到朔州城外。」

雲琅繞著國境跑了幾個圈，後來幾次偷著回北疆查看邊防，都是走的這一條路。

蕭朔將馬拴在青草茂盛處，走到木屋前細看了看。

雖然難尋，又隱在谷底河畔，木屋前後卻不見荒草，並不顯得多蕭索荒敗。

蕭朔將柵欄推開，看過門窗，「此處還有人來？」

「函谷關守軍。」雲琅熟門熟路揭開井蓋，打了桶水洗臉，「前些年不是總有我在逃亡路上喪命的消息？他們一聽說我死了，就來這裡哭祭燒紙，打掃乾淨喊魂兮歸來。」

雲琅屈指算了算，「五年來，大概哭祭了十七、八次。」

蕭朔：「……」

「去歲年底，我還想來住幾天再走，來得不巧，正趕上那一撥流言傳到函谷關。」雲琅現在想起當時情形，還感慨良多，「他們燒過紙，磕了一個頭，喊完魂兮歸來，我剛好跳下來……」

「……」蕭朔：「之後呢？」

「我歸來了。」雲琅唏噓：「函谷關守軍險些當場送走好幾個。」

蕭朔咳了一聲，深吸口氣扶了柵門，側過頭。

雲琅壓了笑，繞著小王爺團團轉了幾個圈，總算在他眼底也看見了笑影，襟懷大慰，「笑得真好，再笑一個。」

事關雲琅生死，蕭朔本不願在這種事上這般不端正。盡力壓了幾次，掃見在眼前晃來晃去的雲少將軍，終歸還是沒能壓得住，扶著額低了頭。

雲琅就喜歡看這個，嘴角大大揚起來，伸手將人抱了，在蕭朔嘴角輕輕一咬。

蕭朔抬手，攬護住他腰背，低聲道：「別鬧。」

雲琅卻不抬頭，不顧鎧甲硌著，手臂牢牢圈在蕭朔背後，用力抱了抱。

蕭朔力道稍頓了片刻，將雲琅頭盔摘下來，連束髮的髮帶也一併解了，掌心覆著雲琅腦後，輕輕揉了揉汗濕的黑髮。

「你知道我為何忽然急著回京？」雲琅埋在他頸間，低聲道：「就是那日，我忽然發覺……很想將這件事講給你聽。」

一個人打仗、一個人逃命、一個人咬碎了牙和血吞裹緊傷口跌跌撞撞掙命，撐一撐就過去了，都沒那麼難熬。

雲琅躲著追兵也躲了蕭朔這些年，遇上件開心的、能笑破肚子的事，第一樁反應，竟還是笑得邊跺腳抹淚邊回頭，伸手去扯蕭小王爺的袖子。

「我回頭，沒摸見你的袖子。」雲琅輕聲回憶往事：「忽然想見你，想得要命，想得一刻也再站不住。」

蕭朔胸口狠狠一扯，熱意沸頂，將雲琅死死攬住。

「屋後有個山洞，往深走，裡面有處地熱湧泉。」雲琅在他頸間貼了貼，「不大，沒你府上那個舒服，勝在頂上有條裂隙，可透進來些夜色。」

雲琅還想說些話，聽著蕭朔胸口傳來的有力心跳，卻忽然不想說了，只笑一笑，「去泡泡，解解乏。」

蕭朔俯身，將雲琅抱起來。

雲琅的甲是輕甲，卻也有些分量。他不由一愣，堪堪扶住蕭朔肩膀，「做什麼？我如今又沒傷沒病……」

「你累了。」蕭朔吻了吻他潤著濕氣的眉睫，「歇一歇。」

雲琅話頭稍頓，抬頭望了蕭小王爺一陣，明潤眼底慢慢熨過些暖熱，指了個方向，闔眼埋在蕭朔肩頭。

秦嶺地勢險峻，南北分明，南側顯然比北坡暖和得多。

幽深莽林裡，迴響著空谷間清脆的鳥啼蟲鳴。

地熱湧泉藏在山洞深處。

蕭朔將雲琅抱進去，放在一處平坦些的石臺上，穩穩攬著，替他解甲。

幾日前，城隍廟那一場仗，追擊的暗兵營與值守禁軍撞在一處，越廝殺心越寒。

值守的禁軍原屬侍衛司騎軍，追襲的是出身侍衛司的暗兵營。禁軍顧念昔日同袍之情，處處留手，卻險些被暗兵營尋了空子，吃了大虧。

蕭朔帶人趕到時，侍衛司的騎兵校官腿上受了傷，瞪著暗兵營的狼頭刀，目眥欲裂，嘶聲喝問：「為什麼？為什麼……」

為什麼昔日同袍，偏偏輕易就能倒戈相向。

為什麼原本的袍澤摯友，因為一道皇命，一樁世事，就能決裂至此。

為什麼明明要去為國死戰，卻還來不及朝敵人揮刀，背後已經捅來了泛著寒氣的狠毒刀尖。

蕭朔將雲琅肩甲卸開，擱在一旁，低頭去解他背後束甲絲條。

兩人這幾天都放開了跑馬，未曾留下什麼餘力。雲琅此刻放鬆下來，整個人都有些打晃，靠著他胸肩慢慢向下滑。

蕭朔吻著雲琅的眉梢眼尾，手上俐落，「先別睡。」

雲琅咳了咳，含混道：「沒想睡……前些天城隍廟那場仗，你知道皇上也來了嗎？」

蕭朔低聲，「知道。」

雲琅微訝，抬頭看他，「知道？」

「若暗兵營贏了，皇上當即就會出來，恩赦禁軍擅動之罪，再將你我治罪下獄。」蕭朔點了點頭，「可惜暗兵營已成強弩之末，再不復昔日威風……他已徹底慌了。」

雲琅失笑，「換我我也慌。跑了一個襄王，如今你我竟也這麼光明正大的跑了。他坐在那個皇位上，只怕日日一睜眼睛，頭頂便懸著兩把劍，不一定哪把要掉下來。」

「既已懸著，不在乎再多懸幾日。」

蕭朔眸底一瞬深冷，闔眼斂了，「你若不出來，我本想兵圍城隍廟，與他簽下盟書血誓。他若不傷你，安安生生容納變法，我便留他一命。」

雲琅當初跑到城郊，的確曾在城隍廟被逼著立了個血誓，可也萬萬想不到小王爺錙銖必較至此，一陣頭疼，「倒也不必記仇到這個地步……」

「為何不必？」蕭朔道：「欠你的，本就都該討回來。」

雲琅不由失笑，「照這麼說，你欠我的，我莫非也該討回來？」

蕭朔抬眸，望他一眼。

雲琅臉上帶著笑，目光卻罕有的嚴肅認真，隱隱透出明淨鋒芒，看不出半分要開玩笑的意思。

蕭朔靜坐良久，闔了眼，點點頭，「我與你自幼相交，既是袍澤又是摯友。卻只知仇恨目蒙心盲，不解你苦心，以怨報德，害你孤身遠走，最該重罰。」

雲琅靠在他肩頭，抬起胳膊抱著他，聲音貼在蕭朔耳畔：「如何重罰？」

「我欠你的，無論是罰是討，都該罪加一等。」

蕭朔低聲道：「家法在你手裡，你要如何罰……」

雲琅在背後解了蕭朔的胸甲，一隻手探進冰冷鎧甲。他特意催動了些內力，掌心溫熱，慢慢暖著琰王殿下叫寒意侵襲的胸背。

鐵甲冰寒冷硬，束縛著人動作，偏偏有了這一層禁錮，反倒襯得透過衣物布料那一點薄薄的熱意格外分明。

雲琅伏在他肩頭，呼出的氣擦過蕭朔耳廓，溫涼柔和，細細拂進心底。

「好罰。」雲琅笑道：「翻倍再翻倍，按賭坊高利貸，利上起利，本一還三。」

蕭朔闔眼，死死壓住筋骨下被激起的微慄，「好。」

雲琅抹了他的肩甲，與自己的收在一處，慢慢道：「算上夢中，我有十七次……捧腹大笑時回頭找你，沒找到人，很是難過。」

蕭朔怔了怔，睜眼定定看他。

「你要陪我笑五十一次，最暢快的，笑到站不住那種。」雲少將軍算得很清楚，埋頭撿了塊石子在地上寫寫畫畫，「一年還不上，就再滾一番利。」

蕭朔伸手攬住他，啞聲道：「雲琅。」

雲琅埋頭繼續低聲算帳：「有七十二次，我烤出來的魚和兔子肥的流油，又香又好吃，卻沒法分給你。」

「雲琅。」蕭朔用力閉了閉眼，「你不必如此寬慰我，我並非囿於過往，只是……」

「誰寬慰你？」

雲琅拋了手中的小石子，拍拍手抬頭，「一年三百六十日，兩千一百六十天，我在夢裡輾轉驚醒。若是在家，我一抬腿就能翻進你的書房，賴在你燈下、搶你的書，搶你的酥酪喝。」

「兩千一百六十天，翻三番，就是六千四百八十天。」雲琅胡言亂語：「你若是一年內還不上這六千四百八十場大夢……」

「還不上的。」蕭朔低聲：「一年只有三百六十日，日日夜夜榻上高臥，也還不上。」

雲琅一時大意，沒算這個，張口結舌半晌，索性胡攪蠻纏：「不管，你若還不上，便……」

蕭朔抱住他，親了親雲琅的眼睛，「便再拖一年，再翻三番。」

眼睫叫氣流輕輕擾動，泛起一陣酥癢，化成細小的劈啪火花，順著脊柱竄進心臟肺腑。

石崖上水滴緩緩匯聚，晃一晃，滴答一聲，敲在平靜水面上。

洞內寂靜，能聽見血在肺腑裡灼燒呼嘯，橫衝直撞，沸出沛然滾熱。與心跳一道，全無保留地撞在另一處緊緊貼合著的胸口。

雲琅微微打了個顫，嗓子不自覺啞了，低聲道：「那豈不是更還不上……」

「又還不上，只能再拖一年。」

蕭朔慢慢吻著他，嗓音低啞卻寧和，像是終於豁開了那層最深的枷鎖，將真心完完整整、不留餘地的捧出來，「年復一年，一世復一世，你只管向我來討。」

「生生世世。」蕭朔輕聲：「我賠你千萬場好夢。」

雲琅胸口尖銳一疼，沒說話，閉了眼睛。

洞內微涼，兩人都解了甲，此時衣物已有些單薄。

雲琅被他胸肩手臂裹著，胸口一時澀住了，將臉埋進蕭朔肩頭衣物，低聲抱怨：「冷。」

蕭朔將雲琅抱起來，沿溫泉坐穩。

溫熱水流漫過兩人胸肩，慢慢拍撫著雲琅繃緊的瘦削脊背。

雲琅在他懷間微微顫了一陣，放鬆下來，直起身。

蕭朔迎上他的視線，抬起隻手，在雲琅眼尾屈指輕輕按了按。

雲琅有些難為情，偏過頭，呼了口氣笑笑，「好了，帳劃清了，你不必再覺著欠我。」

今日一時鬆懈，竟又犯了不爭氣的毛病。

雲琅抬手胡亂抹了兩把眼睛，笑了笑，說：「真要論起來，咱們兩個誰不欠？就別爭這個了，我還欠著你的……」

蕭朔輕聲：「是。」

雲琅：「……啊？」

蕭朔抬手，從岸邊拿過雲琅隨手拋下的那顆石子。

「小王爺。」雲琅心情複雜，「我就是同你客氣一下。」

蕭朔一手攬著他，靜靜抬眸，「雲少將軍怕了，要賴帳？」

雲琅心道完了，他平生最怕激，尤其怕蕭小王爺激，此時分明知道眼前是個坑，嘴已搶在腦子前頭慷慨道：「自然不怕！你……」

蕭朔點點頭，「好。」

雲琅一個縱身跳進了坑裡，按著胸口，奄奄一息。

「這些年來。」蕭朔靜了片刻，石子慢慢劃下一道，輕聲道：「我想同你一處，想吻你，想擁你入懷。」

雲琅凝神聽了半晌，大鬆口氣，囫圇點頭，「我當是什麼，這個你隨便……」

「此事便不討了。」蕭朔道：「總歸從今往後，時時可在一處，不必特意計數。」

雲琅張了張嘴，竟也無處反駁，「……不錯。」

「至於想將你捆在榻上，從此困在身邊，再不叫你亂跑。」蕭朔垂眸，「再做一條鎖鏈，將你我鎖在一處，我也想了千百次。」

雲琅：「……」

「此事只是想想，也不討了。」蕭朔：「你不必在意。」

雲琅現在就有些在意，謹慎從蕭小王爺懷裡蹭出來，不著痕跡悄悄往岸邊挪。

蕭朔並不攔他，伸手在雲琅可能被嶙峋石底磕碰處墊了下，免得雲琅不慎硌傷膝蓋，又用石子慢慢劃下一道。

「這個也不討，那個也不討。」雲琅總覺得最後那一道莫名不詳，跪在蕭小王爺腿上，謹慎回頭，「你究竟要討什麼？」

蕭朔將石子放在一旁，抬頭看他，「昔日你我泡府上湯池時，也曾談及往事，剖析真心。」

雲琅細想了想，訥訥點頭，「是啊。」

蕭朔：「也曾紓解鬱氣，安撫傷痛。」

雲琅乾嚥了下，「是……」

「那日。」蕭朔垂眸，「你說我不行。」

雲琅：「……」

這事可實在太大了。

雲琅嚥了嚥，在熱騰騰的水氣裡抬頭，壓壓心跳，瞄著蕭朔神色。

這事糾葛著由來已久，兩人都各自計較過。雲琅嘴硬，多半仗著蕭小王爺縱容，不肯服輸罷了，心裡卻其實有數。

縱然沒數，只消看一眼書房裡琰王殿下在纏身百忙的公務裡擠出來間隙，手不釋卷、日夜研讀的話本與畫冊，也該清楚。

小王爺……怕是很行的。

雲琅扶著石岸，他心底一陣發虛，腳下不慎踩了個空，流雲身法在水裡全使不出，一頭便往池裡栽進去。

蕭朔伸手，護住他胸肩，將自投清池的少將軍自水裡濕淋淋撈起來。

雲琅嗆了口水，握著他手臂抬頭。

溫泉水將兩人徹底浸全了，熱氣蒸騰起來，沁著小王爺靜深眉宇，黑徹眸底如同水洗，愈發清晰地映著他的影子。

雲琅心道不好，咳了兩聲，按了按造反的心口，「我……」

蕭朔抬手，替雲琅拭了眉睫間的水色，將人抱回懷裡。

圈在背後的手臂不是想像裡的火熱激烈，甚至沒有多少禁錮與克制的力道，只是格外寧和地抱著他，掌心隔著衣物，一寸寸溫和碾過肩胛脊背。

雲琅察覺到不對，眨了幾次睫間沾染的濕氣，抬頭看過去。

兩人在水裡險些摔了一跤，此時的位置剛好，他想要看蕭朔，視線卻不由自主叫晃過的景象一牽，又看回頭頂。

天色已完全晚透，石縫裂隙間，深黑夜穹，有星子點點閃爍。

兩人進洞時便點了舊日留下的火把。

山洞裡叫火光映得暖融，那條裂隙追上去的星色卻寒而廣闊。

寒得明淨，嵌在更冷清幽靜的天穹盡處，遼遠得彷彿觸手可及。

雲琅看了一刻，深吸口氣呼出來，扯扯嘴角，收回視線。

蕭朔仍倚著石岸，一臂護在雲琅背後，目光靜落在他身上。

雲琅失笑，「看我做什麼？看星星啊。」

「方才看見了。」蕭朔道：「我抬頭時，便明白了你說的話。」

雲琅怔了怔，「什麼話？」

蕭朔輕聲：「少將軍焚琴煮鶴，苔上鋪席……終於不煞風景一次，看懂了這漫天星子，急著要給旁人看、同旁人說。」

雲琅一時愕然，張了張嘴，瞪著沒一句好聽話的蕭小王爺，不知該發怒哪一句。

蕭朔靜看他良久，抬手撫過雲琅眼尾，低頭輕輕吻去微熱的鹹澀水氣，「可恨這旁人竟是塊又冷又硬的冰，他拿心血去燙，也捂不熱、喚不回。」

「……小王爺。」雲琅捂著胸口，疼得眼前一黑，「你下回要戳我心，還請先說。」

蕭朔用力攬住他肩背，闔了眼，低頭吻住疼得微微打著哆嗦的雲少將軍。

雲琅泡在溫泉裡，手指卻仍冰涼，盡力攥了幾次，絞住蕭朔衣袖。

「胡說，旁人怎麼就是冰了？」

雲琅嗓子也啞，稍稍側開些，低聲道：「我知他心念，知他肺腑如我，知他一腔血比我更燙。燙得焚天滅地，我若再不回去，便能將他自己燒乾淨……」

蕭朔胸口輕顫了下，收攏手臂，將雲琅吻牢，一點點吞淨了剩下的話。

他仍盡力克制著力道，雲琅臂間勒上來的力氣卻比他更牢，幾乎像是要將骨血勒破凝事的衣物阻隔，徹底碾入胸膛，融在一處。

自重逢以來，兩人早盡數交了心，抵了命，能交託的盡數交託出去，再無半分間隔。

唯獨各自謹慎、牢牢守著的，便是這些年落下的舊傷。

藏得深一點，再深一點，最好能將傷疤嚼碎了吞下去，捧出來能叫對方心寬釋然的豁達。

他們的每一刻都像是賺來的，沒時間將太多心神花費在療傷上，偶爾稍有觸及，揪扯著疼，就彼此攙扶拉拽著先過去再說、先辦完了正事再說……

蕭朔擁著雲琅，察覺到少將軍臂膀間湧出來發著顫的、前所未有的熱切與激烈，心底忽然扯著狠狠一疼。

是他錯了。

他只知道解開雲琅繫在旁人身上的心結，繫著先帝先后的，繫著父王母妃的，外祖父，太傅，那些榆木疙瘩的朔方軍舊部。

可雲琅最深的心結，一直是他。

他的少將軍不懂這些，連情事也不通，只知道一味罩著他。

他越責己，雲琅便本能地越將傷藏起來。

藏得深了，自己都不察覺，成了沉屙，一步步磨著煎熬拖累心神。

蕭朔斂去眼底滾熱，回應雲琅打著顫的的親吻。

氣息急促交融糾纏，心跳迴響在空蕩蕩的山洞裡，溯著熱泉逆上石壁，與星光遙遙應和。

稍稍分開時，雲琅眼前已白茫茫成一片，嗆咳著垂了頭，昏沉沉軟在蕭朔臂間。

「緩一緩。」蕭朔低頭，輕輕親著雲琅的眉眼，「要問你討債，省些力氣。」

雲琅迷迷糊糊咳嗽，小聲服軟：「沒力氣了……」

「無妨。」蕭朔輕聲：「我有。」

雲琅：「……」

蕭小王爺這語氣就很是反常。

雲琅盡力撲騰了兩下，在他腿上翻了個身，抬頭迎上蕭朔視線，「不對啊。往常這時候你不是該說，既然沒力氣了便好好歇著，安心睡一覺，你不擾我……」

蕭朔垂眸，墊著雲琅肩頸，「你想睡？」

雲琅話頭一頓，張口結舌，熱騰騰埋進溫泉裡吐了一串氣泡。

蕭朔闔了下眼，將眼看要化成一灘的少將軍撈出來，濕漉漉裹進懷裡，親了親他的眉心，「我知錯了。」

雲琅已叫一腔旖旎泡得暈乎乎發軟，他喜歡蕭朔這樣點水似的吻，同貼著眉心的微涼唇畔蹭了蹭，抬頭含糊道：「又知什麼錯了？」

「總怪你不開竅，不開竅的原來是我。」蕭朔覆著他的髮頂，摸了摸，愧疚道：「叫你守了我這麼久。」

雲琅微怔，迎上蕭朔視線，靜了片刻忽然一樂，低頭照蕭小王爺頸間一咬。

他咬上來的力氣不小，叼了一陣，力道便漸漸緩了，含著那一小塊叫水沁得溫熱的皮肉，在齒間慢慢磨了磨。

蕭朔呼吸一滯，啞聲道：「胡鬧。」

「胡什麼鬧。」

雲琅伏在他頸間，胸腔跟著話音震顫，震開細微的酥癢，喃喃：「冷……你暖我一暖。」

少將軍生來傲氣，這種話當玩笑說容易出口，此時認真說，幾乎字字都要翻幾個番。

唇齒抿著逐字逐句地說，像是含著揉碎了每個字，慢慢吐出來。

慢得叫人心裡發燙。

蕭朔壓著心跳，攬住雲琅勁窄腰背，低聲道：「明日誤不誤事？」

「不誤事。」雲琅答得飛快：「我的親兵該跟上來了，坐車走。」

蕭朔有些啞然，看他一眼，有意繼續慢慢問：「衣服濕透了，可有換洗衣物？」

「有！」雲琅叫他愁死了，「我有十七個衣冠塚呢，幾十套衣服，隨便挑。」

蕭朔撫過雲琅髮頂，靜了片刻，「你……」

雲琅一口咬回那個紅通通的牙印，叼著磨了兩磨，氣勢洶洶笨拙地拿舌尖去攪和。

濕潤溫熱自頸間柔軟攪擾，平白亂人心神。

「你抱著我些。」蕭朔不再逗他，啞聲說完：「若疼便說。」

雲琅打了個激靈，還不及體察到洞內的隱約夜寒，已叫覆落的滾熱親吻密不透風牢牢裹住。

火把不知何時已燃盡熄滅了，洞內暗了一層，頂上那條縫隙滲進來的光就更明顯，矇矇矓矓，覆下來一層淺淺清輝。

天幕地席，星光作燈，溫熱水流成了緞子似的錦被。

泉水映著天上星子，清冷水芒打碎了，攪亂散開，一泉細碎銀光。

雲琅汗水涔涔淌落，咬了咬下唇，不及使力，已被蕭朔攬到肩頭，低聲：「咬我。」

「我不。」雲琅別過頭，「你夠疼了，我……」

蕭朔手臂勒在他背後，護著雲琅肩背，抵著額頭慢慢使力。

雲琅悶哼出聲，一口咬在他肩頭。

冬春之交，山洞外滾起震耳春雷，像是劃開一片白亮閃電，將天地山川焚成至亮至暗的一片茫茫。一聲迭一聲的轟鳴雷聲裡，迸開的火星劈啪灼開，點燃一片滾熱，燙進流轉水色起伏山巒。

細細的雨絲灑下來，拂面不寒。

一場春雨一場暖，清新的泥土氣息叫雨水撩起來，微風流轉，溫存裹著疲乏的筋骨。

雲琅在蕭朔的吻裡睜開眼睛，他已不剩下半點力氣，盡力在眼底聚起些笑，朝蕭朔抬抬嘴角。

蕭朔撈過拋在岸邊的行李，找到自己的水囊，擰開蓋子含了一口，攬著雲琅稍坐起來。

雲琅不渴，搖了搖頭，又閉上眼睛。

蕭朔貼在他唇畔，輕柔撬開雲琅唇齒，一點點仔細哺過去。

雲琅叫苦參枸杞的滋味一沖，愕然睜眼，看了看蕭小王爺這幾日都沒動過的水囊，「你怎麼連藥酒也帶……」

「不如雲少將軍深謀遠慮。」蕭朔緩聲道：「還帶了上好脂膏。」

蕭朔又哺過去兩口，看雲琅泛白唇色稍稍緩過來些，側頭看著雲琅這幾日都沒動過的包袱。

此時包袱已散開大半，那一罐脂膏用去不少，草木氣息清潤，沁心沁脾，青竹玉的罐子玲瓏剔透，映著一點粼粼水光。

蕭朔頓了一刻，終歸忍不住，「還是大份……」

「再說一句。」雲琅面紅耳赤但求一死，「我就倒了你的藥酒，給山裡的兔子喝。」

蕭朔從善如流住了口，低頭將青竹玉的罐子仔細合牢擦淨，放回包袱裡收好，將雲琅自溫泉裡抱出來。

少將軍確實什麼時候都要過得舒服。

這溫泉許久沒有人來，函谷關的守軍仍一絲不苟來悄悄打理，洞內深處備了乾淨的布巾軟衾，甚至還有供人休息的石床，石桌上放了盞馬踏飛燕的油燈。

蕭朔取了大塊布巾，替雲琅擦淨淋漓水色，換好了乾淨衣物，抱著人輕輕放在石床上。

雲琅叫他照顧得舒服，羞憤醒了的那一點精神又悄然散開，順著蕭朔力道躺下來，貼了貼他的手掌，「小王爺……」

他這一聲叫得與往日不同，慢慢咬著吐字，竟莫名透出溫存軟和的親熱。

蕭朔胸口叫這三個字牽扯著一拉，俯身攏住雲琅，輕聲道：「怎麼了？」

雲琅眼裡水色矇矓明淨，躺在石床上，乖乖同他笑了笑。

蕭朔隱約覺得不對，靜坐一陣，將梁太醫臨走給過來的藥酒拿過來，自己抿了一小口。

酒漿入口火辣，一線順著喉嚨入腹，灼人酒勁隨即沖上來，翻上頭頂。

蕭朔挨過一陣頭暈，想了想自己方才哺給雲琅的三大口，坐在床邊，按了按額頭。

雲琅酒量遠比他好，倒不至三口酒就醉得沒邊。只是徹底卸開心防，又正是力竭疲乏的時候，叫烈酒趁虛而入，一不留神上了頭。

蕭朔叫他眼裡明淨水色一晃，才消下去的火竟又向上燙回胸口，閉了閉眼，「要什麼？」

雲琅朝他笑，還只知道叫他，「小王爺。」

蕭朔怔了一刻，忽然明白過來，輕聲道：「要我？」

雲琅往石床裡面盡力挪了挪，他氣力徹底耗乾了，挪出來的空微乎其微，又不肯停，慢吞吞一點點攢著力氣掙。

蕭朔俯身伸出手，將雲琅抱住，一併躺下來，叫雲琅枕在自己胸口。

雲琅滿意了，埋進他肩頭，聲音低下來，隱隱透出些鼻音：「小王爺……」

「我在。」蕭朔抱住他，「不是夢，我抱著你，我們在你的住處。」

雲琅認真想了一陣，咳了兩聲，握了他的手，去摸石床側面刻的字。

蕭朔不曾留意過床邊字跡，順著雲琅的力道細細撫過，一點點摸出上面刻的字跡，胸口一燙，啞聲改口：「……我們的。」

雲琅高高興興抬起嘴角，大包大攬在蕭朔背上拍了拍。

他早同函谷關守軍誇過口，說定然要將琰王殿下搶回來一塊兒住。此時心願已了，睏得不行，大大打了個哈欠，「小王爺。」

蕭朔：「……」

雲琅半醉時乖得很，既不胡鬧，又不折騰。

若是除了「小王爺」這三個字，還能再說些別的，就更好了。

蕭朔耐心攬著他，按著雲琅平日裡的習慣，慢慢順撫著少將軍多半還痠疼得厲害的肩脊腰背，輕聲應道：「嗯。」

雲琅努力掀開一點眼皮，眸底神光聚了聚，頂住滔天睏意看著他。

蕭朔摸摸睏得天崩地裂的雲琅，吻上他顫得撐不住的眼睫。

少將軍平日裡不解風情，處處煞風景，此時卻乖得叫人心裡發軟，看來那些話本也並非全然白看了。

竟也知道這種事過後，要溫柔小意，纏綿一番。

蕭朔有心引導，親了親他，輕聲問：「小王爺怎麼了？」

燈燭搖曳，洞前水色將清冷星光映進來，襯著雲琅比少時更俊逸朗致的眉眼，透出山高水遠的出塵氣。

蕭朔伸手，攏住風雅清標的雲將軍。

雲琅醉暈暈咧嘴，朝他一笑，舉起大拇指，「真行。」

蕭朔躺在石床上，靜了一刻，將雲琅舉在眼前晃的大拇指握回去，塞回厚實被褥裏牢。

雲琅好說話，叫小王爺裹成了個糖水甜粽，心滿意足闔上眼皮。

他這些天並不比蕭朔輕鬆，殫精竭慮走到今日，暫離了暗流洶湧的京城，諸事甫定，執念心事終於一併消散，再沒了半分力氣。

雲琅舒舒服服打了個呵欠，埋進蕭小王爺胸肩，沉沉睡熟。

真行的琰王殿下攬著小王妃，睜眼躺了一刻，自包袱裡摸出《教子經》，就著燈光翻開「平心靜氣、循循善誘」一章，反覆通讀了十次。

雲琅睡得不舒服，翻了個身，扯著蕭朔的袖子往身上蓋了蓋。

蕭朔闔上書，撫平封皮放在枕下。伸手攬住雲琅肩背，慢慢將少將軍撫順捋平，仔細攬實，闔眼一併睡熟了。

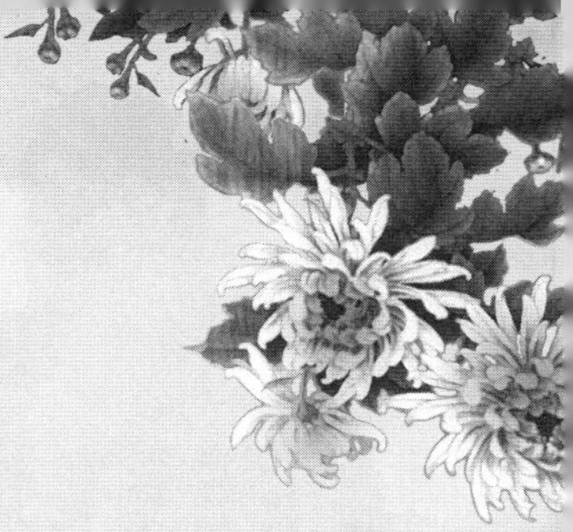

【第九章】

只一次，叫我做你的劍，護在你身前

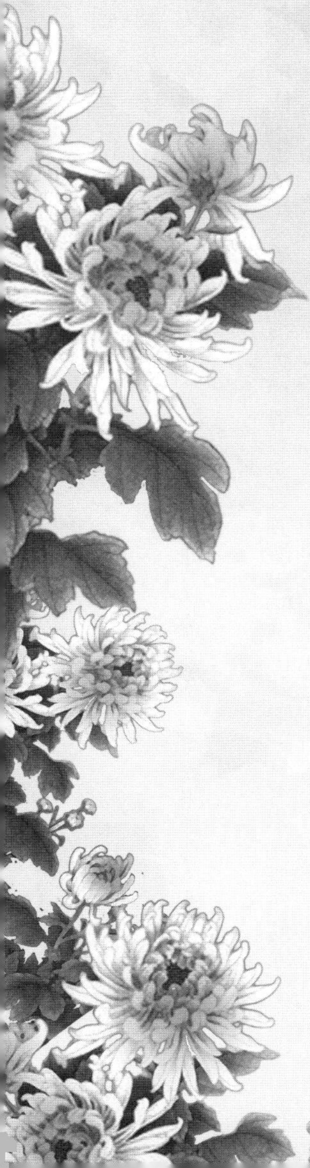

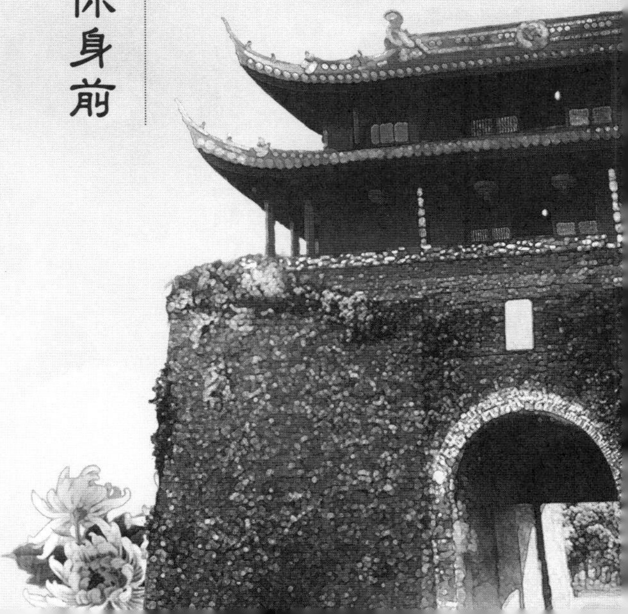

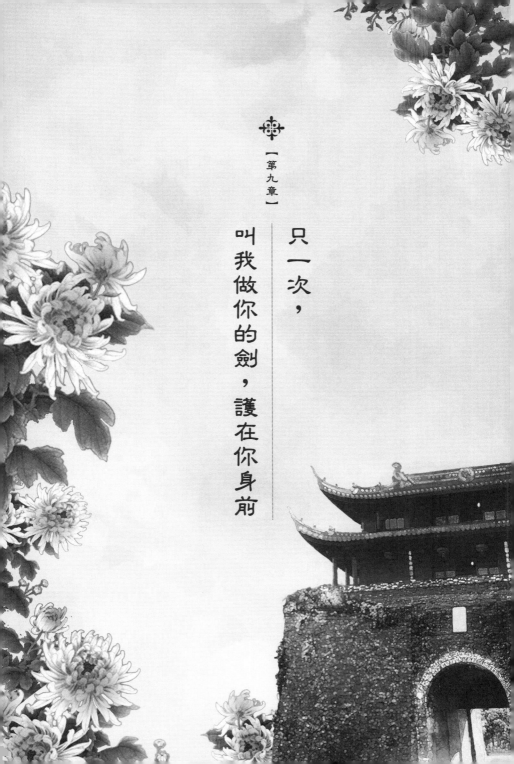

一夜好眠，天光放晴。

蕭朔平躺在石床上，在晨光裡睜開眼睛。

他已許久不曾睡得這麼沉過，京中風雲詭譎，要警惕地方的事太多，再放開身心，也總要留一線心神。

在雲少將軍的山洞裡，這一覺竟睡得安穩無夢，直到醒來時，仍一瞬茫然得不知身在何處。

身側熱乎乎挨著柔軟勁韌的身體，蕭朔握著雲琅的手，躺了一刻，心神回籠。

燈油燒盡，洞內仍亮著，天光由縫隙透進來，看日色已近了正午。

春雨落得輕柔，山洞內不受攪擾，黑馬昨夜便叼著白馬的轡繩進洞避雨，兩匹馬交頸依偎在一處，也睡得香甜。

雨後晨風清清涼涼，沁著胸肺，拂淨最後一點未醒透的倦意。

蕭朔忽然察覺出不對，側過頭，正迎上雲琅眼睛裡滿溢出來的清亮笑意。

「幾時醒的？」

蕭朔想要起身，交握著的手被雲琅握緊，索性也暫且卸了力躺回去，「餓不餓？」

雲琅搖搖頭，「沒多久，難得見你睡得熟。」

昨夜小王爺實在很行。

雲琅此時身上仍連痠疼帶乏，懶得厲害，半分也不想動，枕回蕭朔肩頭。

蕭朔叫他枕著一條胳膊，另一隻手空出來，撫過雲琅肩臂。

「我們抄近路，能比大軍早三五日到朔州，不會誤事。」

雲琅只是替小王爺放哨，好叫他安睡一覺。

此時見蕭朔醒來，心神一鬆，又半闔了眼，「再睡一刻……」

「只管睡。」蕭朔親親他的眼尾，輕聲道：「你睡透歇足，才好打雁門關一仗。」

雲琅叫他握著手腕，察覺到溫潤指腹抵在脈間。

扯扯嘴角，大大方方叫小王爺診脈，「如何？」

蕭朔細看了看雲琅氣色，將人也一併裹回懷裡，溫聲道：「還欠百日高臥。」

「躺上百天？骨頭豈不都酥透了。」雲琅失笑，「我這就算養好了，你放心，與你賣百八十年酒不在話下。」

蕭朔望他一陣，叫雲琅在肩頭枕實，循著早熟透的位置，細細拿著他肩背腰脊處的穴位。

此前兩人在一處時，談及百年，縱然心底最滾燙處，也仍滲著絲絲寒意。

宮中的窺伺，暗處的殺機，琰王府這些年養蠱一樣冷眼旁觀的一波波刺客，步步踩在刀尖上，稍有不慎就是萬劫不復。

陰冷附骨，盤踞不散。

將雲琅從刑場上搶回來後，他心裡便清楚，兩人從此走上了一條什麼樣的路。

太陰之地的合葬墓，並非是拿來做樣子的。琰王府這些年花銷不少，要安置老軍，要暗中照應窮得底掉的清水衙門，要不著痕跡打點朝堂，還要全力上天入地的搜雲琅，再多的銀子也流水一樣向外花。

老主簿心疼得日日跺腳，長吁短嘆，唯獨不敢勸王爺半句的，便是修那一處陵寢的帳目。

兩人往死路裡走，走到盡處，山重水複，終於闖出一條生路。

此時雲琅再說起百年，真真切切，在心胸裡扎根落定，竟連說慣了的賣酒調侃都真實得彷彿觸手可及。

「你若再不好好將養，百八十年後，骨頭的確該酥。」蕭朔緩聲道：「雲副掌櫃好盤算，到時你高坐堂上，叫我裡外忙碌，替你掙銀子回來花。」

雲琅叫他半軟半硬一激，很不服氣，張了張嘴要說話，叫腰間隨蕭朔推按泛上來的一陣隔夜痛楚襲得臉色發白，一時沒了動靜。

蕭朔垂眸，「看。」

「看你個大兔子腿！」雲琅活生生叫他氣樂了，「這是舊傷？是痼疾？這分明……」

蕭朔沒有立刻將手挪開，叫掌心溫溫熱意熨著那一處，將痠疼順經脈緩緩揉散，「是什麼？」

雲琅憋了半晌，實在說不出口，惱羞成怒照蕭小王爺肩膀咬了一口，閉上眼睛。

少將軍這是饞肉了。

蕭朔記下了蜜炙兔子腿，停了手掌上的力道，移回臂間，將雲琅攬實，「不擾你了，睡吧。」

「還睡什麼？再過一刻刀疤他們也到了。」

雲琅對手下親兵有數，他不是第一次在這山洞裡養傷，看天色便大略掐得準時辰，「此處雖然逍遙，該走還是要走，你我還有事未做完。」

雲少將軍帶兵日行三百里，曉行夜宿的時候都少，晝夜奔襲，其實早熬出一副鐵打的筋骨，再不眠不休幾日幾夜也撐得住。

無非叫小王爺慣得懶了，才總想著舒服。

雲琅最後打了個呵欠，撐著手臂要忍疼起身，才一動，卻被蕭朔施力攬回。

「做什麼？」雲琅身上本就發軟，叫蕭朔一撈，跌回他懷裡，心頭一懸，囫圇搖頭，急推拒：「不來了不來了……」

蕭朔低聲道：「別動。」

雲琅微怔，隨即也察覺到了不對，視線朝洞頂縫隙電轉般掃過去。

方才叫蕭朔擋了大半，他幾乎不曾察覺，洞頂光線隱約有了變化。

蕭朔一臂護在雲琅身側，牢牢覆著他，低聲問：「是走獸？」

雲琅搖了搖頭，蹙緊眉，「不是。」

這一處山洞隱在密林深處，常有山獸野兔經過，那條裂縫上面是更深更密的山林，光線偶爾遮擋並不奇怪。

可方才那一瞬擋住的天光，卻不是走獸飛禽能遮出來的。

雲琅仰躺在石床上，心念電轉，忽然想起件事，「你記不記得，商恪說過，襄王落敗後是往朔州城方向逃了。」

蕭朔迎上雲琅視線，察覺到頂上日光歸於通透，才鬆開一臂，「由開封至朔州，函谷關並不是最順的一條路。」

秦嶺以北河道複雜，地勢破碎，不便行軍，故而歷來出兵朔北都要先向西轉道，過函谷關再往北。可襄王若要隱匿行蹤逃去朔州，卻不必走這一折。

京城直插北疆邊關，進了太行山脈，再要緝捕便難上加難。

「開封到朔州固然不是。」雲琅這些年將國土跑了幾趟，心中早有數，在蕭朔腕處一按，順勢向上循至肘彎，「襄陽到朔州呢？」

蕭朔眸底微動，低聲道：「他留在襄陽的私兵？」

「朔州城與雁門關還未奪回來，朔方軍進不去，並不奇怪。」雲琅道：「可景諫上次回京，卻說如今朔方軍駐紮在雲州，不是與國土連接最近的應州城。」

景諫昔日曾是朔方軍參軍，受雲琅牽連回京受審，被蕭朔暗中救下，便隱匿了身分留在琰王府別院。

此次他往北疆，是行沙裡逐金之法分化草原部落，不便亮出身分，只遠遠打聽了些消息，也並不盡然清楚如今朔方情形。

雲琅始終在思慮這一處蹊蹺，只是不曾與蕭朔提過，「應州城駐軍，守將是誰？」

「驍騎尉，連斟。」蕭朔稍一沉吟，「你懷疑他是襄王的人？」

雲琅反覆念了幾遍這個名字，心底微微沉了沉，點點頭。

連斟，連斟……廉貞。

北斗第五星，化氣為囚，對中央五宮，應天禽位。

商恪給他的名單已盡力詳細，卻仍難以盡全。襄王狡兔三窟，手下黃道使彼此皆不見面，除了楊顯佑，剩下的人都不能知曉所有同僚的身分。

名單裡，天禽、天芮、天蓬三處空著，沒能填進人名。

商恪追查這些年，唯一受襄王所限沒能涉足的地方，就只有北疆。

「與虎謀皮，襄王做慣了的事。」雲琅道：「他如今大抵是想……以應州城為根基，將朔方軍送出去當人情，換來助力，再與襄陽私兵合在一處，自北邊南下直奪腹心。」

雲琅琢磨半天，沒忍住笑了，「你我難得溜出來辦點私事，竟將這個撞破了，也不知是天公作美還是不作美。」

「應州城下是飛狐口。」蕭朔伸手攬住雲琅腰背，扶他坐穩，「若叫他會兵一處，引外敵長驅直下，京城無險可守。」

「這倒不怕。」雲琅擺擺手，「撞得這麼巧，還想會兵一處……做他的春秋大夢。」

蕭朔心念微動，扣住雲琅手腕，低聲道：「我去。」

雲琅已去包袱裡摸索，翻出梁太醫特意塞的膏藥，聞言一怔，迎上蕭朔視線。

「我既是你的先鋒官，總該替你打一場仗。」蕭朔按住雲琅的手，起身道：「你召集親兵的焰火，可帶出來了？」

「承雷令……雖說帶出來了。」

雲琅怔了一刻，察覺到手背上覆著蕭朔掌心溫溫熱意，慢慢道：「用法卻不同。我若不教你，你也不知怎麼是召集，怎麼是遣散，怎麼是包抄剿滅不留活口……」

蕭朔問：「如何用？」

雲琅看了蕭朔良久，將手輕輕攥了，握住包袱裡那一把白磷火承雷令。

他自然知道，蕭朔這些年定然極有進益，不會再如少時將端王叔氣得火冒三丈那般，連隻兔子也逮不到。

也知道……蕭朔的性情，不會有半分恣意任性。若事無把握，絕不會輕舉妄動。

他帶蕭小王爺出來，搶來這先鋒官的權杖，就該知道，蕭朔不會只站在他身後，看著他隻身一人拚殺。

「我若仍不放心呢？」雲琅扯了下嘴角，低聲道：「偏不告訴你，就非要自己去召集親兵，將這群襄王的爪牙在這片深山老林裡包餃子。」

蕭朔平靜道：「我便再行一次。」

雲琅：「……」

雲琅萬萬想不到他有變成這樣的一天，一時很是想念當初恪守禮數、君子端方的小王爺，按著胸口，「你怎麼……」

蕭朔伸手，將雲琅輕輕一攬，在眉心吻了吻。

雲琅像是被覆落下來的體溫燙了燙，胸口輕輕起伏了下，閉了閉眼睛。

「逞口舌之利罷了，此時不是胡鬧的時候，你若一定要去，我也不敢攔你。」蕭朔道：「只是……我想你信我一次。」

「只一次。」蕭朔靜看著他，「叫我做你的劍，護在你身前。」

雲琅壓了壓胸口滾熱，扯扯嘴角，「我不愛用劍，你下回講好聽話哄我，也換個別的……」

蕭朔笑了笑，伸手摸摸雲琅髮頂，溫聲道：「我喜歡劍，你學一學，來日教我。」

他罕有這樣笑的時候，雲琅抬頭看著，一晃神，幾乎又見了少年時的蕭朔。

因為一人擔了兩人闖的禍，叫端王叔劈頭蓋臉訓過，一瘸一拐回來。

見了垂頭喪氣打蔫的小雲琅，便努力慢慢走得穩當，走到他面前同他笑，將袖子裡藏著的點心放在掌心，遞在他眼前。

雲琅扯扯嘴角，輕呼口氣，攥了滿滿一把承雷令遞過去，「附耳過來。」

蕭朔接了白磷火的焰令，迎上雲琅視線，坐回石床上，安靜附耳。

雲琅自己靠過來，半邊肩膀暖乎乎挨著蕭朔，逐一教了承雷令的用法，右手攬過蕭朔左肋，輕輕一按，「別忘了，你這鎧甲不大合身，胸甲該束得緊些。」

蕭朔垂眸，看著雲琅覆在自己肋間的手掌，壓住心念，點了點頭。

雲琅下了床，將鎧甲撿起來，有條不紊替他披掛妥當，將護心鏡比量了下，把自己的那一面換過去。

蕭朔由他折騰，輕聲問：「你這一面更堅固些？」

「沒有。」雲琅埋頭替換，「我的更好看。」

蕭朔：「……」

雲琅抬頭看他一眼，沒繃住樂出來，在護心鏡上敲了敲。

「往後便換過來，你要帶兵，就用這個。」

這一面護心鏡，隨著他已有七八年，貼身護著心胸肺腑，再寒涼也叫心頭血焐得暖熱。

小王爺要護著他，他甘之如飴，這面護心鏡換上來，也能護著蕭朔。

雲琅繫緊束甲絲條，抬頭看過去。

光線擾動，這次的人影比上次更緊密，兵戈割碎日影，無知無覺地自山洞頂上快速經過。

襄陽的私兵，繞過數個戒嚴關口，隱匿蹤跡，悄悄鑽入人跡罕至的密林，只等沿小路摸索至應州城匯攏。

蕭朔由著雲琅束好盔甲，接過雲琅遞過來的承雷令與佩劍，解開黑馬，出了山洞。

不出一刻，山林中已隱隱傳來金鐵交鳴聲。

白馬拴在洞口，敏銳察覺到隨風飄進來的淡淡血腥氣，有些焦灼，踏著四蹄不住回頭。

雲琅撫著白馬的頸子，伸出手，接了幾滴石崖上蓄的雨水，「等一等便回來了。」

馬不解人意，側頭看著他，叼住雲琅兜鍪上的紅纓扯了扯。

「急什麼？你家老黑也不會有事。」雲琅叫牠扯得無奈，摸了把嫩黍粒餵過去，「我比你還急，不也沒衝出去添亂？」

洞外喊殺聲愈烈，雲琅深吸口氣，緩緩呼出來，從馬嘴裡扯出自己的衣袖展平。

兩人少年時，他曾隨口說過，叫蕭小王爺替他養匹馬，將來好帶著上戰場。

小王爺書讀得好，馬也養得妥當，只是慣得實在太過無法無天。

若是沒有黑馬時時管教，一路到北疆，還不知道要嚼沒他幾隻袖子。

「襄王要召集封地私兵，定然不敢光明正大。」雲琅盤膝坐在洞口，攢出來十成耐心，對著身邊的白馬講道理：「既然要避人耳目，隨身不能帶顯眼兵器，最多刀劍匕首防身，戰力天然就會有所折扣。」

「這深山老林裡面，人影樹影混在一處。以少擊多，敵明我暗，最適合設伏，」雲琅靜聽著遠處喊殺聲，單手理著白馬鬃毛，慢慢道：「小王爺找到我的親兵後，應當會先將包圍的圈子撤下去，再派小股放風箏，不斷襲擾，一擊即走。」

白馬打了個響鼻，晃晃腦袋，看著雲琅。

「聽懂了？」雲琅拍拍牠的頸子，「襄王府的精兵，定然訓練有素。知道取捨，不會在敵我不明時戀戰，只求儘快避讓脫身。只要風箏放得得當，只靠小股兵力，就能將他們趕到一處，再藉山間地利草木流水作勢，以少圍多，一舉包個餃子……」

雲琅抬頭，看向洞外一處安安靜靜的草叢，「是不是？」

草叢微微動了下，像是叫風掃了掃，轉眼看時，又迅速歸於一片看不出異樣的平常。

雲琅懶得廢話，飛蝗石攜勁風砸過去，砸出了道捂著腦袋竄出來的人影。

刀疤站在草叢裡，小心翼翼瞄著雲琅。

少將軍看著無恙，行動也自如，氣色看著比往日甚至還好些。

刀疤在草叢裡摸了摸，拾回飛蝗石，猶豫一陣，還是輕手輕腳走過來，放回雲琅手邊。

雲琅不看他，循著喊殺聲朝叢林深處望過去，「小王爺叫你來的？」

「……是。」刀疤硬著頭皮道：「少將軍……」

「少什麼將軍。」雲琅淡聲道：「他叫你來找我，你就真來了？出征前我是怎麼下的令？」

刀疤怕雲琅發火，卻更怕他這樣看不出喜怒神色，打了個激靈，埋頭低聲：「少將軍說，凡事以琰王殿下為先。若有危險，先護著琰王殿下，左右前後護持，斷不可有失。」

刀疤噓了噓，急聲道：「只是……」

雲琅：「只是什麼？」

刀疤再不敢說半個字，單膝跪下來。

琰王殿下此時正在山林中，帶了人圍剿襄王的私兵。

於啃慣了硬骨頭的朔方軍看來，固然不算什麼大仗，可在少將軍這裡，無疑已不容得絲毫馬虎慢待。

連將軍帶著大軍走函谷關，琰王身邊沒有玄鐵衛護持，刀劍無眼，再怎麼也難保全然無事。

少將軍人在山洞裡守著，將仗交給琰王殿下去打，看似穩坐，心裡無疑已快急瘋了。

「怎麼就急瘋了？」雲琅看不慣他這個臉色，皺了眉，一手仍把玩著馬韁，「我便不能運籌帷幄？小王爺打他的仗，我跟著急什麼？」

刀疤瞄了瞄雲琅身上的全副披掛，又看了看雲琅另一隻手牢牢攥著的虎頭亮銀槍，一時仍有些擔心少將軍坐不住跳起來，持槍縱馬殺出山洞，去將襄王私兵直接剿乾淨。

少將軍有多看重琰王，眾人心裡都明淨。

刀疤知道雲琅心裡焦灼，不敢頂嘴，盡力回想著老主簿教過的好聽話，「是。少將軍運籌帷幄之中，琰王殿下決勝千……千步之外。」

刀疤仔細數了數來時的路，發覺千步也說得多了，又改口：「六百七十五步之外。」

雲琅莫名掃他一眼，到底繃不住，搖頭笑了一聲。

刀疤一陣驚喜，「少將軍不生屬下的氣了？」

「生你什麼氣？」雲琅微哂，將攥溫了的槍桿鬆開，揉揉脖頸，「我擔心小王爺，心裡煩，沒忍住撒火罷了。」

刀疤既然能追來，帶的親兵無疑都是朔方軍，剿慣了戎狄的長刀鐵騎。有蕭小王爺調度運籌，借地勢對付襄王這些私兵並不費力。

蕭朔既然會叫刀疤來山洞找他，顯然也是因為戰局並不緊迫，不想叫他心中太過擔憂。關心則亂。

雲琅深吸口氣，將胸中盤踞的焦灼慢慢清乾淨。

閉了閉眼，收起刀疤撿回來的飛蝗石，握在掌心。

雖說琰王府的存貨還有不少，分量太沉，帶出來的卻畢竟有限。能節省時，還是要省著些用。

「仗打得如何了？」雲琅將飛蝗石收進袖中，重新握回槍桿，「小王爺如何排兵布陣的？」

「少將軍不是都知道了嗎？」刀疤愣了愣，「我們按著王爺說的，小股再三襲擾……那些襄陽兵急著趕路，加上我們隱在林間看不清，摸不透有多少人，只一味要退讓躲避，叫我們盡數趕進了一條狹長山谷裡頭。」

「王爺說我們已露過面了，再短兵相接，叫那些人認出來，就會猜出我們兵力其實有限，故而不必再多參戰，只在後方壓陣即可。」

刀疤依言複述了一遍，看看雲琅，小心道：「王爺又說，少將軍一個人在山洞裡，沒人陪著說話，心中定然煩悶，叫我回來看看。」

他蹲在草叢裡，聽見雲琅同馬耐心閒聊，一絲不差地講著琰王的排兵布陣，還以為琰王殿下臨走時同少將軍商議過。

這幾年間，雲琅四處逃亡，身邊無人跟隨，也不知這樣同馬匹野兔、草木石頭說了多少話。

刀疤想著方才見的情形，看著雲琅，心中更是難過，「當初少將軍帶著我們打仗，夜裡無聊了，都要抓十幾個人陪著吃酒聊天……」

「打住。」雲琅一陣頭疼，「這個你們也跟王爺說了？」

刀疤遲疑了下，點點頭。

「我們怕琰王夜裡同少將軍一處睡覺，規矩太多，不陪少將軍喝酒說話。」

「我們兩個夜裡……」雲琅話頭一頓，耳根不由自主燙了燙，咬咬牙，「不用喝酒說話。」

刀疤猶豫了半晌，皺皺眉，小心勸道：「琰王殿下已夠順著少將軍的了，的確不能再在少將軍睡不著的時候，起來給少將軍唱曲子聽。」

雲琅眼前黑了黑，「這個同琰王殿下說了嗎？」

刀疤遲疑著瞄他，點了點頭。

過去那些年在北疆打仗，少將軍還未及冠，第一次隨端王爺打仗，才不過十五歲。個頭都還沒徹底長成的小將軍，跟著朔方軍不遠千里去北疆，爬冰臥雪住帳篷。刀下頭一回飲了滾熱的血，連夜噩夢，睡都睡不著。

有軍法約束，又不能時時去端王爺的帳子裡。雲琅就一個人坐在瞭望的烽火臺頂上，一整宿、一整宿地看星星。

他們這些個軍中莽漢夯貨，不知雲少將軍口中有一句沒一句哼的是什麼，也不知道雲琅看的那些星星究竟有什麼好看。

整個先鋒營湊在一塊兒，研究怎麼哄小將軍高興。

趁軍法官不在偷著換來牧民的青稞酒，湊在一塊兒喝酒聊天，就只剩下了學著京裡那風雅的酒樓戲園子，給頭次來北疆的小將軍弄曲子聽。

汴梁的小調太柔美了，和著怡人暖風，能叫人平白醉酥了骨頭。軍中沒人會唱，只有連樂聲也沙啞的塤簫，斷斷續續散在風裡，吹出一首《涼州詞》的調子。

「少將軍剛來北疆時，第一回上陣殺敵，刀下見了血，叫噩夢纏著夜夜睡不著，要聽曲子才能闔眼。」刀疤小心道：「我們怕……」

雲琅愁得胸口疼，「怕什麼？」

「萬一再叫什麼嚇到了呢？」刀疤悶著腦袋，訥訥道：「琰王那般嚇人，街頭小兒叫他看一眼都不敢哭了，這種事說不準的……」

雲琅叫這群貼心的屬下處處照料，一口氣鬱結在胸口，盤膝坐著，幾乎有點想帶著白馬趁亂私奔。幾乎是才冒出這個念頭，遠處山間，忽然傳來一聲格外沉悶的轟響。

「什麼聲音？」刀疤心裡也一提，跟著看過去，「不是我們打仗的那一頭啊……」

他話音未落，山洞前，原本清澈的潤流溪水忽然渾濁起來。

水流瞬間湍急，越漲越高，轉眼漫出了兩側的平坦溪床。

刀疤盯著溪水，心中驟沉，「糟了，怕是昨夜淋雨泡鬆了土，那邊有山塌了，少將軍……」

他邊說邊抬頭，張了張嘴，話頭一頓。

一道颯白影子已捲上馬背，挾著勁風，自他眼前飛掠了出去。

白馬像是也察覺出了事，蹄下生風，跑得如同一道雪亮閃電。

雲琅狠命策馬，叫心頭沉重冰冷的寒意墜著，視線反覆掃過幾條蜿蜒支流。

他的確來過幾次洛水河谷，卻都是連病帶傷，撐著最後一口氣過來，栽進山洞裡人事不省個幾天，緩過勁來便走。

來往數次，都是匆匆來匆匆去，也不曾留意過有沒有塌方山崩。

這片河谷緊鄰的蟒嶺是易風化的岩土，叫雨水泡鬆了，塌下來已足夠危險。若是這些沙石土塊再混進洛水河道，就成了奪命的泥流土龍。

腰脊的痠痛還未散，雲琅用力閉了閉眼，眨去淌到睫間的冷汗。

山洞地勢不陡，洞前只有條澗溪支流，縱然漲水也無非是漫溢些出來。留在山洞裡，無論如何都是安全的。

可此處遇到襄王私兵，難保這些人不會暗襲沿路關隘，無論如何不能坐視。

若是蕭朔不將這場仗搶了，此時帶兵圍剿的原本該是他。

本該是他。

雲琅策馬提韁，正要跨過一道裂谷，白馬忽然嘶鳴一聲，人立而起。

馬蹄在濕漉漉的石頭上打滑，雲琅盡全力勒住韁繩，手中長槍扎進旁側石壁，助白馬重新穩住站實。

眼前的情形，幾乎叫他渾身血液盡數冷透。暴漲的泥石流已在此處徹底肆虐過，泥漿翻湧，漫過襄王私兵斷裂的大旗，地上散著斷刃殘兵。

馬蹄聲響，刀疤拚命追上來，身後帶著聚攏的親兵，氣喘吁吁勒馬，「少將軍！」

雲琅手中銀槍撐在地上，掃過一圈滿身泥漿的親兵，勉強穩了穩身形，朝仍洶湧的奔騰土龍走過去。

跟他來的人有限，註定不能盡數圍剿襄王手下私兵，只能吞下一部分算一部分。

倘若是雲琅親自來打這一場仗，在這種時候，會將兵力盡數散在兩側，自己一個人堵住唯一那條去路。

敵軍不知虛實，不明就裡。看見主帥攔在面前，身後林間影影綽綽彷彿無數隨兵，自然膽怯，不敢硬衝這一面。無論向左向右，都能落進圈套，掉頭回退，則可收攏兩翼，正好圍攏包抄。

蕭朔這些年，揣摩的都是雲琅的戰法。

會選的……也是雲琅親自來，一定會選中的地方。

雲琅閉了閉眼睛，在心裡反覆揣摩。

如果是他叫泥石流正面裹了，會先棄馬，設法運輕功騰身躲避。躲避不開，會以飛虎爪勾住山石，設法上岸。

……蕭朔身上沒有雲家的流雲身法，也沒有飛虎爪。

雲琅胸口疼得厲害，幾乎已痊癒的舊傷撕扯著，眼前一陣陣泛黑，又被他盡力壓制下去。

洪峰最先沖的是襄王的私兵，洪水比人快，跑不及，越踐踏越亂。若是他來，此時被捲進泥石流裡的就該是他。

雲琅身上冷得發麻，他朝奔流的泥漿裡探出手，被刀疤撲過去死命扯住，在隆隆水聲裡急聲喊：「少將軍！」

親兵們埋伏在兩側，沒等包抄，先眼睜睜見著泥漿土龍漫天捲了襄王的軍隊，撲上來時，已沒了蕭朔的影子。

一群人已拚盡全力尋找，卻終歸一無所獲。洪峰雖過，洪水未歇，這般湍急洶湧的洪水裹著泥漿砂石，下去就會沒命。

雲琅咳了兩聲，撐著槍沒倒下去，看著猙獰冰冷的奪命泥漿。

「……只一次。」

山洞裡，蕭朔看著他，聲音輕緩：「叫我做你的劍，護在你身前。」

蕭朔伸開手臂由他束甲，由他繫牢背後絲絛，回臂攏在他身後，體溫一點點滲透冰冷甲冑。

蕭朔若不來，叫土龍吞了的該是他。

雲琅慢慢站直，他在蕭朔眼底看見自己的影子，影子和聲音一道灼得他頭疼欲裂，「找……」

話音未落，白馬忽然掙脫轡繩，前蹄踏空朝一處高聲嘶鳴。

眾人愣了愣，皆跟著回頭看過去，錯愕地瞬間瞪圓了眼睛。

雲琅微微打了個顫，他身上幾乎已叫水氣凍得僵了，只抬頭看過去，已經耗盡了最後一點榨出來的力氣。

蕭朔單手拎了隻叫馬踏昏過去的野兔，眉峰緊蹙著，牽了垂頭喪氣的黑馬回來。

白馬渾然不知人們心情，興高采烈過去叼那野兔，叫蕭朔身上冷氣一鎮，猶豫了下，繞到黑馬身後甩了甩尾巴。

「琰王殿下！」刀疤疾步過去，「方才……」

「有隻野兔忽然經過……驚了馬。」蕭朔將手裡的兔子遞出去，按按額頭，「無事。」

兩匹馬都是他親手養的，原本只是白馬有追兔子的毛病，後來黑馬不知怎麼，竟也見了兔子便急著追，追上了便要叼回來給白馬解悶。

他原本想過請馴馬人來矯正，見白馬高興得與雲少將軍得意忘形時有得一比，轉念想著戰場上兩軍對陣，總不至於有野兔來回跑，便也擱置了。

誰也不曾想到……兩軍對陣，竟真有兔子。

黑馬只在這時候不聽令，蕭朔勒轡不住，叫馬帶著飛跑了一路。若非那時已將敵軍震懾得原路折返，險些便要誤了大事。

主帥將敵軍調入圈套，卻不曾參與合圍，轉頭便去追了野兔。

他自覺辜負了對雲琅的承諾，心中正煩悶，此時見了眼前泥石流毀得一片狼藉，卻也不由蹙了眉，「怎麼回事？」

刀疤欲言又止，回頭望了一眼雲琅，搖搖頭。

蕭朔看清雲琅情形，心下陡沉，過去將人攬住，低聲道：「雲琅？」

雲琅視線始終跟著他，聽見這一聲，眼底終於有隱約光亮泛起來。

身上仍冷得徹骨，雲琅手凍木了，慢慢抬起來，在蕭朔臂間鎧甲上扯了個空。

蕭朔抬手，將他那隻手牢牢攥住，叫雲琅偎在自己肩上。

「嚇著了。」雲琅扯扯嘴角，閉上生疼的眼睛，輕聲嘟囔：「小王爺，唱首歌吧。」

❖

呂梁山腳下的臨泉鎮，盛產野兔，肉質最肥美鮮嫩。

官道上常有馬商車隊來往，整日裡看見兵戈刀劍，是本朝所設防禦西夏的軍鎮。

鎮子長年叫風沙埋著，黃沙遮著太陽，一直連到天邊。

兩騎駿馬從昏黃色的天邊來。

馬是好馬，騎手的功夫也俊，蹄下生風，在漫天的黃沙裡踏起滾滾煙塵。

鎮上最大的店面是間客棧，沒名字，也不掛招牌，向上有三層。

一層大堂裡也賣酒，有冷熱菜餚，若銀子足夠，還能買到中原腹地嚴禁屠宰的熟牛肉。

陳舊的木樓在風沙裡嘎吱作響，小二勤快，隔一會兒便將桌子仔細擦過一次，卻還是像蒙了一層厚厚的沙。

馬叫人牽著，拴在客棧背風的後廄，馬背上的褡褳裡不知為何，還有隻顛得昏昏沉沉的野兔子。不用客棧派人照料，有動作俐落的沉默騎手打來清水、篩檢草料，一絲不苟忙碌妥當，留下一人放哨，才陸續進了客棧。

大堂最角落的桌子避風，位置好，最乾淨整潔。夥計殷勤熱絡，將看著便身分不凡的兩位爺帶過去，「二位要些什麼？咱們軍鎮東西少，都是硬菜，烈酒大肉……」

「能充饑的，隨便上些。」為首的白衣公子落坐，「不用酒，兩罈清水……」

他話還未完，一旁黑衣人已緩聲道：「蜜炙兔腿，兩份蒸餅，清炒茭白，一罈熱黃酒。」

這等偏僻的邊陲軍鎮，點這些精緻吃食，價錢都要翻著番往上要。

小二聞言一喜，卻又不知該聽哪個的，視線在兩人間轉了轉，猶豫道：「二位客官……」

「上些熱水來。」黑衣人放下一錠雪花銀，「今夜住店，兩間上房，帳一併結。」

小二眼睛亮起來，忙不迭答應，捧了銀子腳下生風地去了。

蕭朔伸出手，在雲琅臂間一扶，同他一併坐在桌旁。

峭山谷內塌方，恰趕上漲水發了山洪，不用圍剿，一場泥石流便將襄王精心藏了多年，不遠萬里調去北疆的精兵去了九成九。

僅剩下那些沖散了的殘兵，已徹底成不了氣候。

刀疤帶人飛馬傳信函谷關，找守將派兵來封山搜索，再跑不出去半個。

雲琅追到谷內，以為蕭朔也被捲進了翻騰滾湧的泥流土龍裡，身旁親兵攔不住，險些便要眼看少將軍親自下去尋人。

後來峰迴路轉，終於見了活著回來的蕭小王爺，雲琅才再聽得進去話。

虛驚一場，他在蕭朔肩上靠了一陣，卻也不曾多說半句，回山洞換下鎧甲，與蕭朔一併打馬出了山谷。

一路到臨泉鎮，再看不出半點異樣。

「由此處一路往北走，過了薛公嶺、赫赫岩山，再沿山角向北走三日，過石千峰，再過子夏山。」雲琅拾了根筷子，沾了些茶水在桌上隨手畫，「雲中山連著的，就是雁門關。」

這條路他走了太多次，已爛熟於心。若快馬沒日沒夜奔襲，只要兩天就能到，路上緩行慢慢走，也只多出三五日。

大軍走不得山腳下的蜿蜒羊腸道，繞大路走，還要慢出不少。

「襄王私兵終歸見不得光，一路上還需遮掩避讓，只慢不快。」蕭朔看過一遍，記下路線，「縱然再抄近路，十日內插翅也難到，你我還不算太急。」

雲琅點了點頭，按按額角，向後靠了靠。

蕭朔察覺到他動作，伸出手，不易察覺攬在雲琅身後，「不舒服？」

「沒事。」雲琅呼了口氣，「有點累，歇歇就好。」

蕭朔凝注他一陣，朝送來熱水的小二頷了下首，拿過搭在盆上的乾淨布巾，沾熱水擰乾了，替雲琅拭過額間。

一整天的縱馬奔馳，本就極耗體力。雲琅原本已有些晃神，叫溫熱布巾一燙，伸手去接，「我自己……」

「只管歇著。」蕭朔緩聲：「有我。」

雲琅肩背微微一顫，像是叫他哪個字無聲戳了心，扯扯嘴角，閉上眼睛向後靠了靠。

大堂裡吃菜飲酒的人不少，亂哄哄熱鬧成一團。

親兵自從進了客棧，就自覺散落在他們這桌四周，看起來坐得隨意，其實已將角落這一處圍得密不透風，進退動靜都能及時應對。

蕭朔握著溫熱布巾，慢慢替雲琅擦過臉，又在盆裡浸過，將掌心手背也仔細擦淨。

雲琅的手指仍冰冷，叫他握著，微微發僵。

依舊是絲毫不曾放鬆的、勒韁持槍才有的力度。

「我的確事先不知道，會有塌方山洪。」蕭朔低聲說了一句，將雲琅的手握住，放緩力道慢慢揉搓，「此事突然，你我既非能掐會算，也不曾長年研讀地利水經，如何能事先算出來？」

雲琅的手在他掌心微微屈了下，偏了偏頭，沒出聲。

蕭朔看他睫根輕顫，心知此事在雲琅心底遠沒過去，緩聲道：「此番能脫險，多虧你數年前便叫我養馬，藉你運氣，才逢凶化吉。」

雲琅失笑，「什麼歪理。」

「如何是歪理？」蕭朔道：「我次次逢凶化吉，死裡逃生，皆是因為你。」

雲琅闔著眼，俊秀眼尾繃得微微一悸。

「我說錯了。」蕭朔改口，「重傷裡逃生。」

雲琅：「……」

「輕傷……」蕭朔從善如流，再改口：「擦破皮裡逃生。」

雲琅繃了半晌，終歸繃不住樂出來，黑白分明甩他一把眼刀，「我的親兵講笑話，莫非是小王爺言傳身教的？」

「是。」蕭朔坦然受功，「你的親兵與我交易，我教他們哄你開心，他們便與我講你在北疆的舊事。」

雲琅張了張嘴，愕然瞪圓了眼睛。

他萬萬想不到蕭小王爺帶著一身冷冽煞氣同人做交易、教人講笑話是個什麼情形，更想不明白蕭朔究竟哪兒來的這些工夫，竟還能在繁忙公事裡擠出時間來聽這個。

「我記得……」雲琅心情複雜，「出來之前，咱們依稀彷彿是在謀朝篡位……」

蕭朔點點頭，緩聲道：「所以你也總要容我緩口氣，做些喜歡的事。」

雲琅一怔，看著蕭朔無波無瀾的平靜神色，心底按不住地牽扯著，慢慢回握住了蕭朔的手。

臨近邊塞，又是蕭條空曠的軍鎮，飯菜做得分量十足。

一大盆炒茭白、兩隻塗滿了蜂蜜的兔腿，一盤熱騰騰的蒸餅，幾乎已將桌子擠得滿滿當當。

蕭朔單手持了竹筷，有條不紊將蒸得雪白綿軟的蒸餅分開些，細緻夾了撕下來的肥嫩兔腿肉，又添了些炒得脆嫩的茭白。

兩人已淨過手，蕭朔夾好了一張蒸餅，遞過去。

雲琅笑了笑，「怎麼連這個也……」

汴梁多風雅，食不厭精、膾不厭細，一樣吃食能做出百種精巧花樣。

一張蒸餅囫圇夾滿肉菜，熱騰騰吃下去，痛快淋漓省時省事，是軍中才有的粗獷吃法。

叫開酒樓的景王看了，定然要痛心疾首，頓足大叫成何體統。

雲琅看著蕭小王爺有條不紊的熟練架式，胸口悄然叫熱流燙過。

伸手接了蒸餅，低頭細細吃了。

蕭朔自己也依樣夾了一張，他一隻手仍牢牢握著雲琅的手，將暖意一點點分過去。

單手來做這些事，雖然慢些，他卻始終做得細緻耐心，不曾放開雲琅那隻手半分。

吃到一半，雲琅的體溫忽然靠上來，墜得肩臂上力道跟著微微一沉。

蕭朔側過視線，看著靠在肩頭的雲少將軍。

雲琅兀自撐了一路，此時再熬不住，倦意上來，闔眼靠在他肩上，已經睡著了。

蕭朔靜看了一陣，放開雲琅那隻手，想要攬他上樓歇息，才一鬆手，雲琅卻又倏地睜開眼睛。

蕭朔在雲琅眼底看見雪亮刀光，若還有體力，雲琅甚至會順勢跳起來，橫刀牢牢攔在他身前。

「無事。」蕭朔握回他那隻手，輕聲道：「我們在客棧，覺得累了，我們上樓歇息。」

雲琅臉色微微泛白，將驚醒這一刻的心悸挨過去，緩了口氣，撐著手臂坐直。

蕭朔伸手，想要將他攬起來，被雲琅按住手臂，「扶我一把就行。」

蕭朔並不堅持，點點頭，那隻手在中途換了方向，給雲琅借了借力。

「是有些嚇著了，還餘悸著，得緩兩天。」雲琅按按額頭，他握著蕭朔手臂，手上力道收了收，低聲道：「小王爺命大福大，吉人自有天相，是不是？」

蕭朔靜看他一刻，並不反駁，微微點了點頭。

雲琅稍稍鬆了口氣，朝他笑了笑，撐起身，同蕭朔一併上了樓。

客棧的天字號房是給來往貴人預備的，收拾得舒適妥當，盡力學了中原的精緻典雅，在房裡也備了茶具與屏風熏香。

兩人出門在外，總不好仍要一間房。雲琅看著蕭朔回房歇息，自己才去了榻上，和衣囫圇躺下。睡意同疲乏一併漫上，裹著人墜入靜寂，睡到半夜，夢境裡又叫洶湧的泥石流沒頂淹上來。

格外真實的夢境，逼仄的冰冷泥漿裹著巨石，死死壓著他，嗆進口鼻。

滅頂之災。

雲琅躺在榻上，咬牙醒不過來，額頭泛起涔涔冷汗。

泥漿中裹挾著無數沉重石塊，他想要在一片混沌視野裡找見蕭朔，卻無論如何也找尋不見，胸口的一腔血快要被冰冷沉重的洪水壓得爆開。

這是他第一次親眼見到，蕭朔會有性命之危。

此前雖然也數次經過風險，可總能靠兩人合力設法尋出一條出路，只有這一次，逼到眼前的天災壓得人透不過氣。

若非小王爺福大命大，吉人天相……

雲琅在夢裡昏沉，沒頂的湍流將他捲進更深的黑暗裡，身上的力氣徹底竭了，只剩下恍惚的混沌與冰冷。

然後，一隻手忽然扯住了他。

那隻手暖得發燙，牢牢攥著他的手，將他從水底拖出來，抱著放平在石岸上。

墨色的身影模糊晃動，解開叫水泡透了的濕淋淋衣物，裹著他冰涼的胸肩，盡力叫他回暖，試他的心脈氣息。

掌心熱意覆在胸口，寸寸碾過，溫熱的唇覆上來，往他口中送進清新氣流，一點點地廝磨。

……不對。

救人命的渡氣，哪裡還用得著廝磨。

雲琅隱約覺出不對勁，叫沛然溫暖裹著，輕而易舉掙脫了噩夢醒過來，睜開眼睛，看著大半夜不睡覺跑來自己這間房，上了自己的榻，解了衣物親他的蕭小王爺。

「小王爺……」雲琅開口，才察覺自己嗓子竟然沙啞得厲害，「你在做什麼？」

榻前燈燭昏暗，蕭朔黑徹眸底映著他的身影，靜了一刻，低聲答了個什麼字。

雲琅沒聽清，想不出哪個單字能答這句話，「什麼？」

蕭朔撐坐起來，伸出手，將從噩夢裡掙脫出來的少將軍裹進懷間，「侍寢。」

雲琅伏在琰王殿下胸口，攢了會兒力氣，伸手探進去摸了摸，終於確認了這不是又一場離奇旖旎的夢境。

端王叔英靈在上……小王爺半夜摸到他床上，脫他的衣服，來給他侍寢了。

雲少將軍按按自己的心口，代入話本，一時有些不知是不是該支棱起來，將蕭小王爺也親翻在榻上，顛鸞倒鳳一回。

不待再攢出力氣，蕭朔已將他徹底抱起來，叫雲琅靠進懷裡，解開衣物一併裹了，貼在胸口。

雲琅隱約覺得不對，「這個……也是侍寢的流程嗎？」

蕭朔探過手，點了點頭，「投懷送抱。」

雲琅總覺得好像投反了，不等提出異議，已被小王爺摸得悶哼一聲，不由自主一軟。

「慢著。」雲琅閉了眼睛，抬手去攥蕭朔的袖子，耳後滾熱，「我還是覺得不對……」

蕭朔問：「還冷嗎？」

雲琅一怔，睜開眼睛。

蕭朔貼了貼他的額頭，大抵是覺得仍發涼，又將雲琅往懷裡更深地裹進來，慢慢拍撫著脊背。背上力道輕緩沉靜，一下接著一下，將他胸口殘餘的寒意與餘悸一道，無聲驅散。

「你這樣的噩夢，前些年裡，我每夜都要做七八個。」蕭朔垂眸，看著仍愣怔的雲少將軍，「將心比心，你也該長長記性，日後少再嚇我。」

雲琅冤枉透頂，「我幾時嚇你……」

蕭朔低頭，吻住雲琅的聲音，臂上力道無遮無攔地盡力收緊。

雲琅胸口與他的心跳一撞，眼底倏地燙了燙，抬手使足力氣，牢牢回抱住蕭朔。

不知過了多久，蕭朔才終於稍稍撤開，垂眸看著輕喘低咳的少將軍，學著他的架式，在雲琅唇畔咬了下。

雲琅隱約吃痛，反倒忍不住一樂，「這個學得倒快……」

「我本非吉人，天不相我。」蕭朔輕聲道：「度我的是你，護我的也是你。」

蕭朔抬眸，不閃不避望著他，「你將我從死地引出來，分我福祉，解我苦厄，不是什麼虛無縹緲的天道命數。」

雲琅愣了一刻，低聲道：「胡說什麼。」

「故而。」蕭朔道：「你若輾轉難眠，只有聽曲子才能睡著，我也該來給你唱。」

雲琅壓了壓澎湃心神，訥訥：「哦。」

蕭朔垂眸，「想聽什麼？」

「什麼都行……」雲琅也沒主意，靠在蕭朔肩頭，盡力想了想，「關雎吧？蒹葭也行。」

蕭小王爺敢作敢當，「不會。」

雲琅搜腸刮肚，「陽春白雪？下里巴人？高山流水？十面埋伏？鳳求凰……」

蕭朔平日裡從不聽曲，一首也不知道，輕輕搖頭。

「這也不會那也不會。」雲琅險些叫他氣樂了，「叫我點什麼歌？你找會唱的，自己給我唱一遍就是了。」

蕭朔靜坐一刻，將雲少將軍攬了，貼在耳畔，慢慢緩聲唱了個柔和輕緩、極能驅散噩夢安撫人心的調子。

❖

少將軍的臥房外，親兵們屏息凝神蹲守，暗自興奮擊掌時，卻見房門推開，雲琅披著衣物走了出來。

「少將軍！」刀疤一愣，「琰王殿下不是進去給少將軍唱曲兒了？」

雲琅按著額頭，徹底沒了心思考慮什麼餘悸，深吸口氣，「是。」

「可是唱得不好聽？」刀疤有些擔憂，出主意：「我們這兒有塤，若是王爺不會吹，我們去扛張琴來……」

雲琅搖搖頭，「不是這件事。」

刀疤不解，「那是什麼事？」

「小王爺這次出門。」雲琅問：「是不是帶了《教子經》？」

此事是琰王殿下與雲琅親兵們的祕密，刀疤不想竟沒能守住，心下一虛，含混道：「大概、大概帶了……少將軍如何知道的？」

雲琅心情複雜，扶了額頭，接過親兵倒來的一盞涼茶喝了，「聽令。」

刀疤心頭一凜，忙單膝點地，「少將軍吩咐。」

「給我找齊十張小姑娘跳舞彈琴唱的曲，夾進《教子經》，告訴小王爺，這是勘誤後的最新版。」雲琅陰惻惻，「《教子經》裡三歲往下的童謠，有一頁算一頁，都撕了燒乾淨，我一首也不想再聽了。」

軍令難違。

親兵們赤膽忠心，按少將軍的吩咐，暗中偷走了琰王殿下珍藏的《教子經》。

「查探過了，酒樓是乾淨的，老闆當初還做過朝廷的官。」

刀疤出去細查過一圈，給雲琅送熱米酒，低聲道：「來往的魚龍混雜，我們不便深摸……沒查出有襄王的人，不過有北面來的探子。」

雲琅一時還沒能從童謠裡緩過神，索性與蕭小王爺換了客房，披衣坐在榻上，接過酒碗。

「到了這個地方，北面來人，也不奇怪。」刀疤道：「只是有些蹊蹺。」

雲琅喝了口熱米酒，燙得吸了口氣，「什麼蹊蹺？」

「除了我們，還有人盯著這些探子。」刀疤皺緊了眉，低聲道：「北面也不太平，遼人金人互相看不順眼，蒙古又虎視眈眈，我們原以為是這幾家互相盯著，卻又不像……」

雲琅吹了幾次，不得其法，將米酒放在一旁晾了，「這倒不蹊蹺。」

刀疤愣了愣，「怎麼不蹊蹺了？」

「你方才說，這家酒樓的老闆做過朝廷的官。」雲琅笑了笑，「說對了一半……他其實沒受過朝廷敕封。北疆格局時時變動，回報京中太麻煩，戍邊的王爺有任人做事的職權，曾叫他管過幾年雲中郡州軍事。」

代管府事，有職無權，任事而已。

若是做得出眾，回報朝中知曉，自然能轉任知縣。

若是做錯了事，一朝貶謫褫奪，仍是布衣白身。

刀疤隱隱聽著「雲中」兩個字耳熟，怔了一刻，忽然反應過來，「雲中太守嚴離？那個有名的鎮邊太守，說是治軍嚴明，手下的守軍頓頓給肉吃，遼金都很忌憚的那個……」

「都記的些什麼。」雲琅想不通，拿過米酒喝了兩口，「我不給你們肉吃了？」

刀疤忙用力搖頭，「自然給！少將軍比他治軍嚴明得多了。」

雲騎只要能保證絕不誤事，時時有人警戒敵軍、時時上馬能戰，能跟著少將軍爬冰臥雪千里追襲，剩下的便再沒了規矩。

不要說吃肉，只要有量，酒都是放開來當水喝的。

軍法官次次來都氣得火冒三丈，舉著毛筆要給這些人扣糧餉，後來不知不覺被灌醉了幾次，懷裡揣著烤羊迷迷糊糊走了，也再沒真罰過。

北疆的日子簡直不能更快活，刀疤摸摸腦袋，咧嘴嘿然一笑，卻又旋即轉念，皺起了眉。

雲中緊鄰邊境，常與朔方軍打交道，後來的事他們都清楚。

「屬下記得……少將軍打燕雲那一年，他因為疏忽，報上去的殺敵數目比實際多了幾個，就叫朝廷給削職為民了。」刀疤道：「他胸中怨憤不平，還曾再三申辯……」

雲琅抬手，按了下脖頸，「哪來的疏忽？樞密院趁火打劫，設法排擠端王叔的舊部，欲加之罪、何患無辭罷了。」

「這個屬下不懂。」刀疤皺緊了眉，「屬下只記得，他那時申辯無門，曾來求少將軍替他給朝中遞書，卻被少將軍給拒了。」

雲琅慢慢揉著頸後，沒說話，又抿了口米酒。

刀疤想了半天，心頭一緊，掏出把亮銀勺子，撲過去就去試雲琅那一罈米酒。

「幹什麼？」雲琅叫他嚇了一跳，抱住了自己的酒罈子，「這東西你們又是哪裡弄來的？」

「老主簿給的，說能試毒。」刀疤擔心得不成，「少將軍快試試！這家老闆既然同少將軍有仇，仇人見面分外眼紅，說不定便會偷偷下毒。」

「真下毒，早來不及了。」雲琅失笑，「他雖然恨我，卻不是這麼不正大光明的脾氣。」

刀疤不很放心，仍緊攥著手裡的銀勺子，試圖找機會出手，在少將軍的酒罈裡攪上一攪。

「景參軍是不是快回來了？回頭託他過去，幫我給嚴太守賠個禮就行了。」雲琅看了刀疤一眼，將米酒罈子抱得遠了些，「朝中這幾年風波不定，下面任官混亂。如今雲中郡是朔方軍代守著，等朔方軍走了，還得有人回去鎮守，他還得回去做事……」

刀疤聽著雲琅的話，苦思半晌，腦子靈光一瞬，忽然想通了些，恍然大悟：「少將軍當初是故意不幫他的？」

景參軍當初在朔方軍，叫舊案牽連，都險些沒了命。那幾年能有條命在已不容易，還能在這裡安安生生開酒樓的，其實一點也不吃虧。他們在朔方軍時，還聽驃騎將軍嘆息過，在朝不如在野，做官不如做民。

刀疤心下沉了沉，「可……嚴太守那時抱屈，來求少將軍不成，以為少將軍也成了朝廷的鷹犬，分明是惱了。」

「我管他惱不惱。」雲琅不以為意，「我保他的命，總不至於還要哄著他，叫他莫生氣氣出病來無人替……」

刀疤急道：「少將軍！」

雲琅停下話頭，抬頭看他。

「少將軍不委屈，我們替少將軍委屈。」刀疤咬緊牙關，沉聲道：「這些年做了多少事，一件都沒人知道。救了多少人，個個都不知道感激，還蒙在鼓裡只知道記恨。難道少將軍不是最難熬、最疼的那個？還要忍著，去一個一個救他們，如今竟還不往心上記……」

「好了，小點聲。」雲琅無奈笑笑，「我記這個幹什麼，給自己添堵？」

刀疤一滯，低頭閉了嘴。

「我看過話本，知道有些人是明明沒什麼苦衷，偏偏要忍著滿腔苦不說，弄得自己天大的委屈，天字第一號可憐人。」

雲琅笑了笑，垂了視線慢慢道：「這種很沒意思……」

「我不記這些，無非是覺得累。」雲琅放鬆肩背，向後靠了靠，靜看著跳躍燭影，「我和蕭朔是從死地裡走出來的人，每一步都踩著故人的血，註定了無數誤解分道。若樁樁件件都往心裡去，早走不動了。」

刀疤心裡狠狠一酸，低聲道：「少將軍。」

「況且我只想鋪路。」雲琅抬頭，又笑道：「路是我鋪的，至於走的人怎麼想、怎麼做，都不干我事。」

刀疤啞聲道：「也不委屈？」

「委屈啊。」雲琅坦然，「委屈了便去鬧蕭小王爺，上小王爺的房，揭小王爺的瓦。」

刀疤話頭一滯，「……」

「半夜睡不著，把小王爺弄醒，扯著小王爺聊天。」雲琅：「先撩小王爺再跑，去小王爺屋子裡喝熱米酒。」

刀疤一腔愴然卡在胸口，上也不是下也不是，「……」

雲琅看了看剩下的小半罈熱米酒，晃了兩圈，「再來一罈。」

刀疤深吸口氣，給雲琅行了個禮，收起小銀勺子，連夜去鄰鎮酒館買熱米酒了。

【第十章】

第一摸就摸到這個地方了嗎？

蕭小王爺沒能抱到小王妃，同野兔躺了半宿，披衣起身，開了客房的門。

景諫尚在門外徘徊，看見門開，不由一怔，「王爺——」

他自北疆回來，原本有事同蕭朔說，又擔心擾了王爺與少將軍的清夢。在門外徘徊一刻，正要退去，卻不想竟有人來開了門。

景諫同蕭朔見了禮，稍一遲疑，還是朝門內探頭，「少將軍呢？」

「……」蕭朔按按額頭，「進來說話。」

景諫有些猶豫，低聲應了句是，跟著進了客房。

當初京中風雲驟變，端王身歿、雲琅獲罪，朔方軍兩年間接連沒了主心骨，被樞密院趁虛而入，軍中凡掛得上名字的將領跟著折了一大半。

景諫是龍騎參軍，當初朝中追捕雲琅時，給一批朔方軍的人安了莫須有的藏匿包庇罪名，趁機剷除，他也在其中。

後來雲琅在州府各郡現身，冒險引開朝堂視線。蕭朔在京趁機出手，盡力保下了一小半，安置在了琰王府在京郊的莊子裡。

景諫當初叫執念所攝，曾誤會過雲琅。

後來請纓去了北疆，行沙裡逐金之法分化戎狄部落。回轉京城不久，又跟著大軍出征，來回奔波往返，提前打通了各個關隘的通關路引。

他本不是武人，是端王身旁的文士幕僚。這些天奔波下來，一路風塵，已顯出些難掩的疲憊。

蕭朔點了燈，倒一碗熱茶過去，「景先生奔波勞碌，辛苦了。」

「不敢。」景諫忙道：「少將軍……」

他話說到一半，又沉默下來，攥了攥拳。

雲琅人不在房中，景諫放鬆下來，坐了半晌，低頭苦笑了下，「與少將軍比……我這哪裡算得上是奔波勞碌。」

當初他誤會雲琅，是以為雲琅為了自身，只顧逃刑，卻冷眼坐視朔方軍因此平白受牽連、邊境防備因此潰散，動搖國本。

此番景諫領命，來往打通守關路引，一座座關走過，才真正知道了雲琅當初做的事。

「汾水關守將說，少將軍來時傷疊著傷，還在雀鼠谷助守軍擒賊，捉了摸進來的遼人探子。」景諫低聲道：「平靖關從屬義陽三關，險些叫金人偷襲叩開過，點燃烽火臺，另兩關卻冷眼坐視。少將軍領人在一線天拒敵，以五百步兵嚇退了金人的數千鐵騎。」

「金坡關外，遼金長年紛爭，少將軍帶人重整了城防，才不再受戰火襲擾波及。方城的防務少將軍試探過，井陘關與喜峰口都被少將軍揪出了遼人的探子。」

「函谷關與雁門關自不必說……居庸關的城門與鐵蒺藜，都是少將軍親手布下的，當初遼人試探扣關，卻因防備嚴密難以攻破，不得不暫時退去，否則早一路直下進了京。」

景諫苦笑，他雙手攥得泛白，慢慢鬆開，活動了下，「天下九塞，少將軍無一不親自試過。我去時，也沒一個守將不提起……不論他們那時如何說，少將軍也不肯留下，在城中安安生生哪怕養一天的傷。」

明明只要躺上幾日，藏得嚴密，哪怕只睡個好覺再走。不叫京中知道，未必就會牽連旁人。

樞密院是在藉追捕雲琅發落端王舊部，名為通緝追捕，實則只不過以雲琅之事當成一把刀，排除異己罷了。

雲琅自然清楚這件事，可縱然只是把刀，他也不曾叫樞密院握住過。

「王爺……」景諫抬頭看著蕭朔，低聲道：「早知道這些事，是不是？」

蕭朔靜了一刻，伸手拿過叫茶水沁得微熱的紫砂壺，將杯中茶水緩緩續滿。

景諫忍不住，「王爺……」

「他那時沒有茶喝，連粗茶也不剩，便採了些樹葉來煮。」蕭朔道：「累極了無處可睡，便在亂墳崗裡，找沒用過的新棺材。」

景諫視線一縮，沉默下來，低了頭。

「就在這呂梁山裡，他不肯去鎮上討吃的，又病得沒力氣打獵，在林子裡躺了三日。」蕭朔垂眸，「我派去的人急得無法，又不敢驚動他。暗中捉了隻兔子，扔在他身旁樹樁上撞昏了，想叫他烤來吃。」

蕭朔：「他醒來後，抱著那隻兔子說了半宿的話。」

回來覆命的人說，雲琅養了那隻兔子三天，有些力氣了便爬起來，摘嫩草餵那野兔吃。

養到第三日，野兔跑了。

雲琅才摘了滿滿一捧嫩草回來，靠著樹樁遠遠看著，不曾去追。

「這些都在回報來的暗書裡。」

蕭朔擱下茶盞，視線平靜，落在景諫身上，「搜集整理暗報……這一件事，我交給了你們。」

景諫霍然打了個激靈，臉色狠狠白了白。

他恍惚立了半晌，低聲道：「我們、我們不曾仔細看過……」

蕭朔看他一陣，重新垂了視線，慢慢倒茶。

雲琅當初便不曾計較過這些舊部的誤會，還因此敲打過自己的親兵，不准這些忠心耿耿的下屬一腔熱血跑去與昔日同袍反目成仇。

雲琅不想計較，蕭朔便也放下，不曾因為這些事發落追究。

「可有些事，該是原本的樣子。」蕭朔看著景諫，「世上有人在鋪路，用血用心，血肉叫世事消磨盡了，就用脊骨。」

「鋪路的人，不求世人對得起路。」蕭朔斂起袍袖，將一盞茶推過去，「我求。」

景諫咬著牙根，再壓不住滿腔歉疚愧悔，起身道：「我去找少將軍賠罪。」

當初那一場誤會，他被雲琅的親兵裹著棉被發洩一般不聲不響揍了一頓，心中便已知了錯。這些日子，景諫主動請纓，馬不停蹄四處奔波，是想力所能及做事，更是因為無顏再見雲琅。景諫此時再躲不下去，他知道琰王一行人定了兩間上房，當即便要去另一間找雲琅，卻見蕭朔也披衣起了身。

景諫微怔，「王爺？」

蕭朔點了點頭，垂眸道：「我與你同去。」

景諫是去賠罪的，只想同雲琅好好認錯，此時見蕭朔起身，有些遲疑，「同去……做什麼？」

蕭朔束好衣帶，「賠罪。」

景諫此時才隱隱回過味來，看著想去找少將軍、又要拉個人墊背的琰王殿下，心情複雜，「王爺……賠的是哪一樁罪？」

蕭朔：「唱錯了曲。」

景諫：「啊？」

「不必管我。」蕭朔道：「只裝作在門前巧遇，便一同去了。」

景諫立了半晌，艱難道：「是……」

蕭朔剛學會了十八摸，還不很熟，在心中默背了幾遍，繞回榻前，抱起了攤耳朵蹬腿、暖乎乎睡在被子裡的野兔。

景參軍同抱著野兔的琰王一道，在雲少將軍門前立了一炷香，沒能等見人來開門。

「少將軍素來警惕。」景諫低聲問：「可是歇下前服了什麼寧神安眠的藥？」

蕭朔蹙眉，「不曾。」

「那是飲了酒？」景諫思量道：「少將軍量深，尋常酒一兩罈醉不倒，燒刀子也能喝幾碗，再多便不行了。」

蕭朔眉峰蹙得愈緊，搖了下頭。

景諫不明就裡，向房門看過去，「莫非少將軍不在房裡？」

景諫自汾水關回來，才到了幾個時辰，一路眼看景致荒涼蕭索、地廣人稀，更覺莫名，「可這種地方，深更半夜，又有什麼地方可去……」

話未說完，蕭朔已將懷中野兔交到他臂間。

景諫愣了下，抱住了懷裡醒轉的野兔。

他在端王府便被迫替世子與少侯爺養兔子，此時下意識便捏住了野兔頸後皮肉，將要掙脫逃跑的兔子擒了，向前緊追了幾步。

蕭朔霍然轉身，不再耽擱，快步下了客棧的木質階梯。

客棧大堂。

夜深得發沉。

黑黢黢的天穹罩下來，像是要將這一處半埋在黃沙裡的無名客棧徹底吞沒。

大堂空蕩無人，寒涼夜色水一樣漫進來，桌上亮著幾盞如豆的油燈。

雲琅坐在靜夜的呼嘯風聲裡，細聽了一陣，才察覺這風聲是血流過被綁麻了的手臂時瑣碎的細小湍流。

他留意了吃喝下去的飯菜酒水，也留神了房中各項物事，卻不曾察覺最尋常的檀香。

西域有描金香似檀香，觀之不辨，點燃後氣息也難查。能不知不覺化開人身上內力，是江湖武林裡算計人常用的手段。

朝內軍中，武將多是外家功夫，反而多半用不上。

刀疤來送熱米酒時，雲琅便已察覺不對。

設法將人支走了去買酒，下來想要設法尋找這香的解藥。

沒來得及找到，便叫早埋伏的人撲上來，拿繩子捆了個結實。

「雲少將軍。」他面前坐著身形魁梧的客棧大老闆，當年的嚴太守挽著馬鞭坐在他眼前，留著絡腮短髯，身上披了件胡人專穿的厚實貂裘。

嚴離坐在燈下，一雙鷹目牢牢盯著他，「當年朔方一別，轉眼已五六年，想不到雲將軍還會屈尊來我這小破酒館。」

雲琅抬頭笑笑，「嚴大掌櫃的酒館並不小。」

嚴離看了雲琅良久，也泛出一聲冷笑來，拿過桌上的酒碗，灌了兩口。

「你該知道，我根本就不想開什麼客棧酒館。」邊疆特有的燒刀子，凜冽著刮人的喉嚨。嚴離將酒碗放下，面上被痛飲的烈酒激起些血色，只一現便又散去，「更何況……還是靠你給的銀子開起來的酒館。」

嚴離盯住雲琅，「你以為將戰馬賣了，換來銀子暗中接濟我，我便會記你的恩？」

「嚴大掌櫃不記嗎？」雲琅好奇，「我還以為，那一餐好菜熱飯便是還這份人情了。」

臨泉鎮已離中原腹地很遠，又幾乎叫黃沙埋住大半。有茭白不難，可要在這等季節，設法尋到這般新鮮脆嫩的茭白，其中輾轉，要花的人力財力便要翻上不知多少番。

雲琅少年隨軍出征，不服北疆的水土，曾在路上病過一場。什麼也吃不下，縱然硬吃進肚裡，不久也要吐出來。

端王帶兵時極嚴厲，不准雲少將軍一個人坐馬車，冷言駁了連勝的再三求情，只說北疆戰場不是玩耍的地方。雲琅既然自己硬要來，就算拿繩子綁在馬上，也要跟著行軍。

小雲琅也不肯服軟，死死撐著一口氣，隨軍走到駐營地，一頭栽在厚厚黃沙上沒了動靜。

再醒來時額頭敷著帕子，有人一點點給他嘴裡餵著溫熱的蜂蜜水。

端王脫了鎧甲，虎著臉坐在帳子裡，腰間王妃親手給繫上的玉珮沒了，榻邊放了盤最新鮮的嫩茭白……

雲琅收了念頭，沒再想自己為了不辜負端王叔好意，是怎麼把那一盤子生茭白硬嚼下去的。

他稍挪了下，換了個舒服些的姿勢，向後靠了靠，「嚴大掌櫃這盤菜的情，我是承的。」

蕭小王爺雖然是天家貴胄、千尊萬貴，其實卻極好養活，給什麼都能吃下去，連雲琅第一次烤糊了的魚炭都能覺得味道很好。

這道菜蕭朔只是見著雲琅常吃，故而點了，裡面實際的門道卻嚐不出來。

只這一項，真論起實際的成本用度，便已超了他們給的銀子。

「若嚴大掌櫃不是為了還人情。」雲琅向後倚了倚，被綁縛著的雙手稍稍活動，慢慢閒敲著身後梁柱，「這盤菜實則該要多少銀子，只管定價，我如今不缺錢。」

「一盤菜。」嚴離淡嘲：「送你上路前，給你吃頓好的罷了。」

夜風無聲流轉，晃及雕窗木門，吱呀一聲輕響。

雲琅又向後靠了靠，屈指再度敲在梁柱上。

拐角暗門後，景諫額間冒汗，無聲急道：「王爺！」

蕭朔搖了搖頭，示意他退後。

他一路下來，走到一半便覺出大堂靜得分明不對，特意饒了路，本想趁嚴離不及防備，與景諫設法周旋救下雲琅。

可方才雲琅的暗示……卻分明是叫他不要輕舉妄動。

蕭朔沉吟著，再度隱進身後暗影裡。

景諫抱著兔子，心中焦灼，無聲做口型，「他與少將軍素有舊怨，恐怕……」

「不急。」蕭朔道：「再看看。」

景諫仍全然不解，蹙緊了眉勉強站定。

蕭朔垂眸，回想了一遍方才看時，雲琅在身後梁柱上敲出的暗點。

兩個人小時候在端王府，讀書練武一處，闖禍一處，受罰自然也在一處。

為了能在端王眼皮底下串供，雲琅絞盡腦汁，編了一整套十分龐雜、寫出來足有一本書的密文暗碼。

雲琅方才敲的，便是同他說眼下無礙，既沒有危險，也不必著急。

蕭朔立了一陣，垂在身側的手緩緩鬆開，靜了靜心神，仍凝神細查著大堂中的情形。

「我生在雲中，長在雲中。」

堂中，嚴離又狠狠灌了幾口酒，他臉上開始顯出酒意，眼睛卻仍十分清明，「這是我的城，北面來的狼崽子覬覦，要拿他們的鐵蹄叩破我們的城門。」

嚴離嗓音有些喑啞：「我只是想守住這座城，難道也錯了？」

「不曾錯。」雲琅道：「總有一日，你還能守你的城。」

「什麼時候？」嚴離冷嘲，「靠你打下朔州，收復雁門關？」

嚴離扔下空了的酒碗，不屑笑道：「算了吧，朔州城是這般好打的？我勸你也醒一醒，若能打得下來，當年便收回來了，何況……」

雲琅靜看他一陣，眼底漸漸透出些明悟，「何況什麼？」

「我何必同你說？」嚴離漠然道：「當初我走投無路，你不肯幫我，如今我自然也要毀了你的前程。」

雲琅啞然：「靠迷香叫我不能反抗，將我綁在你的酒館裡，再想個辦法困住蕭小王爺，叫我們打不成這一場仗？」

「不行嗎？」嚴離寒聲：「你二人無非要靠這一場仗翻身罷了，若是打不成……」

「若是打不成。」雲琅慢慢道：「就不會落進一個什麼我眼下還不知道的圈套裡，不會像端王叔當初那樣，身陷險地，險些便埋骨在金沙灘。」

嚴離一怔，放下剛握住的酒罈，皺緊了眉盯著雲琅。

「嚴太守錙銖必較……被我救了一次，就要設法救我一次，被我綁了一回，就要來綁我一回。」雲琅笑了笑，「可朔州城我是一定要打的。」

嚴離神色沉了沉，忍不住道：「你……」

「當初沒打下朔州城，我從雲中回來，還要設法繞過雁門關。」雲琅緩聲：「我見過朔州城逃出來的流民，他們不肯走遠，哪裡不再被契丹人驅趕了，就紮在那個地方不走，生在那一處，死在那一處。」

「還有人逃進了深山，鑽山採藥，打獵挖洞。」雲琅：「我想帶他們走，將他們遷到中原安置，他們卻不肯。有位老人教了我一首詩……前朝狀元寫的，我至今仍記得。」

「昔時聞有雲中郡，今日無雲空見沙。」雲琅看著嚴離，緩緩道：「羊馬群中覓人道，雁門關外絕人家。」

嚴離眼底倏地一紅，死死咬了牙，身形凝固得如同一塊灼鐵。

「這座城我一定要打回來，活著便活著打，死了便給故人託夢，叫故人去打。倘若萬箭穿心馬革裹屍，叫兵戈血氣染了，連生魂都不配過玉門關，那就不走了，生生世世守在朔州城頭。」雲琅看著嚴離，同他笑了笑，「所以……你與其這樣弄這些玄虛，不想叫我打這一場仗。還不如好好同我說說，那裡有什麼圈套，誰挖了坑、誰設了埋伏。」

雲琅溫聲道：「你守在邊城，以來往貨物買賣為由，日日牢牢盯著邊疆動靜，這些消息當比我靈通的。」

嚴離幾乎凝進沉沉夜色裡，一動不動坐了良久，才終於勉強笑了下，低聲道：「雲將軍如今這脾氣秉性……與過往大不相同了。」

他深深吸了口氣，呼出來，看著雲琅，「可我還是想叫你回去。你並不該死，當年端王爺困在金沙灘，有你五進五出捨命相救，可你若困入朔州死局，又如何再來找一個人……」

「這便巧了。」雲琅回頭笑道：「我恰好有個很神勇的先鋒。」

嚴離一愣，跟著看過去。

蕭朔推開暗門，走過來，朝半開的窗外抬了下手。

黑漆漆的夜色裡，響起輕微收弓撤箭、還刀入鞘的磕碰聲。

嚴離背後一寒，才發覺窗外不知何時竟布滿了埋伏，冷汗涔涔透出來，他霍然起身，啞聲：

「琰王……」

蕭朔朝他頷首作禮，朝雲琅走過去，朝雲琅伸出手。雲琅一樂，被繩索牢牢捆縛著的手臂動了動，掌心攥著的兩節繩頭鬆開，將垂落的麻繩遞過去。

嚴離愕然盯著那條早斷了的繩子，看著兩人，張了張嘴，再說不出話。

「你一片好心，我也心領。」雲琅笑道：「實話實說……我來你這酒館前，其實以為你會將我綁著倒吊起來，拿馬鞭抽一百下。」

「你當初做的事，縱然一時不明白，箇中苦心，過後也總能想通。」嚴離皺了眉，「難道還會有人好賴不分到這等地步？」

一旁景諫背後一刺，只覺臉上又火辣辣燒起來，慚愧低頭。

「世上有人，就有誤會。」

雲琅不打算多說這個，笑了笑，揉揉兩條兢兢業業被捆著的胳膊，「嚴太守還沒說，朔州城為何這般不好打？」

「朔州看似在西夏人手裡，其實早易了主，內裡全是鐵浮屠。」嚴離終歸瞞不住他，卸了口氣，又拎了一罈燒刀子，拍開泥封，「前些天京裡又去了一批人……他們沒想到要提防我，我暗中探聽到了些事。」

嚴離灌了口酒，看著雲琅，忍不住皺眉，「你當初給我銀子，暗中設法引我來開客棧酒館，是不是就為了這個？」

「算是……也有些別的緣故。」雲琅搓搓指間，在燭火邊烤了烤，「要打探消息，沒什麼地方比客棧酒館更合適了，縱然再小心，也總會露出破綻的。」

嚴離一陣氣結，將半碗酒仰脖飲盡，「總歸……京中的事我並不清楚，聽他們說什麼襄王，又說起西夏。」

「前陣子西夏國主是不是去京城了？這也是那襄王與金人的交易，如今不止朔州城，連西夏自己的國土也只剩了個空殼子，裡面裝的全是鐵浮屠。」嚴離道：「只是他們萬萬沒想到，西夏國主竟直接死在了你手裡，後續計劃盡數被打亂了，這才要來朔州重新布置。」

鐵浮屠原本是說鐵鑄的佛塔，後來金人的鐵騎叫了這個名字，戰無不勝、攻無不克，與拐子馬一道，三戰衝垮了西夏最驕傲的鐵軍。

草原上的廝殺，每一仗都是實打實的拚血拚肉，絞進去人命，磨出最鋒利的獠牙。

雲琅與蕭朔對視一眼，心下已然大致明瞭，將手收回來，攏進袖子裡，「可有更詳細的？」

「有。」嚴離站起身，「我今夜回去整理，明早拿給你。你動身時……」

「什麼叫我動身時。」雲琅奇道：「你不去？你的雲中郡不要了？」

嚴離愣住，定定立在原地。

他站了良久，久到酒意頂得臉上脹紅，頸間繃出青筋，不知過了多久，魁梧的身體才微微打了個激靈，「我昔日罪名，已再不能入軍伍統兵了。」

「這是樞密院的章程。」蕭朔道：「待這一仗了結，再來管這件事的，會是兵部。」

嚴離打了個顫，叫酒泡得渾濁的眼睛裡忽然迸出精光。他幾乎當即便有些站不住，胸口起伏了幾次，又道：「若這就甩手走了，我這酒館……」

「嚴太守。」雲琅不大好意思，笑了笑，客客氣氣道：「既然這人情你還沒還上，當初我給了你十兩銀子的本錢……」

嚴離：「……」

蕭朔：「……」

蕭朔深吸口氣，將砍價砍紅了眼的雲少將軍攔回去，緩聲道：「若嚴掌櫃願意，琰王府自會派人交接，價錢由閣下定。」

嚴離張口結舌立了半晌，忽然大笑起來，搖了搖頭，「不必了！十兩就十兩！」

蕭朔按按額角，看了看兩個空酒罈子，「明日嚴掌櫃醒酒，再談不遲。」

「不瞞琰王，我這五年來渾渾噩噩醉生夢死，從沒這麼神清氣爽。」嚴離大笑道：「十兩足矣！十兩買身鎧甲，買匹瘦馬，大醉一場，去打他娘的仗！」

雲琅看他良久，微笑起來，也拿了個空酒碗，倒滿燒刀子，「不復故土，不歸家國。」

嚴離滿心酣暢，同他碰了碗，「不復故土，不歸家國！」

蕭朔就站在一側，嚴離抱著酒罈來回望了望，哈哈一樂，索性也倒了碗酒給琰王遞過去，「王爺喝不喝？」

蕭朔道了聲謝，接過來，與雲琅碰了下那一碗酒，一起慢慢喝淨。

「少將軍……雲少將軍。」嚴離酒量極好，今日放開了喝，卻也再繃不住，倒滿一碗酒朝雲琅敬了敬，「這一碗敬你。」

雲琅啞然，「敬我什麼，十兩銀子訛詐酒樓？」

嚴離站了一陣，用力閉了閉眼，啞聲道：「敬你苦撐危局、敬你中流砥柱……敬你在我們每個人都灰心喪氣寒透了心的時候，死死熬著，替我們做我們該做的事。」

嚴離睜開眼睛，盯著雲琅，「當初是我們對不住你，我們該護著你，我們每個人都該護著你……我們對不住你，我賠你這碗酒！」

景諫再忍不住，上前一步，欲言又止。

嚴離看了他一眼，也不問，自顧自又多倒了碗酒遞過去。

燒刀子極烈，景諫接過來喝了一口，面上瞬息返上脹紅。

他酒量極為有限，卻仍搖搖晃晃撐著不倒，鄭重將那隻野兔放進了雲少將軍懷裡，朝雲琅一禮，深深及地，將酒一口一口嚥下去。

「像個樣子！」嚴離已醉得站不住，笑著在景諫背上用力拍了拍。

景諫嚥下最後一口酒，叫他一拍，一聲不吭醉倒在了地上。

嚴離拉扯半天，拉不起來，索性也醉醺醺倒下去，打了個哈欠席地睡熟。

蕭朔看著眼前一片群魔亂舞，壓壓頭痛，讓人進來將纏成一團的兩個醉鬼抬出去照料醒酒，又將窗戶打開透了透氣。

雲琅仍靜站在原地，抱了懷中的那隻叫黑馬追了一路、幫琰王殿下躲了場泥石流，竟又被一路帶來了呂梁山腳下的兔子，若有所思。

蕭朔走過去，低聲問：「怎麼了？」

「嚴太守和我喝酒，是餞行。」雲琅揉著兔頭，「景參軍和我喝酒，是賠禮。」

雲琅看著蕭小王爺，不知為何，直覺便有些警惕，「你這一碗酒是幹什麼的？」

蕭朔：「……」

雲琅抱緊自己的野兔子，「幹什麼的？」

蕭朔抬眸，看著燈下的雲少將軍。

雲琅這陣子已養好了不少，不再像當初那樣沒了內力便寸步難行，身形也不再瘦削得彷彿一折即斷。

方才雲琅若真不想被綁起來，不用兵器、不用蕭朔出手相助，其實也能徒手按翻嚴離和他的一應埋伏。

雲琅的相貌已與少時有許多不同，年畫一樣精緻的眉眼長開了，叫燈光映得愈發軒秀俊逸。眼裡一片澄明朗澈，明月冰雪，縱然有銳氣戰意，也仍不是殺氣。

更像是柄染血長劍，鏗然出鞘，劍光水亮劍吟清越。

既銳且華。

見之不忘。

蕭朔闔了眼，輕聲道：「壯膽。」

雲琅：「啊？」

蕭朔伸手，將雲少將軍與野兔一併抱起來，用披風仔細裹好，上了樓。

雲琅抱著暖乎乎的野兔，叫琰王殿下的厚實披風裹著，一併回了客房，仍覺得分明不對。

蕭小王爺向來膽大包天，劫法場挾禁宮都做了，沒幾件事用得上喝酒壯膽。

但凡要壯膽色的，多半很不尋常。

客房門窗大開，雲琅叫蕭朔攬在胸口，乾嚥了下，謹慎試探，「小王爺。」

「尚需開一刻窗。」蕭朔輕聲：「冷不冷？」

雲琅搖頭，「你方才說壯膽……」

蕭朔將他往懷中護了護，拿過桌上熱騰騰的米酒，倒出一碗，端在雲琅唇邊。

雲琅稍怔了怔，迎上蕭朔視線，輕輕笑了下。

他靠在蕭朔肩頭，攬著野兔的手臂稍緊了些，劃著圈慢慢揉過野兔頭頂的軟毛，叫手指染上那一點點暖意。

米酒微燙，熱乎乎順著喉嚨下肚，驅散了邊城沁骨的夜涼。

「我來尋你，見你不在房裡，才想到香的事。」蕭朔穩穩端著瓷碗，看雲琅一口一口喝著米酒，「你是幾時發覺的？」

雲琅頓了一刻，沒說話。

描金香與尋常檀香極為相似，唯一能分辨的區別是燒盡後香灰的顏色，描金香的香灰以燭光映照，會泛出一層隱約淡金。

描金香在宮中民間用得極少，倒不是難求，只是用處實在不大。這種香是專拿來用在武林比鬥上的，用來下陰損招數，高手對決，內力有分毫差池都可能落敗。

中了這香，只要不動內力，除非血氣耗弱、心神受損，否則身上不會有任何異樣。

蕭朔沒有明顯察覺……

說明昔日中了那罌粟毒，為拔毒強行傷損的心神，才算是開始補回來了。

雲琅喝淨了最後一點米酒，抬頭瞄了瞄蕭小王爺的神色，分出隻手，扯住他的袍袖。

此事怎麼論，雲琅都是理虧。

發覺中了描金香，不但不同蕭朔商議，甚至還設法支走了親兵，自己走下去方便給人家綁上。

倘若嚴離真有歹念惡意，縱然雲琅一個人足以應付，也終歸難免凶險。

雲琅清清嗓子，不大好意思同小王爺直說，朝他扯扯嘴角，揪著蕭朔的袖子一點點攥進手裡，期期艾艾：「我……」

蕭朔攏住他的手，裹在掌心，低頭呵了口氣。

雲琅微怔，盡力想出的說詞停在半道上，那隻手微微動了動，沒挪得開。

「我知你有意自投羅網，是想解開嚴離心結。」蕭朔替他揉搓著冷得發僵的指節，動作仔細，逐寸一絲不苟揉過，「他雖然明事理，屈心抑志這些年，心中卻畢竟有怨氣。你怕他這怨氣沖我來，故而急著要替我擋。」

蕭朔下樓時，便已察覺出不對。

他猜到雲琅用意，卻終歸不放心，想調景諫帶的人，又恰好遇上抱著熱米酒躡手躡腳回來的刀疤。窗外埋伏的精兵，他知道其實不合雲琅用意。

「什麼合不合。」雲琅啞然，「我敢拿人心換人心，無非是因為你在背後，我有路可退。」

蕭朔靜了靜，迎上雲琅的視線。

雲琅將懷中的野兔放開，拿蕭朔披風捲了捲，墊在暖榻邊沿。

野外灰兔多，這一隻是難得的純白色，叫刀疤他們仔仔細細弄乾淨了，一路帶過來，已拿豆餅餵得親人了不少。

雲琅將野兔放上去，指腹慢慢揉搓著軟和的頸毛，輕聲道：「端王叔……王叔的舊部。」

「折了心志的，冷了肺腑的。」雲琅邊想邊說，他知道蕭朔在聽，並不抬頭，緩緩道：「用等閒的辦法，補多少虧欠，說多少好聽的話，都只怕沒了用處。」

當初這些人跟隨端王，也並不是為了所謂功名利祿，前程似錦。

京城中的勢力糾葛太多，一心孤注一擲做事、熱血未涼的固然有，更多的卻終歸或受世事裹挾，或被人情掣肘，身不由己的太多。

邊疆軍中卻不同，他們中的許多人生在這裡，將來也會死在這裡，或許一輩子都不曾去過他們誓死捍衛的那個汴梁城，沒見過滿街滿眼的琳琅繁華，沒嗅過街頭巷尾的濃郁酒香。

這些人的骨頭是硬的，日日被風沙冰霜打磨淬煉，是最鋒利的刀尖。

當初六皇子籌謀與端王奪嫡時，最忌憚的也是這些人。所以才不惜先同襄王合謀引戎狄探子入京，不惜將京城腹心置於險地，也要將端王從朔方軍逼走，逼回京城。

雲琅走這一趟北疆，一來是為奪回朔州城與雁門關，二來也是想要替蕭朔收攏這一股力量。

「斡斡白兔，東走西顧。」

雲琅伸手，替蕭朔慢慢按著額角，笑了笑，「琰王殿下向來不會好好說話……這種事由我來，總比叫你去冷著張臉嚇唬故人的好。」

按上太陽穴的手指仍涼得緩不過來，蕭朔拉了帷帳，握住雲琅的手。

「功勞苦勞，一併算了。」雲琅半開玩笑，「小王爺可有賞？」

蕭朔緩聲道：「有。」

他的聲音太輕，不擾波瀾，說出來便溶進濃深夜色裡。

雲琅怔了下，才察覺帷幔在蕭朔身後落了下來，冷不丁想起那一碗壯膽酒，心頭一跳，「慢著，還不曾問什麼賞……」

「我才知《教子經》裡的小曲，原來不合你心意。」蕭朔道：「除了這個，我只會一首，是外祖父臨行前託人轉交給我的曲譜，練得尚且不熟。」

雲琅聽見「外祖父」三個字，稍稍鬆了口氣，「哦。」

雲琅拍拍胸口，「《國殤》還是《黃鳥》？《秦風．無衣》，與子同袍……」

蕭朔：「十八摸。」

「也行。」雲琅很好商量，「摸就……」

「……」雲琅：「啊？」

雲琅在心裡反覆揣摩了幾十次這三個字，沒能揣摩出第二種意思，謹慎嚥了嚥，「是……我們的外祖父嗎？還是教坊司新的官職，授小黃曲的，官封外祖父……」

蕭朔抬手，去試雲琅額間溫度。

「沒發燒！」雲琅惱羞成怒，一路燙到耳朵尖，「外祖父為什麼會這種東西？」

蕭朔道：「外祖父算著月份，見我們的龍鳳胎仍沒有動靜，有些著急。」

雲琅：「啊？」

「我同外祖父解釋過幾次，說那時只是事急從權，其實並沒能懷上。」蕭朔靜了片刻，慢慢道：「雖說解釋清了，但外祖父似乎……仍不很相信，此事其實是你的緣故。」

雲琅按著胸口，心情複雜，「外祖父覺得我們沒有龍鳳胎，問題主要在你嗎？」

「是。」蕭朔點點頭道：「外祖父說，我性情刻板無趣，定然是在床幃之事上苛待了你，不會哄你高興。」

總歸自小長到大，無論出了什麼事，問題也十有八九都在蕭朔。

此時生不出龍鳳胎，虔國公無論如何不肯信是雲琅的緣故，雖然奇怪些，與過去比起來，卻彷彿也並沒有太多不同。

蕭朔已習慣了這種事，再多背一樁，倒也不覺得有什麼，「母妃的教養嬤嬤是客家人，有此曲譜……設法尋來給了我，讓我哄你時唱與你聽。」

他當初只看過一遍，覺得實在輕薄失禮之極，匆匆帶回來，收進了書房深處。

雲少將軍被《教子經》惹得奪門而出，在門外咬牙切齒交代親兵去尋小姑娘跳舞彈琴的曲子。

蕭朔在門內聽著，才知道雲琅想聽的不是汴梁哄小兒入睡的溫軟小調。

「我知此事太過輕佻不端。」蕭朔猶豫片刻，低聲：「你若不喜歡，我便先回去。你好生歇息，明日……」

「不是！」雲琅忙將人牢牢扯住，「不准走。」

蕭朔由他扯著，握住雲琅手腕，不著痕跡探向脈間。

雲琅此前叫描金香散去了身上內力，他如今恢復得雖已不錯，縱然沒了內力也能行走自如，甚至還能不輕不重動手打上幾輪。

可血氣非一朝一夕能補全，四肢厥冷，內虛難熬，還是免不了的。

蕭朔靜看著雲琅，見他氣血終於重新運轉，心底稍鬆了口氣。

若放在往常，他還能替雲琅理順氣血內勁。可眼下兩人內力都叫描金香散去十之八九，要等復原，少說也要一夜。

若因此便什麼也不做，雲琅便要這樣難受著熬上一夜。

別無他法，只能藉酒助力，橫一橫心。

蕭朔抬手闔窗，將窗子嚴絲合縫闔攏，垂眸靜靜坐了一陣，輕聲問：「不准我走？」

他這話說的語氣莫名與平日不同，雲琅心跳不由叫這一句牽了牽，定定神道：「自然。撩了就跑，誰教你的？」

蕭朔看了雲少將軍一眼，沒說話，單手給窗子上了鎖。

雲琅心神尚全在小王爺的十八摸上，他從沒聽過蕭朔唱這種撩撥人的曲子，一時想不出刀槍不入、凜然不可親的琰王殿下能把好好一首小曲兒唱成什麼樣。

「捨命陪君子，我就在這等著。」

有《教子經》糟粕在前，雲琅多半拿捏準了蕭朔唱不好，已做了十足準備，等回頭翻扯出來捉弄蕭小王爺，「來，只要你敢唱……」

蕭朔虛攥了下拳，垂眸，「不敢。」

雲琅一愣，「啊？」

蕭朔伸手攬他，籠著雲琅肩背放下來，教他躺在榻上。

雲琅怔了怔，伸手回抱住蕭朔，在他微微跳動的頸脈上貼了貼。

夜涼如水，蕭朔的胸肩卻是熱的，暖意無處不在，能將人從最冷寂的黑暗裡護出來。

雲琅敢走在刀刃上，敢以命相賭、敢以心換心，是因為背後永遠守著的這一片暖意。他做事不必費心考慮後果，是因為有人在寸土不讓，替他提燈守著回家的路。

雲琅惋惜了一會兒小曲兒，迎著蕭朔靜深的眸光，沒忍住扯了下嘴角，握住蕭朔的手。

他身上又冷又乏，此時精神其實已很不足，索性也將那一點點失落遺憾拋開，自覺鑽進蕭小王爺懷裡，「好了，不敢唱就不敢唱，不說這個了……」

蕭朔第一次虛攔了他，架住雲琅雙臂，將少將軍自懷裡挖掘出來。

雲琅愣了愣，抬頭看蕭朔。

蕭朔緩緩調息，將念頭理乾淨。

兩人雖已有過肌膚之親，可這種事畢竟……又是不同的。

他已藉了一碗燒刀子的酒力，想來縱然雲少將軍走投無路上房揭瓦，也該是能將人抱回來，好好將氣血活泛妥當的。

「不敢唱。」蕭朔斂定心神，輕聲道：「故而……別動。」

雲琅：「啊？」

蕭朔解下衣帶，將雲琅雙手縛住，鬆鬆繫在床頭。又取出條布巾，疊了幾疊，覆在雲琅眼前。

雲琅：「……」

雲琅紅通通叫他捆燙了，熱騰騰冒著氣，嚥了嚥，「小王爺。」

「別動。」蕭朔耳後滾熱，閉了閉眼，低聲道：「摸給你聽。」

端王叔、王妃英靈在上。

雲琅一時不查，被縛著雙手、蒙住眼睛躺平在暖榻上，沒太想出這種事該怎麼同王叔王妃聊。

將人捆上是蕭小王爺早有的習慣，雲琅腿比人快，時常三日一跳窗、五日一上房，平心而論，也知自己在此事上少說有七成的責任。

至於唱十八摸，似乎大抵也是源於他實在不願聽《教子經》。

說不如做，凡事躬行，更是琰王殿下素來性情。

若非蕭朔只會做不會說，他也犯不著中了人家的描金香，特意下去叫人綁一回。

雲琅細想了半晌，竟覺處處順理成章，一陣悚然，「怎麼會到這一步的……」

他眼前叫布巾覆著，一片暖沉的黑。兩人間升轉的微微熱意盤踞著，才隨掀開的被子散去一瞬，便又叫溫熱的身體穩穩覆回來。

蕭朔去拿了什麼東西，重新回了榻上，聲音落在他耳畔，「什麼？」

琰王殿下這些年長大成人，嗓音早褪淨了少年時的稚氣。這樣放緩了慢慢說話，幾乎能隨著聲音一併看見那雙靜深的黑眸。

偏偏看不見，於是嗓音裡的寸寸低沉柔和，逐字逐句的滲進心胸肺腑。

雲琅受不住這個，耳後燙了燙，含混低聲：「沒事……」

雲琅嘛了嘛，小聲問：「為什麼……要把眼睛也遮上？」

蕭朔靜了一刻，沒有立時應聲，伸手將雲琅攬進胸肩。

蒙著眼睛的布巾上微微一沉，夜像是又深了一層，掌心柔和的暖隔著布巾，隱約透下來。

雲琅在覆落的暖意裡微微打了個激靈。

「與你無干。」蕭朔輕聲道：「是我本就借酒壯膽，若不這般，只怕中途便要停手。」

少將軍大抵已經忘了，兩人一同去探大理寺的玉英閣，在地牢裡，雲琅便是這麼覆住了他的眼睛，親了他一口。

在那之前，蕭朔想同雲琅說的、做的太多，盡數盤踞在胸口。他早忘了該如何同人好好說話，除了將雲少將軍按在榻上打屁股，便不知該如何做得更多。

那一日過後，竟也無師自通，學會將人抱回來好好哄了。

蕭朔靜了一刻，掌心向上，一寸寸細細碾淨雲琅額間叫虛乏空耗逼出的冷汗，撫了撫雲琅的額頭，「你若不習慣，還將我的眼睛蒙上，也是一樣的。」

雲琅愣了愣，下意識想起蒙了眼睛的蕭小王爺在他身上盲人摸象，險些沒繃住樂，嘆口氣道：「……罷了。」

「以為你突飛猛進，原來也沒比我強到哪裡去。」原本也沒那麼多忌諱，雲琅索性放開了躺著，自己換了個最舒服的姿勢。

「好了，總歸如今卿為刀俎我為魚肉，你便放開了……」

最後一個「摸」字還沒來得及出口，就消音在了喉嚨裡。

雲魚肉在砧板上撲騰了下，面紅耳赤熱騰騰冒氣，張口結舌：「你、你……」

蕭朔氣息一樣微促，將手收回來，在他頸後墊了個軟枕。

「小王爺。」雲琅想不通，「我是有賊心沒賊膽，你沒賊心我知道，這膽子是怎麼……」

蕭朔低聲：「酒壯的。」

雲琅：「……」

尋常人酒後亂性，琰王殿下酒後壯膽，透著微微熱意的手掌覆上他額頂，輕輕摸了摸。

其實遠論不上狎昵，觸碰溫柔得像是穿透了一場濃霧，穿過眼前的布巾，從已經模糊得看不清的記憶最深處，細細拂開深埋的寒涼冰冷。

雲琅起初還在思索等打完了仗，要不要弄回去十桶八桶的燒刀子給小王爺壯膽，叫蕭朔掌心的暖意密不透風裹著，腦海裡的無數念頭卻反倒一點點空了。

雲琅躺在榻上，在心底慶幸有布巾遮著，閉了閉眼睛。

「方才嚴離說起，金沙灘一戰。」蕭朔按著他肩頭的箭疤，輕聲道：「你為救父王九死一生，落了這處傷，卻只回來同我炫耀，說你也終於有了個疤，叫我看威風不威風。」

雲琅含混嘴硬：「好歹我與端王叔也是未曾結拜的忘年交……」

「……」蕭朔靜了靜，不與他計較，「你當初給嚴離那十兩銀子，嚴離說是你賣馬換來的。」

蕭朔向下慢慢順撫，將人護進胸口，唇輕輕貼在雲琅眉心，緩聲道：「我知道，你其實並非真心要賣那匹馬。」

雲琅呼吸微摒，輕輕打了個顫，勉強扯了扯嘴角，「你怎麼連這個也知道？」

「你將牠賣了，是怕牠要跟你走。」蕭朔輕聲道：「牠已是匹老馬了，你不想叫牠最後那幾年，是在顛沛流離、殺機四伏的逃亡路上。」

雲琅在他懷間繃了繃，將胸口滯住的一口氣慢慢呼出來。

「那匹馬是端王叔給我的。」雲琅笑了笑，「端王叔說，大軍打仗我放風箏，說不定什麼時候就跑迷路了，老馬識途，跑丟了還能把我帶回來。」

雲琅還記得自己賣馬的那一日，他在布巾下闔了眼，畏寒似的向蕭朔肩上靠了靠，「我想將牠拉出北疆，拉到個水草豐厚人也富庶的地方賣，可牠長在朔方軍，死也不肯走。那匹馬已很老了，又受過好幾次傷，走不了遠路，最多再活半年……」

蕭朔靜了一刻，慢慢道：「牠後來又活了九個月，活得很好，老當益壯，還生了匹很壯實的小馬駒。」

雲琅一悸，倏而抬頭。

他像是想要摘下蒙眼的布巾，手臂動了下，才察覺腕間被衣帶縛著，又慢慢落回去。

「馬是先帝派人去買的。」蕭朔輕聲：「原想帶回京城，送到琰王府上去養，卻沒能成。」

蕭朔攏住了雲琅的那隻手，「先帝後來派了人去，精細著養了那匹馬九個月，將小馬駒帶回了京城教養，訓成戰馬……」

「現在正在客棧的馬廄裡，搶你們家老黑的草料和豆餅。」雲琅嗓子啞得不成，扯了下嘴角，「小王爺，你這些年到底做了多少事？」

蕭朔沒有回答，靜了一刻，摸摸雲琅的髮頂，「馬骨埋在雲中郡，有個小墓，你若想看，到時我帶你去。」

雲琅壓下眼底潮熱，側過頭，深吸口氣枕在軟枕上。

他賣馬時，一來是想給那匹強脾氣的老馬尋個安穩歸處，免得跟著自己顛沛遭罪。二來……也是因為他急著往南邊趕。

京城來的商販在酒樓聊天，小道消息真真假假。人人說京中那位琰王命太不好，前兩年失了父母怙恃，便一直多病體弱，今年竟又得了頭風。

曉驚夜悸，病勢沉重，說不定什麼時候便要沒命了，就只有南疆的茶晶能治。

雲琅在布巾下閉了眼睛，將那口氣長長呼出來。

頭風是謠傳……那時的蕭朔，才剛剛拔了罌粟毒，正該慢慢調理好生將養。

怪不得蕭朔那時不盡然清楚朝中情形，原來不只是因為罌粟毒拔除凶險，傷及心神。

雲琅南下尋茶晶，幾番凶險，沒能尋到治頭風的良藥，卻意外得了塊價值連城的暖玉，如今嵌在那一副墨紋游龍袖箭的機栝裡。

該好生將養的蕭小王爺，請了一道近乎荒謬的聖旨，在北疆養了九個月的馬，帶回了一匹被慣得無法無天的小白馬駒。

五年來的諸般過往、樁樁件件一樣樣對上號，重新扣合，連成條理分明的環環相扣。

探得越深，心裡越熱。

遠隔天涯的兩顆真心，竟都始終灼烈滾燙，能燙穿橫亙的重重隔閡與噩魔迷夢，不失不忘，燙得人臟腑筋骨都跟著生疼。

蕭朔察覺到雲琅氣息不穩，想讓他緩一緩，才要起身去倒參湯，卻被雲琅緊攥住了那隻沒來得及放開的手。

蕭朔隨著雲琅的力氣俯身，輕聲問：「要什麼？」

「你。」雲琅叫布巾遮著眼睛，看不出神色，嗓子卻已啞透：「該幹什麼來著？」

蕭朔微怔，頓了一刻，撐起的手臂慢慢屈起，將雲琅納入懷抱。

雲琅吸了下鼻子，側過臉，正要說話，已被蕭朔單手將縛著的兩隻手一併輕輕制住。

蕭朔將手探進錦被，闔眼定了定神，輕輕一撫。

雲琅險些彈起來，一腔昔日感慨瞬間散了，「第一摸就到這個地方了嗎？」

「一摸……面邊絲。」蕭朔：「這是第十五處，你心裡先有些數……」

雲琅面紅耳赤，「這東西我有數有什麼用！」

蕭朔輕聲改口：「我心裡先有些數。」

雲琅：「……」

「你的親兵守在外面，不會有人來打攪。」蕭朔吻了吻雲琅眉心，「我見你這幾日心神牽動，大抵是回了你的北疆，往事與如今的情形一併牽動，又有要勞心勞力、耗竭心神的架式。」

雲琅咳了一聲，嘴硬道：「我沒……」

「我知你並非有意，只是這些年獨立支撐慣了，鬆懈不下來。」蕭朔道：「我有心同你做些京城書鋪不准寫的事，令你三日三夜下不來馬車，一覺睡到雲州朔方軍駐紮處……」

「打住。」雲琅燙熟了，紅通通低聲道：「小王爺，你今後是每次做這種事之前，都要先這麼同我報備一遍嗎？」

凡事先報備是雲少將軍立的規矩，蕭朔不清楚如今又改弦更張成了什麼樣，停下話頭，靜等著新家法軍規。

雲琅憋了半晌，一口氣長長呼出來，扎在蕭朔肩頭，「動手。」

蕭朔：「……」

「今後……也不必問我。」雲琅含混道：「當我是麵捏的？隨隨便便就能叫你弄得三天三夜下不來馬車？你只管弄就是了，我說不要，你就當我在唱歌……」

這句蕭朔聽過，此時聽少將軍下令，點了點頭，「好。」

雲琅想要壯烈挺直躺回去，自己忽然也覺得好笑，沒忍住樂了一聲，索性放開了偎上蕭朔肩膀，埋進他暖熱勁韌的肩頸。

《十八摸》是客家民間的小調，從調子到詞都與雅樂分明背道而馳。

叫蕭小王爺低聲慢慢念著，吐字寧緩，又掩不去少時便沉澱下來的端正，乍一聽幾乎像是在念什麼極深奧玄妙的典籍。

典籍玄奧，和著耳畔的話音一併在身上燒。

眼前仍覆著布巾，黑暗有如實質，暖水一樣漫天漫地裹下來，卻已徹底不同於大理寺地牢裡的無邊冷獄。

雲琅已叫那京城書鋪不給寫的玄奧典籍燒得打顫。

他一身的舊傷尚在慢慢調理，用的藥通筋活絡，更叫知覺分外敏感，連入春雨水潮氣引出骨縫的蟄癢暗痛，也一併叫這股火燒淨。

蕭朔手掌溫熱，不同於往日推瘀散痛的力道，反倒多出另一種說不出的難熬，勾出他身上的熱意驅透寒涼，泛上體表。

雲琅難受地掙了下，腕間扯著布條一勒，不及勒出疼痛，雙手已被蕭朔安撫地越過衣帶攏住。

蕭朔握牢雲琅的手，輕聲：「我在。」

雲琅在蕭朔的掌心輕輕一顫，肩背腰脊終於寸寸放鬆下來，貼回蕭朔的胸膛，尋著他頸間不輕不重一咬。

蕭朔悶哼一聲，將雲琅蒙眼的布巾解開，迎上少將軍叫水氣洗得明淨的澄亮眸光。

床頭的厚實斗篷裡，野兔叫彷彿搏鬥的動靜驚醒，抖抖耳朵探頭看了一眼，茫然不解，又自顧自埋頭回去大睡。

燭火輕躍，暖光滲進寒玉似的月影。

（未完待續）

【特別收錄】——

作者獨家訪談第四彈，寫作習慣分享

Q14：請問有為這部作品去查找什麼資料嗎？

A14：查了好多資料，現在已經算是半個宋史愛好者了。

Q15：承上題，請問是買書還是上網查資料？有沒有找過什麼冷門資料，最後是怎麼找到的？能否分享一下您覺得最有趣的冷知識？有沒有想寫卻沒寫到的資料？

A15：兩種都有，買了不少書，還攢了不少網上的資料，汴梁的地圖都已經貼了一整面牆啦。最有趣的冷知識大概是「酥瓊葉」，楊萬里說「嚼作雪花聲」，實在太風雅了，查到底原來是烤饅頭，意料之外情理之中，有趣有趣。

Q16：這部作品中有沒有什麼讓您寫完後很滿意的情節？寫起來特別開心的情節？以及寫得特別痛苦的情節？為什麼？

A16：最後的決戰我個人非常非常滿意，我很喜歡結尾的每一個部分。

特別痛苦的情節大概是兩個人還沒有交心的時候，他們擰巴，作為作者其實也好擰巴。

Q17：請問您的寫作習慣，不知每次開新文前會習慣先擬好詳細大綱嗎？還是只會做好人設，劇情隨情況邊寫邊想？以及有點好奇當初寫大綱時是否有修改過不同版本？若有，是有改了什麼？

A17：平時不一定有，但這本是有大綱的，因為這本需要好好揣摩。

其一是角色性格層次更多、更複雜和有衝突，必須提前準備。

其二是兩個孤兒要在絕境裡殺出一條血路，太過危險和艱難，而最後的一場關鍵決戰又涉及太多行軍戰陣和地理關係，即使能力有限，也不敢不仔細考量。

版本曾經改過一次，原版的小侯爺竊了銀槍戰袍，千里獨騎奔襲，隻身槍挑戎狄首領，萬箭穿心死在雪地裡。太悲太孤獨，不敢下筆細言，最終還是改了第二版。

Q18：有沒有影響您最深（或最喜歡）的作者或作品？為什麼？

A18：《我的團長我的團》，是我心裡永遠的top 1，我的執念、探求和對家國的感情可能都來源於這本書。

（未完待續）

i小說 040

殿下讓我還他清譽4

國家圖書館出版品預行編目（CIP）資料

殿下讓我還他清譽 / 三千大夢敘平生著 ; . -- 初版.
-- 臺北市 : 愛呦文創有限公司, 2022.03
冊 ;　公分. --（i小說 ; 40）
ISBN 978-986-06917-4-0（第4冊 : 平裝）. --

857.7　　110019793

愛呦文創

作者	三千大夢敘平生
封面繪圖	蓮花落
書衣繪圖	Zorya
責任編輯	高章敏
特約編輯	楊惠晴
文字校對	劉綺文
版權主編	茉莉茶
行銷企劃	羅婷婷
發行人	高章敏
出版	愛呦文創有限公司
地址	10691台北市忠孝東路四段59號10-2樓
電話	（886）2-25287229
郵電信箱	iyao.service@gmail.com
愛呦粉絲團	https://www.facebook.com/iyao.book
總經銷	聯合發行股份有限公司
電話	（886）2-29178022
地址	231新北市新店區寶橋路235巷6弄6號2樓
美術設計	Rooney Lee
內頁排版	陳佩君
印刷	沐春行銷創意有限公司
初版一刷	2022年3月
定價	360元
ISBN	978-986-06917-4-0

愛吻文創

愛吻文創